KB089464

거미는 홀로 노래한다

아무도 읽지 않는 시를 쓰는 마음과
누구에게도 말할 수 없는 살인을 저지르는 마음이 다르지 않다.
김영하의 『살인자의 기억법』

박세현 산문

거미는 홀로 노래한다

예서

차 례

두 통의 편지

편지 하나

친애하는 나의 시인 동지여.

보내준 시집 잘 읽고 있습니다. 시집은 초가을 바람을 품고 책상에 엎드려 있소이다. 오염이 되지 않은 시집을 출판해서 더 반갑소. 편지를 진중하게 만들고 싶어서 쓰지 않던 구식 경어체 어미를 차용함을 이해 바라겠소. 시인의 말도, 해설도, 표사도 없고, 심지어 약력도 사진도 없잖소. 나는 놀라고 있는 중이오. 이 시집의 하드웨어에 놀라는 척 하고 있는 한국문단의 더러운 관습성에 놀라고 있소이다. 우리나라 시집을 보면 가슴팍에 남이 달아준 훈장을 주렁주렁 매달고 있는 북쪽 군바리가 연상됩니다. 그게 없으면 자기도 없다는 듯한 무모한 표정. 평론으로부터, 독자로부터, 편집자로부터, 시인에게서도 시는 멀리, 아주 멀리 도망쳐야 합니다. 시라는 게 그런 비즈니스의 관계망 속에서 존재하는 것이라면 새로운 안목과 상상력이라는 게 다 무슨 소용이랍니까. 자긍심이 없는 까닭이지요. 시 때문에 관직에 오르고 그걸로 뜬금없이 인터넷에라도 오르내린다면 그런 걸 우리는 가짜뉴스라고 하겠지요. 오보지요. 너무 시 같은 시들 속에서 시 쓰기 비결을 눈치 채지 못한 시인의 시는 그래서 귀합니다. 시인 형제는 그 흔한 문인노조에 가입하지 않고 정권의 알바도 하지 않고 있습니다. 매뉴얼에 종속되어야 하는 주최 측이 없다는 뜻이지요. 지금처럼 열심히, 바둑 격언처럼 '손따라 두지 말고' 실패하는 시에 매진하시기를 기원하겠소. 문학사의 시대는 끝났지만 혹 운 나쁘게 문학사에 등재되는 일이 없기를 바라겠소. 그것만은 명심할 일이오. 과꽃 피면 얼굴 한번 맞춥시다.

편지 둘

말복이 지나고 이틀 지났습니다.

복사 몇 장 하려고 걸어서 은행사거리까지 갔다왔습니다.

걸을만 했습니다. 내일 모레가 8월 15일입니다. 잔여분 더위야 지속되겠지만 여름의 정점은 지나갔습니다. 정점이라는 게 내리막의 신호이기도 하겠지요. 어떻게 지내시는지 궁금합니다. 시집 나온 핑계로 북촌에서 만난 게 엊그제 같은데 벌써 1년이 지나갔습니다. 요즘은 원주에 내려가 계신다는 소식을 듣기도 했습니다. 선생님 제자 y가 전해주었습니다. 나는 주중에 한 번 강릉에 갑니다. 요양원에 계신 아버지 면회를 가는 겁니다. 가는 길에 우정 원주에 들르겠습니다. 내가 원주를 살면서 가장 오랫동안 만났던 사람이 선생님입니다. 나의 단골 세탁소를 아는 유일한 분이기도 하구요.

어떤 친구가 전화 걸려 와서 안부를 물었습니다.

굳이 대답을 요구하는 질문이 아닌데도 부득 대답을 찾고 있는 나를 발견합니다. 가증스럽지요. 무얼 하면 어떻고 무얼 안 하면 어떻습니까. 이 점에 대해서는 선생님만큼 소통되는 사람이 없을 겁니다. 억지스럽게 나는 대답합니다. 그때마다 일상은 조금씩 과장되기 일쑤입니다. 가령, 이렇습니다. 요즘은 전에 읽었던 재즈북들을 재독하고 있어. 새로 구입한 재즈책도 있네. 황덕호의 『다락방 재즈』와 남무성의 『JAZZ LIFE』를 손에 들고 있네. 뭐, 이런 식입니다. 『재즈 라이프』는 재즈 음반에 관한 만화입니다. 이 책은 466쪽에 가격도 고가입니다. 저 같은 잉여에게는 손이 가기 힘든 책입니다. 책의 내용보다 가격이 늘 난해하지요. 선물 받은 책이라 감사히 읽고 있습니다. 얘기가 여기까지 흘러왔는데 재즈 얘기를 하자는 게 아닙니다. 누군가 안부를 물었을 때 터무니없이 일상을 과장하게 된다는 말입니다. 그러나 자신만의 연주 스타일을 완성하고 싶은 '무모하고 철없는 목표'를 삶의 이유로 삼고 있는 재즈 연주자들의 삶은 언제 들어도 숙연해집니다. 내가 왜 이 문장을 되새기는지 선생님은 알 거라고 믿습니다. 재즈와 시가 공유하는 지점이기 때문입니다. 그렇지만 언어가 가진 의미 나부랭이에 매달리는 시는 여기에 해당되지 않습니다. 길 없는 길을 가려는 자들, 무에 도달하기를 꿈꾸는 자들에게만 해당되는 거지요. 황씨의 재즈 글쓰기는 재즈를 그리워하게 만드는 힘이 있어서 자주 꺼내 읽습니다.

각설, 다시 현업으로 돌아가고 싶은 생각이 없다고 말씀하신 적 있으시지요. 지나간 날들은 내 손이 닿지 않는 먼 풍경입니다. 거기에 몸을 다시 집어넣고 싶은 착심을 버리지 않고 있는 경우도 왕왕 만나게 되지요. 그건 또 그런 사람들의 문제겠지요. 언제부터인가 전화와 메일과 문자가 뚝 끊겼습니다. 정부에서 행정명령이라도 내린 듯 합니다. 처음에는 내게 전화할 만한 사람을 꼽아보기도 했는데 이제는 그것도 체념당했습니다. 내게 전화할 만한 사람이라는 전제 자체가 난센스였던 겁니다. 그런 건 없다. 이게 결론입니다. 전화가 오지 않는 것도 그렇지만 더 중요한 것은 내가 전화를 걸 사람이 없어졌다는 사실입니다. 어쩌다 내가 이렇게 살았나 싶기도 합니다. 여자는 나이 들면 시장통이 되고 남자는 늙으면 절간이 된다는 속언의 현실적 범례이지요. 나는 요즘 주지노릇을 하는 셈입니다. 다른 사람들은 어떻게 사는지 모르겠습니다. 아직 현직에 있는 사람들은 여전히 분주하더라구요. 예컨대, 문재인 대통령 같은 인물이 그렇습니다. 그 사람은 나랑 동갑인데 여전히 월급생활을 하고 있으니 부럽다고도 할 수 있고, 100세 시대의 롤모델이기도 합니다. 앞에서 부럽다는 말을 썼는데 인생살이에서 누가 누구를 부러워할 일은 아니겠지요. 그건 선생님이 나보다 고수잖아요.

나는 이제 화면 밖의 인물입니다.

경기 끝났습니다. 쓸모없음. 쓸모없음의 쓸모. (웃음) 이건 오래 된 문학의 정의겠지요. 아침에 일어나면 커피를 만듭니다. 커피를 갈고 커피를 내립니다. 늘 하는 짓인데도 커피맛은 일정하지 않고 커피맛은 늘지 않습니다. 들쭉날쭉이지요. 이런 소규모의 노동이 즐겁습니다. 커피잔을 책상 위에 올려놓고 그날 읽을 책도 함께 펼칩니다. 책, 책, 책. 문득, 내가 책을 왜 읽지? 그런 의아심이 커피향처럼 올라옵니다. 논문 쓰려고 읽고, 있어 보이는 척 하려고 경쟁적으로 읽었던 책들이 눈앞을 지나갑니다. 다 소용 끝. 그것도 책읽기지만 그것은 진정한 책읽기는 아니었을 것입니다. 선생님도 동의하시나요? 책 속에 뭐가 있다는 식의 인문꼰대 노릇은 하지 않으렵니다. 책의 시대는 망했고, 다시 살아나지 않을 겁니다. 망했다고 생각하니 더 의욕이 솟는 건 뭘까요. 그저 읽고 싶은 책들을 읽습니다. 산보하듯이요. 써먹을 곳이 없다고 하니까 책읽기를 대하는 마음가짐은 자유로워지고 넉넉해졌습니다. 선생님도 재즈를 좋아하니까 내 얘기가 솔깃할 겁니다. 나는 토요일과 일요일 자정에 방송되는 KBS FM '재즈수첩'을 본방 사수했습니다. 그게 제 순결입니다. 듣다가 잔 적도 있습니다. 그 잠이 꿀잠입니다. 좋아하는 것을 놓치면서 자는 잠이니까요. 요즘도 내가 자정에 깨어 있을까요? 고맙게도 황씨가 '재즈 로프트'라는 유튜브를 개설했습니다. 요즘은 그걸 보는 재미로 지냅니다. 재즈를 틀어주는 게 아니라 재즈와 관련된 다양한 이야기들을 들려줍니다. 문학에도 저런 스타일의 유튜브가 있다면 어떨까요? 시나 소설을 읽어주고 설명하는 식이 아니라 그저 작가와 시대에 얽힌 문단사적인 일화들을 뻥을 튀겨서 전달해도 괜찮겠지요. 시가 아니라 시인을 설명할 때 시가 선명해질 수도 있지 않을까요? 나는 요즘 점점 왜 팩트가 싫어질까요? 그 낱말조차도 말입니다.

괜한 얘기들을 늘어놓았습니다.

구술 직장을 그만두더니 수다스러워졌다고 하실 것 같습니다. 저는 배역이 끝났습니다. 그러니 이제는 무대 밖에서 자유로워져야 합니다. 자유! 진정한 자유 그것이 필요한 거지요. 니코스 카잔차키스의 묘비명 같은 자유를 살아야 합니다. 『그리스인 조르바』의 삶에 감동하던 때는 그래도 좋았지요. 이제는 그것도 아닌 것 같습니다.

저번에 선생님이 전화하셔서 무슨 말 끝에 시는 좀 쓰냐고 물었습니다. 서로 동시에 웃었지요. 끝까지 쓴다. 그런 게 멋있어 보였고 진정한 작가정신이라고 생각했습니다. 우리 판에서는 그런 전례가 잘 발견되지 않기 때문입니다. 평론에서는 김윤식 교수가 있을 것이고(돌아가셨지만), 시에서는 황동규 선생

(황선생 뒤에 교수라고 붙이고 나면 뭔가 잘못한 것 같아 지우고 다시 씁니다. 이건 뭐지요? 교수가 아니라 시인으로 잘 살았다는 뜻?) 정도가 생각납니다. 선생님은 이의를 제기할 겁니다. 작고 문인 가운데 오규원, 김영태, 이승훈 같은 분들을 추가해야 된다고 주장하실 겁니다. 동의합니다. 내 말은 '끝까지 쓰자'가 아니라 '끝까지 써야 되는가?'라는 의심입니다. 손이 식고 판이 식고 언어가 식었다고 생각될 때는 종쳐야 되는 게 아닌가요? 그런 생각이 드는 것입니다. 그래도 쓰셔야지. 이렇게 말씀하시지는 않을 겁니다, 내가 아는 선생님은. 그게 고맙습니다.

9월 초 봉평에서 시낭송회가 있거든요.

나도 한 다리 끼었는데 그때 오셔서 메밀전에 막걸리나 한 잔 나누시지요. 메밀꽃은 필 것이고, 달이 뜰지는 계산을 좀 해봐야겠습니다. 옛날이지만 정선에서 시낭독이 끝나고 뒤풀이를 할 때 종이컵에 술을 따르고 건배를 했습니다. 그때 황동규 선생이 종이컵을 높이 쳐들면서 '더 큰 잔으로'를 외치던 게 잊혀지지 않아 시에서 써먹었습니다. 봉평에서 다시 더 큰 잔을 들어보시지요. 미리 날짜를 알려드리겠습니다. 그리고 선생님도 원주생활을 다 정리하시고 완전히 서울로 돌아오시면 자주 만나십시다. 북촌 부근에 허름한 공간을 물색 중입니다. 심신이 아늑해지는 공간을 찾고 있으니 머지않아 소식이 갈 겁니다. 자세한 말씀은 만나서 나누기로 하지요.

지금도 에어컨을 켜놓고 선풍기를 돌리고 있습니다.

선생님 계신 원주도 별로 다르지 않을 겁니다. 치악산 계곡물 소리가 들리는 듯 합니다. 갑자기 생각났는데요, 선생님 제자 y가 강릉에서 북카페를 열겠다고 합니다. 그래서 내게 소용 닿지 않은 책들을 기증해 줄 수 있냐고 하더군요. 그러자고 했지만 책 주욱 꽂아놓고 커피 파는 장사는 말렸습니다. 잘못 했나요? 책이 카페에 전시되는 것은 찬성하지 않는다고 했습니다. 북카페라고 이름 붙이되 책은 한 권도 전시하지 마라. 손님들이 왜 책이 없냐고 묻거든(그런 손님이 없겠지만) 이 공간 전체가 한 권의 책이라고 대답해 줘라. 그랬습니다. 겉멋이지요.

이사를 하는 등의 사정으로 서울집에 있는 책들을 끈으로 묶어서 강릉집에 옮겨놓았습니다. 갈 때마다 방 한구석에 쌓여 있는 책들을 보면서 나는 결코 저 책들을 결박한 붉은 끈을 풀지 않으리라. 그렇게 생각합니다. 한 시대를 묶은 거지요. 그런데 쉽사리 버리지도 못합니다. 그 책들 하나같이 내 청년기에 밑줄 그으며 읽었던 책입니다. 누렇게 변색된 고서들! 내가 좋아하던 소설가들의 리스트가 거기 다 있더군요. 최인훈, 이청준, 김승옥, 서정인, 박태순, 이문구 등등. 이제는 읽을 엄두가 나지 않는 그 책들. 삶의 큰 진실이 버거운 거지요. y가 선생님 찾아가거든 좋은 말씀 좀 해주십시오. 요새 그런 사람 없습니다.

가을에는 군산에 가 볼 작정입니다.
장률의 「군산-거위를 노래하다」를 잘 봤거든요.
하룻밤 뱃고동 소리나 듣고 오렵니다.

당신밖에 없습니다

一口之亂說

▷

시집에 왜 해설을 달지 않으세요?
시집에 왜 해설을 달아야 합니까?
앞 문장의 왜와 뒷문장의 왜는 다른가? 같은가?

II

박세현 씨의 저번 시집 꽝이에요. 맨날 그 타령이더군요. 그래도 다음 시집도 꼭 살 테니까 좀 잘 쓰세요. 이런 독자 한 열대여섯 명만 줄지어 왔으면 좋겠다. 하룩희와 미당 어법을 비벼보았다. 나에게는 독자라는 존재가 설정된 적이 없다. 처음부터 징징이군. 독자가 없는 대신 독자의 눈치도 보지 않는다. 독자가 있다면 더러는 이 친구 맛이 갔군. 더 이상 읽지 않아도 되겠어 하는 소리를 들을 수 있지만 내게는 그런 지청구가 들려오지 않는다. 그래서 나는 쓴다. 사명감으로 쓰는 것은 아니다. 그냥 쓴다. 쓰는 데 어떤 이론이 없다. 서가에 수많은 시집이 꽂혀 있어도 비어 있는 한 권을 채우려고 나는 쓴다. 영원히 채워지지 않을 그 한 권의 자리. 드레스가 백 벌 있어도 당장 입고 나갈

한 벌이 없는 여인의 심정으로 쓴다. 한 권으로 통하지 않는 시인들이 두 권 세 권으로 달려간다. 욕망의 헛물켜기.

∀

파주
라고 발음하면 입 안 가득 안개가 퍼져온다
파주에 가면 들판을 걸으리라
들이 없다면 맨땅에 헤딩을 그도 아니라면
허공을 걸으면 된다
헛간이 아니라 반쯤 타버린 비닐하우스에서 한잠 자자
이 나이에 꿈은 생략한다
아무도 만나지 말고
어떤 리액션도 없이

내 안에 자라던 무지막지한 황량함만 작업하고 올 거다.

끝없는 반드시 끝이 없기를 서쪽으로 해가 질 때 풀밭에 누워서 길게 이어지는 누군가의 독백을 왼손으로 받아쓰자. 오래 울고 싶을지도 모른다. 후기모더니즘은 엿먹으세요. 비리얼리즘도 나의 모교 가관대학교도 제발 그렇게 하세요. 강릉도 서울도 아닌 그곳 재즈도 아니고 가련한 한국문학사도 아닌 그곳 파주에서 해가 질 때까지 해 지고 한참 뒤까지 뉘엿뉘엿 허공을 걸으리라. 그거 괜찮군.

파주는 파주가 아니라
파전 한 판일지도 모르잖아.
진주 영주 나주 제주 메주 원주 여주 숙주 전주 동주 만주 은주
파주에 가면 파주는 없을 것이고
거덜 난 비닐하우스와 한 트럭 분의 황량함뿐이겠지만
파주에 가게 되는 나를 이해하시라.

○

시에 써먹어야지 했는데 언제 쓰겠는가 싶어서 여기다 메모한다.
—깨어보니 오늘이 내세(來世)군.

⌒

심각하고 고상하고 진지한 시만 솎아내도 한국시는 진일보한다.
말에 속지 말자.
시에 당하지 말자.

∂

산문집을 보냈더니 잘 받았다는 문자가 동시다발로 도착했다.
이○미, 이○진, 이○윤. 우체국에서 오늘은 이씨들에게만 배달했다는 뜻인가.

답장했다. 안심하세요. 별 거 없습니다.

∫

시인들에게서 왜 동지애를 느끼지 못하는가?

△

이름에 끄달려서 내부를 온통 북으로 장식한 북카페는 안쓰럽다. 책만 보고 있어도 한 시대가 어떻게 움직였는지를 알게 된다.

지겹군. 어떤 북카페는 책 한 권 없고, 음악도 없고, 손님도 드문드문. 곧 망할 것 같은 분위기를 위태롭게 지속하고 있다. 그때 손님이 문을 밀고 들어온다. 한 권의 북 속으로 들어온다. 진짜 북카페는 그런 곳이다. 브라질 보사노바로 주세요.

◇

나의 한숨이 나의 시론이다.

☞

한남 둘과 밥 먹었다. 나까지 셋.

∬

기댈 시인이 없다. 몇 분은 고령으로 뒷방 보직을 받았고, 그

밑으로 몇은 시인이되 정신이 없고, 누구는 다소 정신이 얍삽해서 그렇다. 초여름 빗소리에 기댄다.

÷

나는 삶에서 나름대로 일관되게 실패해 왔다. 실패의 구체적 의미를 말하는 건 쉽지 않다. 삶의 현장에서 내 생각이 내 생각의 규모대로 이루어진 적이 없었음을 실패로 규정한다. 그것은 나만의 문제는 아닐지도 모르지만 나는 나의 문제로만 한정하는 데에 성공한다.

∳

당신은 안심하고 읽을 수 있는 국내시인을 몇 명 확보하고 있나요?

당신밖에 없습니다.

미쳤군요.

♂

에릭 홉스봄, 우디 앨런, 토니 모리슨, 클린트 이스트우드, 무라카미 하루키.

만난 적 없는 동병상련의 배다른 형제자매들.

∈

내가 격멸하는 것은 의미다.

Å

살아있는 시인 한 분만 추천해주세요.

나도 궁금하다. 누가 살아있는지.

℃

어떤 시창작 강사는 수강자들에게 청승떨지 말라고 가르친다.

좀 나은 강사는 제대로 청승을 떨라고 가르친다.

한국시문학사는 청승의 큰 출렁거림.

≤

산문집 계약금으로 5만원을 받았다.

DFW의 산문집을 읽고 나면 대한민국에는 산문집다운 게 없다는 우울증이 온다.

나는 한 다발의 우울을 쓸 것이다.

∧

시를 읽고 울었다는 사람도 있다.

시가 할 일은 아니다.

@

판문점 선언은 한 편의 현실이자 한 편의 꿈이다. 눈앞의 현실이자 영원한 리허설이다. 지나간 미래이거니와 다가올 과거시제이기도 하다. 그럼, 지금 갔다오시지요. 김이 문의 손을 잡고 졸지에 군사분계선을 넘어갔다가 돌아오듯이 현실과 꿈이 서로에게 출렁댄다.

#

파도를 기다리는 서퍼처럼 문학의 해변에서 노닥거릴 것이다. 파도가 올 때까지. 파도가 다 지나갈 때까지.

☞▽

호르헤 보르헤스라고 있죠. 그가 어느 날 시를 써서 친구 앞에서 읽어줬더니 "자네, 오 년 전에도 완전히 똑같은 시를 썼어"라는 지적을 받습니다. 보르헤스는 전에 그런 시를 썼다는 사실을 까맣게 잊어버린 거죠. 이에 대해 보르헤스는 말합니다. "시인이 쓰고 싶어 하는 이야기는 평생 대여섯 가지밖에 없어. 우린 그걸 다른 형태로 반복할 뿐이지." 듣고 보면 정말 그렇다 싶어요. (무라카미 하루키, 『수리부엉이는 황혼에 날아오른다』, 2018)

▽▽

가왕으로 불리는(누가 불렀는지 모르지만) 조용필이 텔레비

전에서 자기 노래를 부른 후배 가수들에게 덕담하는 걸 봤다. 그의 말대로 후배들은 노래를 아주 잘 불렀다. 조용필은 어떤 생각을 했을지 궁금하다. 노래 잘 하는 후배들이 널려 있구나. 그런데 뭔가 빈 구석이 있어. 혹시 그런 생각을 하지는 않았을까? 하나같이 과도한 가창력을 뽐내지만 노래라는 게 그것만으로 완결되고 감동을 만들어내는 것은 아닌 것 같다. 가요계의 일이야 모르는 일이지만 노래를 듣는 입장에서 그렇다는 말이다. 문예지를 보면 잘 쓰는 시인들이 널려 있다. 사실, 이렇게 문장을 이어갈려고 시작한 건 아니다.

▽ £

2018년 여름에 남의 시집 해설을 두 편 썼다. 겨우 일거리를 맡은 제화공처럼 주저앉아서 손 떨리는 서툰 사기를 친다. 내가 해설류의 글을 잘 쓰지 못한다는 사실을 새삼 알게 되었다. 해당 시인들에게는 미안한 노릇이다. 쓰겠다고 덥썩 원고를 받아들었지만 이미 그렇게 잘 살고 있는 시를 동어반복적으로 설명하는 일은 다시 봐도 자해적(自害的)이다. 다시는 해설류의 글은 쓰지 말아야지 하면서 돌아서면 또 쓰게 된다. 나는 이런 나의 소신 없음을 아주 부드럽게 용서하고 있다. '올해는 악수를 하지 않기로 한 해'라며 상대방의 손을 뿌리치는 피아니스트 글렌 굴드처럼 손사래를 칠 수는 없는 형편이다. 이런 얍삽함을 거듭하면서 나는 시를 보는 내 안목의 깊이 없음을 사랑하게 된다.

깊이 없음의 진정함이여.

△℃

시를 읽고 쓰지 않아도 아무렇지 않은 순간이 도래했다. 가성(假聲)이 사라진 순간.

▽☆

꼰대들의 시학의 본질은 변함없음이다. 창법을 바꿀 수 없다는 데 있다. 몸도 마음도 굳었기 때문이다. 이는 '좋다/나쁘다'의 문제가 아니다. 당연하고 옳은 문제라고 본다. 변하는 세월을 몸으로 받지 않았다면 그것이 도리어 수상하다. 우리 문학사에서 자신의 창법을 보란 듯이 진화시켜 나간 시인은 없다. 시세계가 깊어졌느니 넓어졌느니는 말일 뿐이다. 꼰대든 뭐든 다들 자기 방식대로 노를 젓고 자신의 문학적 유토피아에 다다른다. 유토피아는 없는 땅이다.

△♀

자신을 시인이라 소개하는 사람을 만나면 좀 그렇다. 그러면 뭐라고 하냐고 되묻는 사람은 더 그렇다. 이런 사태에 대해 내가 뾰족한 답을 가지고 있는 것은 아니지만 하여튼 그렇다. 시장바닥에 돌아다니는 시인이라는 용어는 직업군도 아니요, 무엇도 아니다. 시인이라는 이데아에 대한 관습적 사칭(詐稱)일 뿐이다.

나 역시 다른 대안이 없다. 시를 쓰는 인간을 시인이라 부르지 달리 뭐라고 호명하겠는가. 역시 지당한 말씀이다. 그러나 나는 이 문장이, 이 관습이, 이 당당함이 왜 이리도 어색한가에 대해 자문하고 있는 것이다. 답이 없는 문제에 대해 여전히 답이라고 생각하며 답안을 궁리하고 있는 나여. 동지들이여. (박세현 산문집, 『시를 쓰는 일』, 오비올프레스, 2018)

∧☞#

시인이 직업이 되는 순간은 두 가지 경우뿐이다.
하나는 시를 발표하고 정상적인 원고료를 받을 때
그리고 그 저렴함에 새삼스럽게 놀랄 때

『ㅋ』

고급한 독자가 드문 사정은 고급한 문학이 희소하다는 전제를 딛고 있다. 고급한 문학은 어떤 것인가. 고급한 내용을 고급한 형식으로 전달하는 문학이다. 이해가 팍팍 온다. 서글픈 동어반복. 고급은 또 무엇인가. 고급의 극점에는 항상 저급이 있다. 고급은 저급을 경유해서만 상상되는 무엇이다. 금강경 문체로 정리한다. 고급은 저급과 같지 않지만 다르지도 않다. —수유역을 통과하며. (박세현 산문집, 『시만 모르는 것』, 작가와비평, 2015)

△∫℃

쓰지 않는 것도 시다.

◁∀♬

시를 읽지 않아도 아무렇지 않은 증상은 다름 아닌 시가 준 선물이다.

시를 맹신하지 말아야지.

⊇≑∧

무독자에 익숙한 시인의 입장으로 보자면 한국과 북한이 벌인 무관중 축구는 삶의 어떤 엑스타시를 전시하는 게 아니던가.

☞∧♂

에세이를 읽으며 40도를 육박하는 더위를 견딘다.

주문하려던 책 몇 권을 포기한다.

읽지 않아도 될 것 같다.

더위 때문인가, 책이 아니라 저자가 싫어졌다.

♯♯♯

과테말라를 마셨는데

우연히 과테말라 화산이 폭발했다

여러 명이 죽고 다쳤다

커피는 아주 진했고
뒷맛도 오래갔지만
괜히 과테말라를 마셨나 후회도 했다
케냐를 마셨다면 케냐가
게이샤를 마셨다면 게이샤에
무슨 일이 일어났으려나
커피도 조심해 마셔야겠다

▽⊥⌒

문노협(文章勞動者協議會)에서 회원가입을 권유하는 메일을 보내왔다.

일용직 문장 노가다도 입회 가능. 회비 지방자치단체 보조. 연회비 면제.

∠▽◎

장평 지나 진부를 지나갈 때마다
여지없이 떠오르는 진부하고
고리타분한 목록들
(생략)
진부한 것은 그리스 비극보다
더 질긴 비극이다
진부를 통과할 때는

'총 맞은 것처럼' 지나가야 한다.

☆≒￥

노래를 위해 창법을 버리듯이
시를 위해 작시법을 버려야 한다.
누구 말이지?

∪⊥≥

『아무것도 아닌 남자』는 박세현의 열 번째 시집이다. 이 시집은 220쪽이고, 289편의 시와 장문의 '시인의 말'이 달려 있다. 그의 시는 이른바 좋은 시와 잘 쓴 시와 잘못 쓴 시의 틈을 체험하는 문자의 향연이다. 쓰는 자의 열망과 쓰지 않는 자에 대한 외경을 깔고 있다. 시 나부랭이의 혼선과 몌별하는 자기 독선은 열 번째 시집이 도착한 광야다. 그의 시는 시의 입구이거나 시의 뒷구멍을 지나간 뒤의 적막이다. 분장과 미장센과 아우라와 맥거핀을 다 치워버린. 그놈의 지겨운 메타포도.

℃Å¡

커밍아웃이자 자작극일 나의 산문은 시와 세상 그리고 무엇보다 나 자신에 대한 전면적 오인과 왜곡의 기록이다. 미학이 양보된 이 잡념들은 일구지난설(一口之難/亂說)의 문자적 얼룩이다. 잠시 졸다 눈 떴을 때 '잠시' 얼비치던 꿈에 구두점을 찍고 싶었던 것일까? 잠패롱을 하면서 이 글에 알몸을 걸치던 지난 여름날의 새벽 시간은 행복했다. 에크리가 담아낼 수 없는 생의 어떤 출렁임에 온전히 몸을 맡길 수 있었기 때문이다. (박세현 산문집, 『설렘』, 랜덤하우스, 2007)

≤◎≥

시인은 무엇이 시인가를 재정의하는 존재다. 시는 주어져 있는 무엇이 아니다. 그러니까 무엇이 시인가를 강박적으로 질문하는 순간이 시이고 그것을 받아 적는 것이 시가 아닐까. 기왕의 시론과 시창작법 따위는 시를 주지 못한다. 유사성행위 가이드북일 뿐이다. 시인은 그것을 받아들이면서 그것을 부정해 나간다. 지리멸렬을 지리멸렬로. (박세현 산문집, 『오는 비는 올지라도』, 오비올프레스, 2016)

⌒↓ㅋ

시인은 땅에서 십센티쯤 발이 떠 있는 존재인데 그게 그의 팔자다.

허공이 그의 집이기도 하다.

♪▽√

4호선 전철 타고 가다 충무로역에 내려야 하는데

동대문역사문화공원에서 내렸다(가) 얼른 다시 탔다.

나만 아는 일이다. 내가 이렇다.

¿∧♪

개똥같은 시를 쓰면서도

나는 말하는구나

나는 시인이오

그렇게 말할 때 나는

갓 핀 쑥대궁

지나가는 명퇴아저씨

젖 먹이는 엄마

첫시집을 낸 한글 해독자

지붕에 떨어지는 빗방울

부서진 어금니

남항진의 시든 해당화

단편소설, 늦깎이, 체크아웃, 초판 500부,

결혼식 하객 알바, 순댓국집 주인남, 전업 행려,

문학적 양아치, 삭제된 시의 첫줄

내가 쓰지 않은 것은 이렇게

모두 시가 된다

(박세현 시집, 『아무것도 아닌 남자』, 오비올프레스, 2017)

≡∩¢

나의 시는 나의 헛소리겠지요.
당신의 시는 당신의 헛소리겠고요.
아니라고요? 그건 정말 참다운 헛소리군요.

♪∃≥

나에게 시는 강력한 현실이자 더없는 환상이다. 아무것도 아니면서 그것 없이는 살아도 살아지지 않는 그 무엇이다. 지금 나는 나의 시를 규정하고 있는가? 그렇다. 여담처럼 말한다면 내게 시는 설명할 수 없는 그 무엇이고 설명해도 자꾸 남아도는 그 무엇이다. 설명되지 않기에 나는 시를 쓴다. 그래서, 설명되고 이해되는 것은 시가 아니거나 시의 영역이 아니라고 믿기도 한다. (박세현 산문집, 『시인의 잡담』, 작가와비평, 2015)

(주)

시가 늘지 않는다. 삶이 늘지 않기 때문이겠지.

◁¿▷

한 입으로 말하기 어려운 얘기들을 아무렇게나 적어보았다. 대개 내 얘기지만 그건 거짓말이다. 세상에 내 생각이나 내 얘기 같은 건 없다. 내 생각인 듯이 개기면서 살아간다. 시에 너무 과도한 생각을 의탁하면 시도 삶도 수상해진다. 가진 것이라고는 시밖에 없다는 말은 시만 가지지 못했다는 뜻으로 울려온다. 최소한의 시, 시의 최소한. 그래, 그게 시야. 이렇게 말할 수 없는 곳에 시는 있다. 대충 살자.

↓↓↓

시는 읽는 장르가 아니라 쓰는 장르다.
손가락 힘 있을 때 열심히들 쓰세요.

☎

변방의 모든 오랑캐들을 대리하여
지극한 마음으로 나는 여기 서명한다.

레제 시나리오

시인의 사생활

작가 노트

이 글은 읽기 위한 시나리오다. 촬영을 전제하는 것이 아니라 읽으면서 이미지를 소환하려는 것이 이 작업의 취지다. 만들어진 이미지가 아니라 순수한 에크리의 힘을 믿고 싶은 형식의 글이다. 부분적으로는 희곡이나 라디오 드라마의 성격도 혼재되지만 그런 것은 따질 것이 없다. 이 글은 연출이 아니라 시나리오 작성자의 의도에 방점이 찍히기 때문이다. 때로는 영화처럼, 때로는 희곡처럼, 때로는 소설처럼, 때로는 시처럼 읽히는 건 이 글의 책임이 아니다. 그 어느 것도 아니어도 상관없다.

등장 인물

소설가(60대 후반): 그는 이 글의 중심인물이다. 그는 소설가이며 몇 권의 소설을 인쇄한 바 있다. 그는 누가 봐도 문인냄새가 나지 않는 유형의 인물이다. 자기 기만이 페르소나가 된 인물. 최근 그는 『시인의 사생활』이라는 장편을 마무리했다. 그것을 인연으로 몇 사람이 그의 서재에 모인다는 것이 이 시나리오의 내용이자 형식이다.

시인(50대 후반): 이 사람은 소설가의 소설 속에 등장하는 인물이다. 실제로는 존재하지 않는 허구적 인물이다. 소설가의 키보드 위에서 태어났다. 누구와도 비슷하지 않지만 또 누구와도 비슷한 인물이며, 소설가와 소설 밖에서 얘기를 나누기 위해 소설 속에서 이탈했다.

독자, 여성(40대 후반): 소설가와 친분이 있는 독자의 역할.

문학 기자(30대 후반): 지방에서 발간되는 생활정보지의 편집 기자이지만 직접 등장하지 않는 징후적 인물이다.

무대

이야기는 주로 소설가의 집필실에서 이루어진다. 집필실은 개인주택의 거실이다. 거실의 한 면은 바깥을 조망하기 좋은 창이 있다. 대형 스크린 같다. 창밖은 먼 실루엣으로 산의 윤곽이 보인다. 벽 한 쪽은 서가다. 서가는 카메라가 한번 훑어주겠지만 이러저러한 책들이 뒤죽박죽, 얼기설기 질서 없이 꽂혀 있다. 소설가의 편견이 도드라질 만한 책들이 주로 꽂혀 있다. 한물 간 슬라보이 지젝의 책도 몇 권 보인다. 책상에는 노트북이나 다른 문구류가 전혀 없이 조용하다. 아무것도 없다. 무슨 메시지 같다. 방 가운데에 둥근 티테이블이 있고, 의자가 네 개 있다. 오늘의 이야기들이 전개될 공간이다. 내러티브의 중후반에 간단한 주류와 안주류가 세팅될 것이다. 바깥은 9월 초순의 늦장마 비가 내릴 것이고, 시간은 대체로 오후 네 시쯤으로 설정된다. 초대된 등장인물들은 시간의 구애를 받지 않는 인물들이다.

1. 빗소리 총량

화면이 열리기 전, 화면 뒤에서 1분 이상 지루할 정도의 빗소리.

화면이 열리면 집필실 전체가 잡히고 일인용 의자에 앉아 빗소리에 묻혀 있는 소설가의 등이 보인다. 묵은 삶이 비치는 등이다. 이 장면에서 카메라는 고정되고 5분 정도의 시간이 흐른다. 비는 계속 오고, 음악이나 조명이 없기 때문에 생활 소음이 음악을 대체하고, 실내등이 조명의 전부다. 카메라는 한 곳에 고정되어 있어서 인물들이 화면 밖으로 나갔다 들어갔다 할 뿐이다. 이른바 영화 용어로는 롱 테이크다. 아무래도 괜찮다. 카메라는 없는 거나 마찬가지라는 뜻이다. 이런 시간의 한구석에서 소설가가 전화를 받는다. 네, 네. 천천히 와. 전화를 끊는다. 다시 빗소리 들어온다.

2. 독자의 등장

현관에서 벨소리 들리고 소설가가 천천히 현관으로 이동한다. 문을 연다. 손에 무언가를 든 독자 여성의 등장이다. 소설가가 그것을 받는다. 뭡니까. 커피에요. 원두를 좀 샀어요. 좋지요. 등의 가벼운 악수 같은 말들이 오고간다. 이 순간은 소설가나 독자가 화면 안에 없다. 화면은 여전히 빗소리를 담은 채 비어 있다. 이윽고 두 사람은 테이블을 가운데 두고 양쪽으로 나누어 앉는다. 조명이 다소 어둡다. 소설가가 일어나 등 하나를 더 켠다. 그제야 독자의 얼굴도 윤곽이 분명해진다. 독자의 의상은 비오는 날을 더 명랑하게 하려는 듯 밝은 톤의 치마와 간단한 남방셔츠를 입었다. 한 쪽 소매만 걷었다. 수수하지만 신경 쓴 차림.

독자: 오랜만이지요, 선생님.

소설가: 저번에 만나고 처음이니까요.

독자: 저번에 언제요?

소설가: 그러니까, 왜 저번 있잖아 (말을 놓으며)

독자: 다 알아요. 기억 못하시는 거.

소설가: 이 사람도 온다 그랬어. 본 적 있을 거야. 우리 동네 생활정보지 '데일리' 기자.

독자: 그 자가 왜요?

소설가: 비도 오고 한잔 생각도 났던 모양이지.

독자: 혹시 그 사람이 선생님 소설 얘기를 같잖은 자기네 종이 신문에 기사로 끄적대려고 오는 거 아닌가요. 저번에도 선생님 소설 제일 먼저 기사로 올렸잖아요. 쪽팔려 죽는 줄 알았어요. 검색하면 '데일리' 기사가 제일 먼저 끌려오잖아요. 문장 앞뒤도 못 맞추는 게 무슨. 개자식.

빗소리, 음악처럼 방안 전체를 공습한다.

또, 한 십 분은 이대로 가야 할 듯. 빗소리. 빗소리. 빗소리.

3. 시인의 등장

집필공간에 떠 있던 막연한 침묵을 걷어내려는 듯이 소설가가 입을 연다.

소설가: 이 사람도 온다고 했는데….

독자: 누구요?

소설가: 내 소설 『시인의 사생활』에 나오는 등장인물.

독자: (윗몸을 젖히면서 마구 웃는다. 그러다가 반쯤 정색하며) 선생님두 참. 소설에 나오는 인물이 어떻게 온다는 말이에요. 요새 점점 이상해지는 거 아세요, 슨생님. 소설가의 키보드 위에서 태어난 시인이라 궁금하기는 하네요.

소설가는 대꾸하지 않고 가만히 있는다. 분위기를 반전하려는 듯 고개를 돌려 창밖을 일별한다. 비, 여전히 비. 그 사이에 독자가 일어나서 커피를 준비하겠다고 한다. 서로 자기가 하겠다는 가벼운 실랑이. 소설가가 커피를 준비하는 동안 빗소리를 배경으로 독자의 프로필이 지나간다. 인문학 근처에서 살아온 얼굴이다. 밝음과 어둠이 교차하는 순간에 부산물처럼 튕겨오른 지적 명료성이 그녀의 특징이랄까. 소설가가 커피를 챙겨가지고 테이블로 돌아온다. 원두가 싱싱하군. 삼 일 전에 볶았대요. 랭보가 즐겨 마셨다는 커피가 뭐더라. 아직도 그만 뽕짝으로 사세요. 이건 게이샤에요. 그거 좋아하시잖아요. 가짜는 아니겠지. 커피를 잔에 따르고. 맛을 보면서. 좋군. 네, 괜찮네요 등의 다이얼로그와 긴 잡담과 명랑한 장면이 지나간다.

소설가: 이건 좀 복잡한 얘긴데 간단히 말하면 내 소설 속의 등장인물이 작자인 나를 만나고 싶다는 거지. 그래서 오늘 찾아오기로 했어. 같이 만나면 좋지. 나도 내가 만들었지만 내 맘대로 안 되는 거고. 나도 한번 만나보고 싶었던 참이야.

독자: 왠지 소설가보다는 시인이 멋대가리는 있잖아요. 소설가는 고증전문가들 같아요. 소설가와 시인은 기원 자체가 다른 부족들이에요. 조상이 달라요, 조상이. 선생님, 안 그래요? 시 잘 쓰고 소설도 잘 쓰는 사람도 있나요?

소설가: (한참 있다가 문득) 없다!

독자: 거 봐요. 하이파이브는 생략합시다. 이 나이에 ㅋㅋ. 축구선수와 장대높이뛰기 선수가 스포츠로 묶이지만 달라도 너무 다르듯이요. 이번 소설은 그러니까 소설가가 상상하는 시인이라는 말이겠네요. 선생님 주변에 출몰하는 시인들이 선생님이 본 시인의 전부 아닌가요?

소설가: 그러나, 그럼에도 불구하고.

이때, 현관에서 벨소리 들린다. 소설가가 일어난다. 현관에서 들리는 목소리들. 비 오는데 먼 길 오느라 애썼네. 뭘요. 빈손으로 와서 죄송합니다. 괜찮아. 손님이 있나 봐요. 들어와 등의 말들. 잠시 후 그들은 카메라 속으로 들어와 비어 있는 의자에 앉는다. 독자와 시인이 서로 눈인사.

소설가: 이렇게 만나는 거 처음이지? ㅎㅎ

시인: 소설 밖으로 나온 쌩현실에서는 처음입니다. 소설가 집을 방문한다고 생각하니 기분이 묘했습니다. 그런데 소설가 집도 별 건 아니네요.

독자: 시인의 집은 별 건가요?

시인: 나야 주민등록증을 가진 인간이 아니니까요.

독자: 말하자면, 서재엔 온통 시집들이 쫘악 꽂혀 있고, 한쪽에는 오디오가 있고, 벽에는 그림 한 점, 이런 식인가요?

시인: 맞아요. 상투적이긴 하지만 시인들 대부분 그런 정신감각 안에 살지 않나요? 나는 태어나 소설가 선생님 집에 오는 게 전부입니다. 전무후무지요. 초대해주셔서 고맙습니다.

소설가: 고맙긴. 이 사람아.

시인: 근데 선생님은 아까부터 왜 말을 까세요? 처음 보는 사이인데.

소설가: 앗, 미안하네. 나는 우리가 소설 공간에서 매일 만났기 때문에 구면이란 착각을 가지고 있어서 그만.

독자: 그건 맞네요. 지금 우리는 소설 속에 있는 게 아니잖아

요. 그리고 두 분 선생님들 (카메라의 방향을 가리키며) 카메라가 저쪽에 있으니 말씀하실 때 카메라를 의식해주시면 그림이 더 좋을 겁니다. 이 짓이 다 카메라에 얼굴 한번 찍히자는 거 아닌가요. 아셨지요?

시인: 이거 개봉관에 걸립니까?

독자: 개봉관 같은 소리 하시지 마시고요.

시인: 나야 선생님 자판 위에서 태어난 인물이라 말할 권리가 없지만 선생님 소설 제목은 맘에 들지 않습니다. 『시인의 사생활』은 좀 그래요. 시인에 대한 환상을 고착시키던가 아니면 환상을 일그러뜨리겠다는 작의가 느껴지거든요.

독자: 시인에게 무슨 환상 있습니까?

시인: 소설가님에게 물은 겁니다. 우리끼리 좀 대화하게 빠져주세요. 당신들은 영풍문고나 골목서점 시낭송회 객석에 앉아서 고개를 끄덕이고 있으면 되는 거지요.

독자: 지금 독자를 개무시하는 거 아시나요. 아무튼.

소설가: 나는 비실용적으로 꿈꾸는 자의 이면을 상상해보고 싶었던 거야. 몽상이 현실적으로 도착한 지점 같은 거 있지 않을까. 사생활이라는 말이 거느리고 있는 일반적인 의미를 떠올렸다면 실망이겠지.

시인: 나는 가공의 인물이므로 소설의 서사 공간 안에서만 살아 움직입니다. 그러니까 소설 밖의 생활이라는 게 있을 수 없습니다. 그런데 선생님이 창조한 시인 즉 나라는 소설적 인물

은 다소 허황되게 보였다는 말이지요. 비현실성의 농도가 너무 높게 상상되지 않았나 싶더군요.

독자: (또 끼어든다) 본래 시인들 좀 그렇지 않나요?

시인: 현실 부적응자들이지요. 자폐적이고. 그건 그렇게 몰고 가려는 고정된 사회적 편견이지요. 시인들 얼마나 약삭빠른데요.

독자: 그게 뭐 잘못된 건가요? 그건 좋은 것도 나쁜 것도 아니잖아요.

시인: 그게 아니라 내가 말하는 약삭빠르다는 말은 그 이상의 의미를 말합니다.

독자: 시인은 본질을 보려는 자들이니까 날렵한 게 옳지 않나요?

시인: 본질! (그러고는 웃는다. 점점 더 큰소리로)

독자: 선생님도 한 말씀 하세요. 왜 가만히 계세요?

소설가: 이 사람 늦어지네. 전화해봐야겠다.

독자: 누구요? 그 기자? 오겠지요. 등신.

4. 조금 늦은 낮술

술상이 차려졌다. 소설가가 준비한 간단한 안주와 술이 진열된다. 소주와 맥주. 안주는 김치찌개와 기타 소소한 것들. 시인이 소설가에게 예를 갖추면서 잔을 따른다. 이번엔 소설가가 시인과 독자에게 따른다. 건배! 잔을 부딪치는 사이로 빗소리

뚜렷하게 업 된다. 이 장면은 영화나 소설적인 분위기가 다 거세된 쌩현실이기를 바란다.

독자: 빗소리듣기모임 임시 총회 같아요.

소설가: 소설가는 소설 쓰는 사람이잖아. 소설이 뭐야. 스토리텔링이지. 난 그 말이 싫어. 시인이 부러운 건 자기 고뇌와 싸운다는 거지.

시인: 가짜도 많아요.

소설가: 가짜는 없어. 진짜 같은 가짜도 있고, 가짜 같은 진짜도 있지만 세상에 가짜는 없다. 우리가 의심해 마지않아야 할 것은 가짜가 아니라 진짜라는 거지. 진짜는 뭐야. 그게 진짜 수상한 거야. 요새는 진정성이라는 용어 안 들려서 좋다. 꼴같잖은 진정성.

독자: 비가 점점 더 와요. 기자는 오다가 돌아가겠어요. 전화해 볼까요? 그 사람은 진짜 진정성이 부족해보였어요.

소설가: 오늘 우리가 우중에 만났는데 내가 따로 할 말은 없어. 단지 내가 소설에서 생각해보고 싶었던 것은 시인이 가진 환상의 이면이었어. 환상이 아니라 환상의 뒷면. 그것이 늘 궁금했고 나는 그것을 시인의 사생활이라 생각했지.

시인: 소설 속에서 시인 역할을 떠맡고 있지만 제 생각에는 한계가 있더라구요. 그래서 소설의 문맥에서 빠져나와 이렇게 선생님과 술 한잔 하면서 얘기를 나누고 싶었습니다. 소설 속에

있을 때는 환상의 이면 즉 시인의 사생활이 있는 듯이 보였는데 소설에서 나와 현실과 마주하니 환상의 이면은 환상의 표면이었습니다. 표면과 이면이 있다는 이원론이 바로 허구였다는 생각이지요.

독자: 이 대목에서 한잔 드시지요. 환상 따위는 속임수에요. 제가 오버했나요. 이게 저의 장점.

소설가: 이 사람 왜 아직 안 오지. 전화해봐야겠어.

시인: 그런데 선생님은 왜 시인의 고민을 대신 하세요?

소설가: 우리야 직종이 휴머니스트로 분류되니까. 소설가는 시인과 달라. 아니 틀려. 소설가는 영감에 의존하는 시인과 다르지. 우리는 사업가야. 소설이라는 긴 내러티브는 발상부터 프로젝트거든. 시장에서 돈과 교환되지 않으면 그건 허허 순수소설의 운명이 되는 거지. 그럼. 순수소설. 순수와 소설은 형용모순이야.

독자: 선생님, 지금 독자와의 대화하시는 거 아니지요?

시인: 선생님은 소설가라는 직업이 좋으세요? 말을 바꿀게요. 허구를 믿으세요?

독자: 재밌다. 오늘 나 잘 왔네요.

소설가: 내 영업을 의심하는군. 허구는 매우 파워풀한 거야.

시인: 현실은 더 파워풀하지요. 내 말의 요점은 소설가라는 작자들이 현실과 허구가 따로 존재하는 듯이 구분지어 생각하는 겁니다. 이건 말이 될 겁니다. 현실만한 허구가 없고, 허구만

한 현실이 없다는 것. 이게 나의 허구철학입니다.

소설가: 소설에서 해방되더니 더 똑똑해졌군.

5. 빗소리 가늘어졌다 굵어졌다

그 사이에 소설가가 자리를 뜬다. 각자 조금씩 취했다.

시인: 독자님, 오늘 처음 뵙는데 내가 말이 헤펐습니다.

독자: 그래도 그렇게 까놓고 말해야 합니다. 인생 뭐 있나요. 솔직할 수 있는 장면 만나기 쉽지 않더라구요. 한잔 하세요. 실체도 없는 분이 술 좀 성의껏 드세요.

시인: 선생님과 가까운 사이세요?

독자: 무슨 뜻이에요. 주말 드라마도 이런 후진 대사 안 치거든요. 소설 속에서 충분히 느끼셨겠지만 소설가 선생님이 오늘은 아주 조신하고 인격 있는 척 하고 있는데요. 저 분 아주 골때리는 분이라는 거 아시지요? 시쳇말로 모두까기 인형 협회 회장 같은 분이지요. 저 분이 사실 가장 존경하는 인물도 시인이고 가장 경멸하는 인물도 시인이랍니다. 극모순이지요.

시인: 어떻게 그렇게 잘 아세요. 아니면 아는 척 하는 자기 해석인가요? 나도 나름 저 분의 분비물 같은 존재라서 어느 정도는 안다고 할 수 있는 입장입니다.

독자: 분비물? ㅎㅎ

이때 무대로 등장하듯 소설가가 들어와 자기 자리에 앉는다.

비가 그쳤어. 그러면서 중얼중얼. 시인은 자작으로 소줏잔을 기울인다. 취했다.

시인: 이번 소설 속에서 시인으로 등장하면 재미있는 일이 많이 생길 줄 알았는데 그렇지도 않더군요. 아마 소설가 선생님이 시인의 정신에 균열바이러스를 심은 거 같습니다.

소설가: 시는 뭐 재미볼려고 쓰나?

독자: 요즘에도 시인의 양심이라는 구태의연한 말을 쓰는가요? 하긴, 양심 있는 시인들은 다 한군데 모여 있더라구요. 양심공동체.

소설가: 자네는 소설 속에만 살아서 모르는 모양이구만. 이제는 그 말이 죽은 말이 되었네. 정부도 그 말을 금기어 사전에 등록시켰다네. 양심은 다 정부에 반납했다는 거지. 시대의 양심 같은 거 함부로 떠들면 신긴급조치법에 걸려드네. 쉿, 조심.

독자: 전철노조와 시인노조가 다를 게 없군요.

시인: 선생님, 소설에서 저를 좀 수정해주세요. 머저리 같은 부분을 좀 쳐내고 얍삽한 인물로 조금만 고쳐주시면 안 될까요?

소설가: 얍삽이라. 하긴, 얍삽하고 날렵해야 시를 쓰지. 권투도 아웃복서와 인파이터가 있지. 시는 아웃복싱을 닮았겠지. 삶의 요점을 건드리는 거.

독자: 삶에 요점이 있나요?

시인: 독자님 말씀에 한 표.

소설가: 어느 사이에 2인 1조가 되셨군. 근데 기자님은 정말 안 오려나봐. 전화해봐야지.

독자: 그 사람 안 올 거예요.

시인: 사뮤엘 베케트의 고도는 아니겠지요.

소설가: 더 기다려야지. 고도는 오지 않잖아. 안 오는 줄 알면서 기다릴 때만 기다림이지.

독자: 그 사람 사실 기자도 아니지. 별 게 다 기자야. 하여간 선생님 그 작자 이름이 뭐에요?

소설가: 이름? 생각이 안 나네. 그냥 기자지 뭐.

시인: 고도라고 하지요. 성은 고, 이름은 도. 높을 고에 길 도. 그럴 듯 하군요. 따지고 보면 시도 고도가 아니겠습니까. 끊임없이 내게 오지만 언제나 그것이 아닌 것. 내 것인 듯 내 것 아닌. 그래서 죽을 때까지 미치도록 기다리게 하는 것. 그것이 시인 것 같습니다.

독자: 진정한 사기군요. 한잔 하세요. 박수. 누군가 '인 것 같습니다'라는 어정쩡한 말투를 '시입니다'라고 확정지어 주었으면 좋겠습니다. 오늘, 우리가 다수결로 결정하면 어때요? (소설가와 시인을 쳐다보면서) 두 분 선생님들.

이때, 번개와 천둥이 동시에 친다.

그리고 정전, 암흑. 빗소리만 세차다.

텅 빈 화면에 칠흑같은 암흑 60초 정도 지속된다.

이윽고 실내등에 불이 밝혀진다.

독자: 행복했어요. 사전에 없는 행복.

시인: 시가 다녀갔습니다.

독자: (소설가를 쳐다보며) 선생님은 괜찮으세요?

소설가: 종말이 태초를 포옹하는 순간이었어요.

독자: 좀 아닌 거 같아요. 구려요.

시인: 저는 취했습니다. 이제 돌아가봐야겠어요. 오늘 즐거웠습니다.

독자: 시인 선생님은 어디로 돌아가시는데요.

시인: 선생님 소설 속으로 돌아가야 하는데 다시 돌아갈 수 있을지 모르겠습니다. 돌아가는 길을 잃어버렸거든요. 혹시 거리에서 방황하는 홈리스를 만나거든 저인가 여겨주십시오.

독자: 나르시시즘이 심하십니다. 그러니 멀쩡한 인간이라면 시를 읽지 않겠지요?

소설가: 뭐, 내 소설 속으로 돌아오지 않아도 할 수 없네. 그건 시인의 자유라네. 하지만 이건 명심하시게. 소설가는 집이 있지만 시인은 깃들 집이 없다.

시인: 선생님, 헤어지는 마당에 또 사기를 치시는군요. 하긴 시인들은 시 몇 줄로 사기를 치지만 소설가들은 아주 큰 볼륨으로 사기를 치잖아요. 장편 사기, 대하 사기 등등. 사기라는 말에 발끈하는 인간들은 학부시절로 돌아가서 문학개론을 다시 수강

해야 합니다.

독자: (자기 잔에 술을 따른다.)

소설가: (자기 잔에 술을 따른다.)

시인: (역시 자기 잔에 술을 따르면서) 제가 시 한 편 읽을까요?

독자: 대본에 없잖아요. 선생님 신가요?

시인: 내 것은 아닙니다. 대본에는 없지만 알아맞추시면 후사. 시인의 이름을 아시는 분은 시나리오 밖으로 찾아오시면 되겠습니다. 참고로 독일계 미국 시인입니다. (소설가와 독자를 둘러보면서) 참, 이 대본 누가 쓰는 겁니까? 궁금하네. 자, 읽겠습니다. 경청하지 않아도 좋은 시에요.

그들은 시인을 살해한다
그들은 시인을 불태운다
그들은 시인을 무시한다
그들은 시인을 싫어한다
하지만 달은 알고 있다
시인을
그리고 창녀들은
알고 있다
시인의 고뇌를
그들은 시인에게

공짜로 해준다
성스러운 기도 속에
그의 불알의
털을 핥아 준다

시인은
죽지 않을 거야

죽음 속에서도
그는 달 속에
앉아서
우주를 향해
가운뎃손가락을
들 거야!

독자: (일어나면서 박수를 친다.)

소설가: (시인을 바라보면서 묵언한다.)

독자가 천천히 일어나 거실의 빈 공간으로 나간다.

독자가 빗소리를 배경음으로 춤을 추기 시작한다.

(이 장면은 장률의 「춘몽」과 이창동의 「버닝」의 춤 장면 오마주다.)

느리게, 아주 느리게, 슬프게, 아주 슬프게, 기쁘게 아주 기쁘게.

'추다'라는 동사가 몸을 타고 '춤'이라는 명사로 굳어져 가는 일련의 과정.

부드럽지만 해석불가의 관념적인 카리스마가 솟아난다.

소설가는 의자 등받이에 등을 기대고 눈을 감고 있다. 자는지도 모른다.

시인은 취한 채, 먼 눈으로 춤을 어루만진다.

배경에서 들리던 빗소리가 춤 속으로 사라진다.

빗소리듣기모임 임시 총회

1

당신도 세상 누구처럼 빛난다
기쁘고 깊고 은은한
광채에 싸여 산다
잠깐 그렇게 살고
우리는 각자의 기억 속으로 들어간다
자연사 박물관 속으로 들어간다
그리고는 자연스럽게 잊혀질 것이다
감사할 일은 당신도 나도
잊혀진다는 사실
끝내 잊혀지지 못하고
두고두고 역사라는 대본 속에서
상찬과 질투와 비난을 받으며
살고 싶다면 잊혀지지 않을 일에
몰두해도 좋다
무언가를 남긴다는 것은 예의가 아니다

2

이 책은 문학이라는, 삶이라는 화면 밖에서 쓰는 글이다. 뚜렷한 형상을 갖지 못한 책이기 쉽다. 뭉뚱그려 말하자면 산발적 집중이다. 시를 향한, 나를 향한, 다시 시를 향한, 다시 나를 향한 그런 책이다. 지향이 따로 없고 과정도 따로 없다. 그냥 쓰는 글이므로 써지는 것이고 쓰다가 마는 것이고 쓰다가 그치는 지점이 이 글이 도달하려는 장면이다. 어디까지 갈지 또는 장르는 무엇인지 규정하지 않는다. 에세이 같고 소설 같고 시 같고 드라마 같고 무엇보다 이들을 질서 없이 섞어버린 무엇이면 좋겠다. 한 편의 구성없는 레제 시나리오면 좋겠다. 시도 아니고 소설도 아닌 무엇이다. 무엇은 무엇일까. 그건 나도 모르겠다. 나는 문장에 끌려갈 뿐이다. 부디 나를 함부로 이끌어다오. 나는 나의 글에게 미리 말해둔다. '춤춰라 기뻐하라 행복한 육체여.' (정현종)

3

–시인은 자기 시론이 있어야 합니까?

=그렇습니다.

–자기 시론 없이도 시 잘들 쓰더군요.

=그렇습니다.

–시론은 없어도 된다는 말씀이군요.

=그렇습니다.

–김춘수, 김수영 등 대표적인 시인들은 다 시론이 있잖아요.

=그건 그 사람들 사정이지 나하고 무슨 상관. 그리고 그 사람들 무슨 대표지요?

–우리나라 시문학의 대표들이지요.

=그들은 그 자신을 대표할 뿐이지요.

–지금 시론 같은 소리 하고 있다는 거 아시지요?

=그건 내 사정이오.

3–1

나는 한국문학을 믿지 않아요
(사실은 너무 믿거든요)

세대론적으로 586
지방 20만 규모의 소도시 거주
문지 시인선 200번대까지 독서
자영업자
현재 여자
(2019년 8월 26일 월요일 오후 일곱 시
한국문학의 정신사적 한 구석이 리모델링되는 소리)

4

그토록 중요하게 보였던 것들. 이데올로기, 민족, 국가, 국산품, 가족, 산미나리, 원고 뭉치, 초판시집 그런 것들. 그게 무슨 소용이지? 내일이면 잊히리라. 이것은 약자의 생존법이다. 혹시, 시인 백석님 아닙니까? 그러면 어떻고 아니면 어떤가. 시는 초연하기 전까지의 글쓰기다. 식은 열정으로 쓰는 시는 식은 시다. 시는 은유가 아니라 환유다. 이 시가 아닌 거 같아. 이 여자가 아닌 거 같아. 쓰고 또 쓰고 시집 내고 또 낸다. 없는 기의를 찾아 헤매는 기표의 여행이다. 세상에 없는 딱 한 편을 쓰기 위해 헛손질을 한다. 우린 알고 있지. 이 작업이 모두 참아지지 않는 허기라는 것을.

5

자기가 시인이라고 생각하는 시인

5

한국문학은 거장을 가져보지 못한 공허를 견디고 있다. 작품과 작품 외적인 무언가가 독자를 설득시켜야 거장으로 호명될 수 있을 것이다. 그게 무엇인지 안다면 미리미리 준비해두는 것도 좋을 텐데.

5

오직 부드러운 손끝으로 쓰는 작가가 최고다.

머리로 쓰는 작가들, 가슴으로 쓰는 작가들은 고 다음 줄에 앉아주세요.

5

시 같은 시는 흔하고, 소설 같은 소설은 넘쳐나고, 평론 같은 평론은 널려 있다.

시는 시의 백댄서이고, 소설은 소설의 들러리이고, 평론은 평론의 하청이다.

그 사이를 뚫고 빨리, 크게 달아나야 한다.

재수 없으면 문학상 타고, 페이스북에 내걸린다.

서두르시오.

5-1

시 쓰는 소설가가 있고, 소설 쓰는 시인이 있다.

소설의 진실이 시에 걸려 있고, 시의 진실이 소설에 묻어 있다는 생각으로 불안한 존재들.

그가 쓰는 사람이다.

5-2

독립출판, 독립문예지, 독립서점이라는 말들이 낯설지 않게 되었다. 개념이 어떻게 되었든지 간에 자본으로부터 독립적이라는 느낌을 준다. 이런 설명은 약간 부정확하다. 진리도 자본과 관련되는 마당에 자본을 벗어난 출판이나 서점은 존재할 수 없다. 그보다는 주류의 독과점적 사유 틀을 벗어나보겠다는 큰뜻으로 새겨보고 싶다. 독립출판사라고 하면서 대규모 출판사의 출판행태를 흉내낸다면 그것은 이미 독립출판은 아니다. 그들에게는 단지 자본이 영세할 뿐이다. 불쌍한 일이다. 돈을 번 출판사들이 손을 댈 수 없고 착상할 수 없는 기획이 이루어져야 독립출판이라 할 수 있다. 또, 독립문예지의 경우라면 반동적이어야 한다. 그러니까 신춘문예니 기타 문예지의 소위 등단 절차를 밟은 문인들이 아닌 미등단 문인들이 편집과 필진의 중심을 이루면 좋겠다. 신춘문예로 등단했다는 사실만으로도 이미 구시대적이기 때문이다. 이런 발상의 연장선상에서 자연스럽게 독립시인이라는 명칭을 띄워본다. 생뚱맞지만 뭐 그렇게 삐딱한 얘기도 아니다. 오늘날 대개의 시인들은 기획사 시스템에 포섭되어 있다. 출판사나 잡지사가 연예기획사 역할을 떠맡고 있다. 저자와 출판사가 영업적 공생을 하는 것은 당연한 일이다. 그러나 멀쩡한 시인선이 몇 되지 않는 한국에서 시인들은 기존 출판사의 눈치를 보지 않을 수 없다. 여기서 말하는 눈치는 시집 출판의 기회를 말한다. 특정 시인선에 포함되는 것이 시인들의 꿈이기도 하다. 그 또한 별로 트집 잡을 일은 아닌 듯이 보이지만 그렇지는 않다. 출판사가 생각하는 시적 가치와 시인의 시적 가치가 같을 수 없다. 같다면 수상하다. 그런데, 우리나라 시인선의 라인업을 보면 다 거기가 거기다. 다시 말하면 다양성을 가장한 근친상간적 교배의 산물이라는 인상을 지울 수 없다. 이런 흐름에 종속되고 싶지 않은 시인이 독립적인 시인이다. 시인은 그 모든 관념고정으로부터 독립적 주체가 되어야 옳다.

말은 멋있는데 그런 시인이 있는가. 이 문장에 물음표가 없음을 유의하시기 바란다. 오다가다 인사치레로 듣는 말이 있다. 당신 시 좋더라. 고맙습니다. 집으로 돌아와 여러 번 귀를 씻어낸다. 그렇게 말한 사람의 덕담이 맞고 틀려서가 아니다. 나의 시가 누군가의 이해체계 속에 포함된다는 게 불편하기 때문이다. 이런 왕 모순을 나는 아직 해결하지 못하면서 독립적으로(!) 아니 개체적으로 쓰고 앉아 있다. 이 대목을 읽는 분들이 같이 웃어주시면 고맙겠다.

5-3

어느 시대에나 전위는 사기꾼이었다. 그러나 이 사기가 진리이다. 왜냐하면 진리는 허구이고 억압이고, 진리가 있는 게 아니라 진리로 추상화된 언어가 있고, 이런 언어는 비진리를 배제하기 때문이다. 그런 점에서 사기, 거짓말이 진리이다. 이강 선사의 말 좀 들어라. 시가 깊이가 있다는 둥, 철학적이라는 둥, 시대를 반영하고 있다는 둥. 이제 이런 생각들은 폐기물에 가깝지요. 이하 생략.

6

내 삶은 농담으로 구성되었다.
농담에 균열이 갈 때마다 삶의 속살이 보인다.
결락이 많은 불확실한 누구의 생애처럼.

6

사랑한다 사랑한다
그렇게 말하는 벙어리가
함박눈 속을 걸어간다
1930년대 북간도 어디
긴 애련의 벌판
짧은 팔로 내가 안아본다

7

벚꽃이 바람에 날린다는 구식 뉴스.
쓰나마나한 시를 쓰는 시인에게 올 봄은 대상을 줘야겠지.

7

시집이 팔리지 않는 건 이해한다. 읽히지 않는 것도 납득한다. 그런 딱한 와중에 재미를 보는 시집이 있음도 이해한다. 시집이 팔리지 않는 것은 그러려니 해도 인쇄와 동시에 시집 내용이 인터넷에 내걸리는 것은 이해하지 않는다. 검색만으로도 구매를 대신할 수 있을 정도다. 애써서 출판한 시집이 공짜로 휘둘리는 건 안타깝다. 시집의 비경제성을 탓하자는 게 아니다. 시집이 나오면 지인들에게 책을 공짜로 증정하는 것도 이해한다. 자기과시도 되고 일말의 자부심을 보상받는 기회가 되니까. 시집 냈어요. 남들이야 무관심하겠지만 당사자는 무관심한 척 할 수 없는 일이다. 이 괴롭고 외로운 당사자성! 팔리는 것도 읽히는 것도 아닌 인터넷상의 노출은 시인의 자존심을 한없이 갉아먹는다. 그렇게라도 노출을 원하는 시인은 제외한다. 오늘 아침 인터넷에 떴어요. 이런 순간들은 시인을 한없이 안심시킨다. 드디어 해냈구나. 그 여러 낮밤을 고심하며 쓴 시들을 묶은 것이 고작 인터넷 포탈에 고해바치는 것이었다니. 이런 추세라면 시인이 매춘부와 다를 게 뭐가 있을까. 죄송하다. 시인들이 들으면 화를 내겠다. 매춘부는 공짜가 없다. 매춘부도 화를 낼 일이다. 사정이 이와 같으니 인터넷에 무상으로 시를 공개하지 맙시다. 그러면 알릴 방법이 없습니다. 꼭 알려야 합니까?

7

좋은 시는 많다.

시는 읽히지 않는다. 읽히면 시가 아니다. 시인의 탓도 뭣도 아니다. 시대의 뒷면으로 조용히 흘러가는 시의 저주받은 운명이 그렇다. 시를 쓰는 일은 이제 행위예술이 되었다. 낯설고 괴이한 것은 모두 시가 되었다. 시는 여전히 각자의 자리에서 각자의 괴이함으로 반짝거린다. 수술은 성공적이었습니다. 그러나 환자는 사망했습니다. 이런 문장들이 머리를 스쳐간다.

7

이거 너무 음악 같아서 지겹지 않어? 음악을 모르는 사람처럼 연주하고 싶어.

마일스 데이비스가 연주 도중에 했다는 말.

그러면서 마일스는 어딘가에 도착했을 것이다.

다큐멘터리 「블루노트 레코드」에서 허비 핸콕이 회고한 마일스의 말을 내가 다시 왜곡한다.

기억의 왜곡과 편집 얼마나 창의적인 관습인가.

7-1

톨스토이의 『안나 카레니나』 열세 번째 번역이 나왔다고 황선생 인터뷰에서 읽었다.

백세 번째 번역이 나온다고 해도 달라질 것은 없을 것이다.

모든 번역은 아름다운 오역이다. 시가 그렇듯이 모든 해석이 그렇듯이.

'해석에 반대한다'는 말을 여기에 써도 될까.

8

기분도 그렇고 해서

벚꽃 지는 동네 골목길을 걷는다

질펀한 진행형 문장들

9

살구꽃이나 구경할 것이지

하나마나한 연애나 할 일이지
검색하면 될 일이지
누구 앞에서 목에 힘을 주고
침방울을 튀겨댔던 일들
급 반성한다

알면 얼마나 안다고
알긴 뭘 안다고
잘 알지도 못하면서

더 무식해지자
더 관대해지자
누가 길을 묻거든
이렇게 대답하는 게 좋겠다
제가 알 리가 있겠습니까
미안합니다

10

3호선 백석역을 지나가면서
봄날의 방언을 들었음
봄물 오른 여자들 웃음소리
형상은 없고 소리만 떠다닌다

흩날리는 꽃잎이 그렇듯이
지워진 날들이 그렇듯이
고라니 뜸부기 쇠별꽃 빈집
정권 바뀌기 전에 얼른 한 자리 해 먹기
중국산 미세먼지 촛불 산불 잔불

10

헨리 치나스키는 시나리오 집필을 의뢰받는다. 선수금도 받았다. 치는 애인과 집을 구하러 부동산을 찾아나선다. 부동산 소개로 교외의 한적한 곳에 있는 낡은 집을 구경한다. 그 집은 예술가 부부가 살고 있다. 허름하고 지저분하고 더러운 집이다. **거미는 홀로 노래한다** 치가 발견한 벽의 낙서다. 치는 계약을 포기한다. 여기까지 읽었다. 부코스키의 장편 『할리우드』. 찰스 부코스키는 가끔 내게 문학적 토템이 된다. 그는 시를 통해 시를 해방시키고, 소설로 소설을 해방시킨다. 그의 문학이 명작 리스트에 있어야 하는지는 모르겠다. 그는 시인의 얼굴을 한 개자식인지도 모른다. 개자식의 얼굴을 한 시인인지도 모른다. 그의 마지막 소설 『펄프』의 번역을 기다리고 있다. 8월 하순, 불암산에서.

11

문학은 협잡으로 미리 조작해 놓은 게임의 규칙에 대한 거절이다. 문학의 변증법은 노동의 변증법처럼 침묵에 대항하고 언어에 대항하여 말을 실험하고 사물을 실험함으로써 정신병에 굴복하지 않으려는 노력이다. 문학은 사실을 설정하고 강요하는 사람들, 미리 규정된 사실에서 이득을 보는 사람들이 언어와 다르게 말해 보려는 실험이다. (김인환, 『과학과 문학』, 수류산방, 2018, 255쪽) 창작이 가능한 지대는 중심에서 떨어져 있는 변두리이다. 지배 계급에게 "나는 당신들 축에 들지 않는다"라고 말하는 것이 창작의 출발점이다. 창작이란 큰 단위 대상들을 조직하는 지배 계급의 통계학에 반대하고 무한소의 부분 대상들을 향하여 달아나는 작업이기 때문이다. 작가는 작품의 교환가치를 부정하고 항상 강인하게 음지에 머물러 있어야 한다. (김인환, 같은 책, 266쪽)

12

오늘은 시 두 줄 썼다. 어떤 날은 두 편도 쓰고 한 줄 쓸 때도 있다. 시는 제멋대로 온다. 제목만 오기도 하고 마지막 줄만 오기도 한다. 그건 시 멋대로다. 나는 시 쓰는 인간으로서 시의 비위를 맞출 생각은 없다. 그건 그렇고, 아침에 커피를 마셨다. 콜롬비아다. 맛은 생각만큼은 아니었지만 커피는 커피였다. 그래도 커피에 감사한다. 이런 순간에 음악 한 단락 배경에 흘렀으면 좋겠다. 홍상수 영화가 애용하는 칸막이용 음악도 좋다. 음악의 앞과 뒤. 정서들을 멀리 밀어놓고 어떤 정서는 쓱 당겨놓는 음악. 잡음도 ok.

12

아무도 시인에게 문자하지 않았다.

12-1

이해와 안다는 것은 같지 않다. 이해는 지식의 편이고 평론의 영역이며 안다는 것은 체험의 편이고 시의 영역이다. 평론의 한계는 이론의 한계일 뿐이다. 그러나 우리가 나날이 겪는 삶은 이론도 지식의 영역도 아니다. 게다가 문장에 수렴되는 것도 아니다. 그저 사는 것이고 그저 쓰는 것이다. 걸출한 평론이 걸출한 시를 다 설명하지 못하는 소이가 여기에 있다고 본다. 충분히 해명하고도 여전히 남아도는 그것. 어쩌지 못하는 시의 찌꺼기. 평론이 한 편의 시보다 열등한 것이 아니라 평론의 본성이 그렇다는 뜻이다.

13

정명훈, 짐 자무쉬, 시진핑, 배철수, 문재인, 조훈현, 태진아, 문성근, 이자벨 위페르, 김정미, 김수희. 저들이 나와 갑장이라면 믿겠는가. 단 한 가지 이유로 나는 정명훈과 차범근을 좋아한다. 그들은 드물게 자기 전공에만 몰빵했다. 나는 그 점을 떠받든다. 일생을 소매치기로 일관한 생애도 있다. 나도 그렇다고 썼다가 지웠다. 나는 1953년에 태어났다. 한국전쟁이 종료된 직후다. 그래서 그런가 내 무의식 속에는 가끔 M1 총소리가 들려온다.

14

길에서 지나가던 남자가 내게 다가왔다. 혹시 z씨 아니냐고 물어왔다. 전혀 모르는 얼굴이었다. 기억의 바닥까지 다 뒤져봐도 아니었다. 아닌데요, 사람을 잘못 보신 듯 합니다. 남자는 납득하지 않았다. 자기가 사람을 잘못 보는 사람이 아니라면서 경상도 어느 지역의 실업고등학교 몇 회 졸업생 z가 틀림없다고 거듭 말했다. 나는 다른 고장에서 태어났고 인문계 출신이라고 말해줬다. 그는 아주 부조리한 표정으로 나를 쳐다보면서 물러갔다. 죄송합니다. 물러가는 그를 향해 내가 던졌던 마무리 멘트다.

15

만나보고 싶은 소설가 둘을 꼽으라는 설문이 있다면 누구를 거명하시겠소. 배수아, 김사과. 딱히 이유라도? 과일을 좋아하거든요. 만난다면 하고 싶은 말은요. 조용히, 커피값 계산하고 나오겠지요. 두 사람 말고 예비 명단도 한 둘. 지금 생각났는데 셀로니어스 멍크요. 그 사람은 죽었잖아요, 재즈 피아니스트. 그러니까요.

16

시들하네요 뭐가요?

글쎄요 그게 뭔지는 모르겠어요

당신 앞에 있는 나 말이오?

나가 누구요?

나는 나지요

그런 것도 같고 저런 것도 같군요

시들하다는 건 좋은 겁니다 생명작용입니다 생명

이런 날은 누구처럼 장미뿌리 파이프를 물고 싶군요

드디어 시 쓰는군요

이건 손으로 쓰는 수필이지요

나도 당신 곁에서 귀동냥 육십육 년이오

그래서 당신의 격 없는 수를 좀 알지요

몰라도 됩니다 안다는 교만이 싫소 말해 보시오

나에 대해 무얼 아시오 나는 팩트라는 말이 제일 싫소

팩트야말로 진정한 거짓말이오

지겹소 법문은 그만하시오

죄송하오

내가 모르는 당신은 누구요?

들어주시겠소? 나로 말할 것 같으면

지나가는 구름이지요 한바탕 방자스러움, 쓸쓸함, 간교함, 음탕함, 삿대질, 변방 그늘에 핀 개망초, 가문비나무, 더 짜낼 수

없는 치약 껍데기, 체포되지 않은 반국가 사범, 존경 불감증, 만성 낭만주의자, 불가능성이지요

그럴 듯 합니다 나도 오십보 백보요

시들하다는 말은 시가 많다는 복수형이자 그에 대한 형용사이군요

과도하오

16

[YTN] 문인 150여 명 '민족문학연구회' 창립… 일제 잔재 청산 등 추진. By 민족문제연구소 (2019년 8월 16일)

17

절필에 성공한 친구의 카톡으로 뜻밖의 길을 만났다. 강릉, 왕산골, 대기리, 구절리, 나전, 숙암을 거쳐 하진부까지 오는 여정이다. 친구는 단서를 달아놓았다. 단, 시속 40 이하로 서행하면서 숙암골 물철쭉도 보면서 갈 것. 오래된 친구에게 답장했다. 대기리 배나드리에서 구절리에 닿는 길은 싱싱하고 맑고 깊은 엑스타시의 극치의 절정의 결정이었음. 전직 시인에게 감사. 그날은 세상 그 무엇도 다 군더더기였다. 숨 쉬지 않아도 상관없었다. 2019년 4월 하순 그 어느 날. 다시는 그 길을 가지 못하리.

17

김소월 이후 카피해 볼려고 흉내 낸 시인은 수도 없이 많다. 나의 시 자체가 온통 선배, 동료시인들의 영향덩어리이기 때문이다. 세부적 명시는 영업비밀이다. 영향을 받은 적 없는데 영향을 끼쳤다고 주장하는 시인을 만날 때도 있다. 아직 태어나지 않은 시인들로부터 영향을 받기도 한다. 진지하지 말자. 손 따라 두지 말자. 이렇게 다짐하며 쓴다. 써놓고 보면 시는 진지모드이고 나와 상관없이 심각한 표정을 짓고 있다. 머리로 쓰지 말자. 가슴으로 쓰지 말자. 손가락의 느낌만으로 쓰자는 것도 염두. 내 시가 건성으로 읽기 좋다면 그것은 내가 바라던 바와 다르지 않다. 자판 연습하듯이 쓰려고 한다. (2019년 12월 2일 경북 청송에서 열린 제3회 한중시인회의에서)

17-1

"새로운 것을 시에 쓰는 것이 아니라 시를 쓰면서 우리는 새로워진다"라는 말을 자주 합니다. 시 쓰기는 하나의 사건처럼 벌어지고 의외의 상황 속으로 들어가는 것이라고 생각합니다. 미리 구상되어 있지 않았던 것, 시 쓰기의 과정이 새롭게 불러일으키는 것이 있어서 저의 잠든 부분을 깨어나게 합니다. 뭔가 안다고 생각하고서 출발했을지라도 결국 모르는 곳에 닿는 것, 그것이 시 쓰기를 이어나가는 힘이 되었습니다. (김행숙, 2019년 한중시인회의에서)

17-2

저는 시가 창작 시 감각과 상상력에 대한 순간적인 컨트롤이 가장 중요하다고 생각합니다. 마치 순간적으로 극치에 달한 사물을 급속히 냉동시키는 것과도 같습니다. 그리고 이러한 것들이 독자 쪽에서 해동, 소생, 혹은 환원되더라도 여전히 초기의 스타일을 보류하고 있어야 합니다. 물론, 이러한 것들을 실현하려면 언어, 수사법, 그리고 세부에 대한 엄격한 요구를, 개인의 독특한 어조와 숨결을, 경험에 대한 관념과 이념의 "이미지 부여" 및 "조형"을 떠날 수 없습니다. 관철을 말하자면… 아마 반은 천부와 직감에, '반은 장기간의 창작적 경험에 기대야 하지 않을까'라는 생각을 합니다. (주위, 2019년 한중시인회의에서)

17-3

나는 시가 새로워야 한다든지, 사유가 깊어야 한다든지, 한번 쓴 것은 다시 쓰지 말아야 한다든지 하는 말에는 거의 관심이 없다. 오히려 어떤 경험은 반복해서 쓰는 것이 재밌다. 그러니까 과거에 왜 이런 경험을 했을까 그런 원초적인 것에 대해 생각을 많이 하며, 그것을 시를 통해 풍경이나 사물들, 사람들의 모습으로 형태화하는 데 주력하는 편이다. 현재는 지금 사는 곳에서 한강이 매우 가까워 강을 산책하면서, 산책길에서 본 사람들이나 풍경들 속에서 내 과거의 경험이 겹쳐질 때 그것을 상상화해서 시로 쓴다. (박형준, 2019년 한중시인회의에서)

17-4

내가 시를 쓰는 이유는 내 마음 속에 무엇이 있는지 탐색하기 위해 쓴다. 시 쓰기는 왜 살아가는가에 대한 답을 준다. (두뤄뤄, 2019년 한중시인회의에서)

17-5

나는 시인에 도달하는 길 위에 있다.

시에 가까워지려고 쓴다. (멍위안, 2019년 한중시인회의에서)

18

손님: 읽으면 더부룩한 속이 시원해지고요 두통이 사라지는 시 있을까요?

점원: 약방에 가보시지요. 여긴 책방이거든요.

손님: 읽으면 구름 위를 걷는 것 같은 시 있잖아요. 느닷없이 기분이 확 업 되는 시 좀 찾아주세요.

점원: 찾으면 연락할게요. 번호 남겨주세요.

19

빗소리듣기모임 임시 총회 공고

19

어떤 소설가들이 보여주는 시로의 회귀는 그러나 언제나 예외 없이 실패한다. 당연하다. 시를 썼던 처음의 그 자리를 찾을 수 없었기 때문이다. 그래서, 아마 이쯤이지 싶은 자리에 대충 자기 시를 내려놓기 때문이 아닐까. 각주구검(刻舟求劍)이 정확한 자리를 찾는 순간이다.

20

빗소리듣기모임 자크 특집
자크 라캉, 자크 데리다, 자크 루시에, 자크 랑시에르

21

고양이에게 욕을 하다니!

22

그만하면 잘 쓰는 시인들

23

67세
너무 많이 살았어
삶이 과음 뒤끝 같다

24

하고 싶은 말을 쓴 시보다

하지 않아도 될 말을 대충 쓴 시를 지지한다
이를테면
(예는 없다)

시는 시적 주체가
각자의 불가피한 장면에 도달하는 방식이다
물론 거기엔 아무것도 없다
더구나 진실 같은 건 더

25

홍상수의 「풀잎들」 대사 몇
—다 쇼야
—이제 그런 고귀한 사람 없어요
—얹혀살고 싶어서
—별거 아닌 것들! 다 죽을 거면서

26

빗소리듣기모임에서는 빗소리번역위원회를 구성하고자 합니다.
세부는 다음 달 첫 비오는 날 공지 예정

27

어머니는 돌아가시고 아버지는 요양원으로 가신 강릉집에서
혼자 빗소리 듣는다.

28

신도림역을 지나가면서 나는 당신을 반성한다.

29

해지는 만주벌판을 고속열차를 타고 달려간다
괜찮은 일
길림을 지나간다
도착역에 무엇이 있을지는 모르는 일이고
지금은 차창에 머리를 묻고 생각, 생각, 생각
누가 생각을 좀 지워주시라
삶이란 무엇인가
내게 삶이란 무엇인가
무모한 생각도 끄고 달려가자
내 삶은 싱거운 질문에 응답하지 않는다
아 아 마이크 시험 중
추억은 물티슈로 지운다
만주벌판 두 시간 반
지나가면 다 해결된다

30

빗소리듣기모임 김씨 특집

김소월, 김종삼, 김춘수, 김수영, 김해경, 김영태

(개인 사정상 전원 불참)

31

장춘의 인민대가를 걸어갔다.

만선일보 기자였던 횡보처럼 걸었다.

백석도 이곳을 거쳤다지. 나도 이곳을 거쳐간다. 간간이 이마에 떨어지는 여름 빗방울. 장춘에서 남조선을 바라보니 도리어 그곳이 만주벌판 같다. 없는 게 없지만 있어야 할 것이 없는 벌판 같다. 이 문장을 쓰면서 '같다'라는 말이 목에 걸린다. 그냥 둔다. 덧붙임: 북한식당에 두 번 갔다. 한 번은 저녁, 한 번은 점심. 이것저것 먹었다. 음식평은 생략. 어린 여자 종업원이 내 청바지에다 요리의 국물을 쏟았다. 그가 했던 '미안합니다'라는 말이 그렇게 단순하게 들린 적이 없다. 아무튼 그랬다. 내게는 끈끈한 민족주의 같은 게 없나 보다.

32

하늘이나 베어 먹고

구름이나 뜯어 먹으면서 사는 거지

장미도 데쳐 먹고
시간도 볶아 먹으면서

지지리 궁상
각치우로

33

우리는 몇이서 밤꽃 시들고 있는
계곡을 걸어서
추어탕집에 들어섰다
오래 되고 이름 난 집이란다
탕 속의 발이 가는 면과 수제비를 건져먹는
맛이 그만이었다
이 집을 소개한 평론가는
반찬으로 나온 찐고추를 가리키며
어릴 때 어머니가 해주던 건데
자기가 제일 좋아한다고 설명했다
정작 그는 고추를 한 개도 집지 않았다
그 반찬 별로라고 생각했던 나는
여러 번 엄숙하게 손이 갔다

34

나는 좌파가 싫은 자파다
매운 육개장을 먹고 광화문에 나가서
태극기와 성조기를 반반씩 흔들어주고
서울막걸리를 마실 거다
안주는 칠레산 홍어

35

한 잔 할까?
노시인이 서재에서 소주 한 병을 꺼내왔다.
양주일거라 미리 생각한 건 나의 불쌍한 통념.

36

진심이 담기면 시는 끝

37

책상 위에는 시인이 읽을
낭독용 시집
조명은 너무 밝지 않을 것
제시간에 맞게 도착한 시인이 주최 측이 제공한 의자에 앉는다.

시인: 지금부터 제 시를 낭독하겠습니다. 낭독하는 동안 졸거

나 옆 사람과 떠들어도 괜찮습니다. 음료수를 마셔도 좋습니다. 일어나서 왔다갔다하는 것도 상관없습니다. 오늘 제가 낭독할 시는 며칠 전에 썼습니다. 삼십 분 정도 걸렸습니다. 여러분도 들어보시면 이해하겠지만 이 시에는 귀담아 들을 만한 무엇이 없습니다. 나는 내 시를 읽는 척 하는 것으로 충분하고 여러분은 내 시를 듣는 척 하면 됩니다. 무슨 감회 같은 건 사양합니다. 되도록 주최 측에서 제공한 낭독용 시집은 엎어두고 제 목소리만 들어주십시오. 마이크는 사용하지 않겠습니다. 잘 들리지 않으면 잘 들리지 않는 대로 배경으로 흘려들어주세요. 그럼 지금부터 제 시를 읽겠습니다.

38

거액의 복권에라도 당첨되어 조기 은퇴하게 된다면, 하루 네 시간은 추리소설을 번역하고 나머지 시간은 추리소설을 읽고 출판사들에게 출간비를 쥐여드리면서 내가 번역한 추리소설을 내달라고 하는 일로 여생을 보낼 것이다. (번역가 김명남 트윗) 후생가외(後生可畏).

39

빗소리듣기모임 만주 특집 성황리 종료

장춘-훈춘간 2시간 반 고속 열차는 출발할 때 일언반구 없이 묵언으로 출발한다.

그것이 왜 나를 놀라게 했던 것일까.

40

본업은 시
부업도 시라지요
투잡이군요
시인이 직업이라니 부럽소
시가 생계라니 더 부럽소
좋은 시는 딴 게 아니라
많이 팔린 시를 말한다지요
팔리지 않는 시는 시도 아니라지요
이 문장에 꾹 눌러주세요
좋아요
본업이 시
부업도 시라면
볼장다본 거지요

41

벚꽃 보러 갔다 오니
아파트 근처 커피집 마당에
오래 묵은 벚나무가 작심한 듯
몸 전체로 아주 활짝이다

먼 데 가서 헛일 하고 온 날

42

비가 온다 그렇군
어선들은 나처럼 놀고 있고
물회 파는 가게 앞에는
모르는 사람들 우산 쓰고 기다린다

사천항

43

누구처럼 솔직하게 살지 말자
다짐한다
입술에 묻은 애드리브 흔적
손으로 문지르고
나는 잠든다
누가 깨워줄까

44

빗소리듣기모임 번개 (회원 수시모집)

45

손님: 저는 시가 싫어요. 시시한 걸 안 시시한 척… (잠깐 쉬고) 어머? 라임이 맞네! 어쩌면 나는 숨겨진 천재 시인인가 봐.

직원: 방금 시를 싫어한다고 하지 않았나요?

손님: 아, 다른 사람이 쓴 시가 싫다는 이야기죠. 제가 쓴 시는 좋아할 게 분명해요!

—『진짜 그런 책은 없는데요』, 54쪽 (송승언 트윗)

46

정확하다는 말처럼 부정확한 말 있을라나.

47

술악산에서 당고개역을 묻길래 왼쪽이라고 알려줬는데
정작 반대쪽으로 내려가는
저 등산객은 참 부조리한 배역이다
가끔 생각난다

48

천상병이 한국 단편 문학의 완성이라고 칭찬했다는 최인훈의 단편 「국도의 끝」에 나오는 문장 '개새끼들아 너희들 다'는 아직도 대한민국의 중심을 횡단하는 중이다. 언어에 물든 만성피로 증후군.

49

'설레이다'가 아니라 '설레다'가 표준말이라지만 '설레다'라고 쓰면 설레지 않게 되었다. 비정서법이 정서법을 타격하는 장면. 맞춤법은 체제지향이다. 나는 체제를 넘어 설레이고 싶거든.

50

몇 년 만인지도 모르지만, '문학동네'와 '문학과사회' 이번 여름호(나올 때가 거진 됐다)에 단편소설을 하나씩 줬다. 제목은 각각 「이 여자의 일생」과 「아버지-의-이름」. 뇌출혈 이후 지워지는 한국어와 고투하면서 쓴 소설이지만, 만족스럽다. 그러나 김윤식 선생님 이후 누가 이 소설들을 읽어주랴. (고종석 트윗) 박인로의 시조 반중조홍감이 떠오른다. 김윤식의 소멸은 문학평론가 한 개인의 사라짐만이 아니라 그가 버티던 어떤 시대도 뭉테기로 사라진다는 뜻이다. 이런 식으로 각자 자기의 시대의 필연을 상실한다.

51

시에서 의미와 깊이를 찾는 일이야말로 지나간 문학사의 환청이다.

그래서 뭘 어쩌시겠다는 겁니까.

52

지인에게 자신의 책을 주는 것은 분리수거를 위탁하는 일이 되기 쉽다.

53

어느 날 나는
마지막 저녁을 먹고 있을 것이다 (최승자)

54

설명은 지저분하고 해석은 구차스럽다.
나의 여백을 지우고 있는 당신의 설명을 생각할 것.

55

시집을 읽어도 좋은 세 종류의 사람들에 대해 적어놓기로 한다.
시를 쓰고 있는 현역 시인들은 시집을 읽어야 한다.
당연히 그들의 연구자들도 시집을 읽어야 한다.
앞으로 시를 쓰려는 사람들도 시집을 읽어야 한다.
그 외의 사람들은 시집 같은 걸 읽을 필요가 없다.

시인이란 뭔가? 시인이란 시를 쓰기 위해 젊어서부터 무작정 시집을 읽기 시작한 사람들 가운데 생겨났으며, 시인이 된 뒤에도 시인이 되기 전과 똑같은 열정으로 시집을 읽어대는 사람이다. 스님이 그냥 스님이듯 시인은 그냥 시인이다. 제 좋아서 하는 일이니 굳이 존경할 필요도 없고 귀하게 여길 필요도 없다. 그 가운데 어떤 이들은 시나 모국어의 순교자가 아니라, 단지 인생을 잘못 산 인간들일 뿐이다. (장정일, 「시인의 말을 대신하여」 전문)

56

오후에 비소식
그럼 '가을비 우산 속'이겠고
간밤에 늦도록 뒤척이며 들었던 노래는
이미자의 '님 떠난 군산항'
(없는 님도 군산에서는 떠나갈 것이고)
장률의 「군산: 거위를 노래하다」에서
배우 박해일이 취해서 부르던 노래
안수길의 『북간도』가 급 읽고 싶어지는 아침
거기 가면 시인윤동주지묘가 있고
비포장길 택시 타고 달려갔던
북간도의 지난여름 날
용정의 우물 앞에서 사진도 찍었군
(웃었던가, 나는)
'시인이란 슬픈 천명'
그렇습니다 동주 선생님

시인은 참 더러운 누명이기도 하거든요

죽는 날까지 자기변명을 학습해야 하는
치사하고 더러운

57

바람 불고 비 내리는 밤
소설가를 찾아왔다가 소설가를 만나지 못하고
돌아서는 작중 인물들
꺼진 가로등이 배웅한다

58

시가 손에 익었다면 시 쓰기는 갈 데까지 갔다는 신호.
그러면서 그럴 듯 하게 망가지는 것은 시인의 팔자다.
예외? 그런 게 있을까요?

59

"거기 누군가?" 이것이 스크랴빈의 마지막 말이었다. 병실 어두운 곳에 누가 있는지 모르는 환자가 묻는 평범한 질문이라고 생각할 수도 있다. 하지만 "나는 누구인가? 이제 존재하기를 멈추려 하는 나는 누구인가?"라는, 자신에게 묻는 마지막 질문일 수도 있다. 전기를 쓰면서 할 수 있는 유일한 변명은, 그가 누구인가를 이야기 하는 데 실패함으로써 우리가 누구인가를 찾도록 만든다는 것이다. (미셸 슈나이더, 『글렌 굴드 피아노 솔로』 중에서)

60

이곳은 유명한 시인이 산책하던 길입니다.

내가 아는 그 유시인은 산책한 일이 없는데요.

시끄럽소. 아무튼.

61

누군가 내 시를 읽으리라는 고상하고 담대한 착각은 언제나 나를 흥분시킨다.

61-1

농부의 아들 윌리엄 스토너는 열아홉 살 때 농업을 공부하려고 미주리 대학에 입학하지만, 문학의 아름다움에 매료되어 영문학도의 길로 들어서 교수가 된다. 가정적이고 성공에 뜻이 없는 조용한 스토너이지만 스스로에게 부끄럽고 싶지 않은 마음, 학문에 있어 진지한 태도가 오히려 그를 고독하게 만든다. 작가 존 윌리엄스는 특별할 것 없는 한 남자의 인생을 진실하고 강력하게, 인간에 대한 연민을 품고서 펼쳐 보인다. 그 어떤 책과도 다른 소설, 『스토너』는 그 자체로서 문학의 힘에 바치는

찬가이며, 슬프고 고독한 사람들을 위한 위안이다. 존 윌리엄스의 장편소설 뒷표지에 인쇄된 표사를 옮겨놓았다. 『나보코프의 문학 강의』를 번역한 김승욱은 '옮긴이의 말'에서 말한다. 하지만 스토너의 삶은 누군가의 지적처럼 '실패'에 더 가깝다고 볼 수도 있다. 그는 학자로서 명성을 떨치지 못했고, 교육자로서 학생들의 인정을 받지도 못했으며, 사랑에 성공하지도 못했다. 그는 선하고 참을성 많고 성실한 성격이었으나 현명하다고 하기는 힘들었다. 불굴의 용기와 지혜로 난관을 극복하기보다는 조용히 인내하며 기다리는 편이었다. 21세기 한국의 독한 이야기들에 익숙해진 나는 종종 가슴을 쳤다. 여기까지는 번역자의 말이다. 이렇게 다소곳하게 남의 말에 귀 기울여보는 것도 귀하구나. 329쪽으로 마무리된 이 소설의 마지막 페이지에 내가 한 메모가 보인다. 2018. 8. 2. 木. 서울 40도. 완독. 죽음을 앞두고 스토너는 자신에게 세 번 묻는다. 넌 무엇을 기대했나? 이제 내가 대답할 차례다.

62

좋은 시인은 부족하지 않다.

63

봄날. 강릉. 바다. 옛정. 나의 삭제본. 김춘수의 시. 로마에서 돌아온 서평가의 얼굴에 묻은 시차, 피로감. 쓸모없는 나의 휜머리. 무늬만 문인인 시인들의 화려강산 그 무늬가 좋다. 신념이라는 기만. 실체적 진실을 떠들어대면서 그것을 덮어 가리고 있는 것들. 봄날 아침 빈 집을 핥고 있는 유럽음악.

64

春宵一刻值千金

봄밤의 한순간은 천금의 값어치가 있다.

소동파의 「춘야」에 밑줄을 긋고 보낸 봄밤은 다시 오지 않을 것이다.

65

세상에 나타난 삶은 그것이 어떤 삶이든 간에, 노숙인에서 대통령까지 혹은 구멍가게 주인에서 대기업 회장까지, 한 획으로 무자비하게 특정할 수 있는 단어는 이것이다. 태어나서 지랄. 접두사가 붙으면 의미는 직선으로 온다.

66

오늘 가평에 공사대금 받으러 갑니다. 엘리베이터 단추를 누르는데 들려오는 말은 내게 와서 내 말이 된다. 나는 당신의 삶을 인용한다. 내게도 받지 못한 공사 대금 있음. 시 1편 원고료 그런 걸 떼잡숬고 편집자 행세를 하는 시인들. 문화부 장관도 모르쇠 하는 틈새 적폐다. '인생 그 자체가 인용문이다.' (보

르헤스)

67

6월 6일 목요일 현충 아침 그리고 망종이다. 나에게 망종은 장률의 영화 「망종」이다. 나는 「망종」을 아는 사람과 모르는 사람으로 분별한다. 「군산」이라 해도 좋고 「경주」라 해도 좋다. 「춘몽」도 좋고 「두만강」도 좋다. 장이 찍은 영화는 모두 본다. 홍상수처럼. 좋아도 보고 나빠도 본다. 나는 영화광이 아니다. 영화미학에 빠져 있는 것은 물론 아니다. 홍과 장을 통해 한국문학이 가지 않은 길을 본다. 내 주변에 홍상수와 장률을 아는 사람 두 명 있다. 장률이 처음 만들었다는 단편 「열한살」을 보고 싶군.

다른 말이지만

나는 이제 시를 읽지 않는다. 왜? 왜는 일본이다. 세상의 시를 다 읽었다는 말도 아니고, 시가 급 싫어졌다는 뜻도 아니다. 시는 각자의 문제일 뿐이다. 각자가 당면한 사안이다. 각자 손끝의 절박함이 있다면 그건 역시 각자의 문제라고 생각하게 되었다.

68

아침에 쓴 시 저녁에 겨우

제목을 붙이고 다시 읽는다

제목을 달고 나니 시가 좀 어색하다
잘못 붙인 이름
제목을 지우고 읽으니 시가 부드럽고
자유롭다
여태 나는 왜 그걸 몰랐다니
시집 제목도 그 모양이다
시집 제목과 시집 내용이 무슨 상관이람
아무렇게나 갖다 붙인 제목들을
나는 아무렇게나 읽어버린다

69

헷갈리면 시가 된다
부러운 것이 없어졌다
이건 또 무슨 시추에이션인가
어젯밤 내 꿈을 덮었던 안개
나 없을 때 피고 져버린 원주의 베란다 장미
그런 상관없음은 여전히
편견이고 오만이다

70

그러니까, 내가 상계동 보람아파트 앞을
걸어가고 있을 때

문재인은 백두산에서 아들뻘 김정은의 손을 잡고
기념사진을 찍었다
력사는 저런 것일까
내가 저 사람들이라면
그럴 리가 없기 때문에 하는 말이지만
저런 액션들이 좀 지루할 것 같으다
물론 평양랭면을 먹는다는 기대는 있겠지만
력사는 그런 것이 아닌 것 같다
백두산 야생화에 대해서도 토론하고
시인 김소월 생가에 대해서도 좀 떠들고

71

아침에는 죽음을 생각하는 것이 좋다
이 주제가 무거워서 피하고 싶다면 대신
시를 생각해도 좋다
그렇게 발음하고 기다리면 시가 온다
죽음이 다가오는 속도로
한번도 써보지 못한 시
한번도 읽어보지 못한 시가 올 것이다
문예지에서 본 시도 아니고
문학사에서 본 시도 아닌 시가 올 것이다
문학이론 속의 시는 물론 아니다

걸어가 보시라
청진동 뒷골목 불 꺼진 서촌 앞 골목에는
자정이 지나도 깨어진 희망을 부여잡고
혼술하는 취객들이 있다
남한사회주의노동자동맹이 현실의 주체가 되어도
외로움은 각자의 몫이다
비 그친 늦가을 새벽
다들 잠든 시간의 종합채널
신호도 없이 시가 오듯이 죽음은 온다
죽음을 따라서 야곰야곰 시도 온다
아침에는 죽음보다 독한 시를 생각하는 것이 좋다

72

오타가 시를 낳는다는 시적 진실은 아직 유효한가요?

73

마침내 나는 한 채의 암자가 되었소이다.
안부 끝.

74

시
열심히들 쓰세요

나는
시에 대해서만 쓸 거다
자판을 두드리고
복사하고 삭제하고
문장이 사라진 여백을 들여다본다
새벽시간
문학이 나의 은신처일까
시를 쓰는 척
그렇게 해서 나아질 것
달라질 게 없는 줄 번연히 알면서도
누가 알겠는가
살림살이 나아졌다는 시인을 기억하며
자판을 세게 두드려 보자

75

빠삭하다.
나는 이 말 앞에서 늘 얼굴이 붉어진다.

76

한국문학의 적폐 3종
신춘문예, 문예창작과, 시집 해설 (시창작 강좌를 들기도 함)
추가로 하루빨리 없어져야 할 공영 테레비 프로 셋. 전국노래

자랑, 가요무대, 열린음악회.

76

북 “금강산에 남측 낄 자리 없다”… 시설물 철거 ‘최후 통첩’ (경향신문 기사입력 2019. 11. 15. 오후 9:17)

끼어들 자리 없는 시인의 머리 위로 가을비 주루룩. 시원하다. 표준어에 끼지 못한 언어로 말하자. 씨원하다.

77

시는 표준어라는 이데올로기에 속지 않겠다는 문자적 서약이다.

좋은 시가 통상 작위적인 외관을 갖는 이유다.

78

제가 제일 좋아하는 음식은 어떤 요리를 해먹을지 도통 모르는 상태에서 냉장고를 열어 샐러리, 계란, 두부 그리고 토마토를 찾아 그것들을 모두 사용하여 나만의 요리를 만듭니다. 그게 바로 저에게 가장 완벽한 요리에요. 아무런 계획이나 준비 없이 말이죠. 하루키가 2008년 타임지 인터뷰에 응답한 내용의 일부다. 질문은 이렇다. 음식은 무라카미 씨의 소설에서 중요한 의미가 있습니다. 당신이 생각하는 가장 이상적인 식사란 어떤 것인가요?

79

나의 언어는 나의 픽션
나의 시도 나의 픽션
픽션 속에서 살아왔다
나는 픽션의 그물을 찢고
논픽션으로 나가고 싶다
나도 나에게 속하지 않는다
나의 픽션을 벗어나고픈 게
나의 도도하고 위대한 꿈이다
시라는 픽션에 기대면서 살아왔다
시가 전부였던가
천만에 세상에 시를 납품하는 것은
당신 것이 아니라 바로 나만의
환상을 가지고 싶었기 때문

80

부람산 계곡을 내려온다
그래서요?
이를테면 그렇다는 독백이지
등산복을 걸친 여자가 올라오면서
동행에게 말한다 여름이야
소만 아침의 미세한 출렁거림

낯선 여자가 여름을 불러오다니
감사
어디 사는 분일까

81

보편적 환상이 아니라 개인적 환상의 발견. 타자의 언어에 오염되지 않을 것. 레터는 리터. 문자는 우리를 오염시킨다. 문자의 그물을 찢고 나가야 한다. 시가 어떻게 이렇게 아름다울 수 있어요? 이런 사람들이 당신의 독자라면 당신은 충분히 불행하다.

82

할 게 없으니 시라도 쓴다는 전철 옆자리의 대화를 못 들은 척 흘려 듣는다.
나는 이렇게 모르는 당신들에게 들켜지는구나.
OECD 쪽도 궁금.

83

나는 박세현인 척 하는 박세현

83

나는 누구인가?

마치 내가 있다는 듯이

84

천보산 바위에서 컵라면 먹는 남자
거기가 그대의 슈필라움?
인수봉과 포대능선이 보인다면
말은 더 필요 없겠다
술 덜 깬 목청의 까마귀
해장 날갯짓으로 건너가는 허공이
넓다

목포행 완행열차

85

맞춤법에 익숙하면 페이스북 시인이 되는 거지.

85

원래부터 음악이 하고 싶어서 색소폰을 했었죠. 학원 다니면서 그땐 뭐 음악으로 돈을 벌겠다 그런 거는 생각도 못하고 회사를 뭐 여기저기 다녔었죠. 그러다가 회사도 망하면서 그때 결심했지. 아 음악만 해야 되겠다. 대학교를 가야 될 거 같아서 그래서 그때 시험을 봤는데 당연히 떨어졌죠. 왜냐면 (내 나이가) 서른 살 넘었으니까. 나이도 많고 악기도 거지 같은 거 들고 오고 지 맘대로 부니까. 자신감 바닥치고. 지금 연주한 'All of Me'는 저희 노래는 아니고 재즈 스탠더드 곡인데 제일 쉬워가지고 자주 합니다. 저는 재즈를 정식으로 배우지 못해가지고 대충 이렇게 어디 가서 사기 치기 좋더라구요, 이게. 재즈 한다 이렇게. 그래서 자주 하고 있습니다. 주변에 미국인 친구들이 많았어요. 걔네들한테 많이 배웠죠. 걔네들은 말보가 다른 거야. 학교를 왜 가내 나보고. 지금 너 하는 스타일이 너무 좋아. 그런데

학교 가면 지금 하는 것 다 망가져. 그러면서 절대 (가지 말라) 말리는 거야. 꼭 정해진 대로 안 해도 되잖아요. 물론 어느 분야나 기본은 분명히 필요하겠죠. 그 이상은 자기 마음대로 하는 게 맞다고 봐요. 자기 사는 세상이니까. (한국에서 가장 근본 없는 색소포니스트, 김오키 인터뷰)

86

두만강가에서 북조선을 바라보며
뭐 이런 시를 쓰려고 국경까지 온 건 아니지
개헤엄으로도 건너갈 수 있는 건너편을 바라보면서
없던 애국심이 갑자기 발생한 것도 아니지
두만강 푸른 물도 아니거니와
강 건너 폐가 수준의 아파트를 보면서
사는 방법도 참 여러 장르라는 생각이다

87

전철역에서 내 아파트까지 도달하는 거리
내가 내 생각을 버리는 방식
당신과 헤어지고 종합적인 당신 이데아를 애도하는 기간
시집을 내고 반응 없는 독자들의 반응을 기다리면서
그러면 그렇지 하고 돌아눕는 체위를
내가 나의 진리에 도달하는 방식, 즉

환상의 횡단이라고 설명하고 싶다.

88

내가 굳이 당신을 그리워하는 까닭은 에, 또 그러니까
텅 빈 집 같이 당신 속에 당신이 존재하지 않기 때문이다.
오늘도 당신의 빈 집 앞을 서성거리는 나.

89

목포행 완행열차는 내가 신봉하는 기의 없는 기표다.

90

작가는 규칙적으로 쓰면서 루틴의 쾌락을 지속하는 존재. (백상현) 나는 우연히 백상현 교수의 책을 읽고 한번 그의 강의를 들었다. 그는 이른바 정신분석학자다. 라캉에 대해 연구하고 강의하고 책을 쓴다. 내담자와 상담도 진행한다. 라캉의 『에크리』를 읽고 설명할 수 있는 몇 안 되는 국내학자 가운데 한 명이다. 정신분석학에 대해, 즉 프로이트나 라캉의 이론들을 이해하고 설명하는 수준을 우리는 가지고 있기는 한 걸까. 우리의 경우 어떤 이론도 내면화로 이어지지 못했다고 보는 것이 나의 어설픈 관망이다. 잘 알지도 못하는 일천함을 내세우면서 내가 굳이 백상현 교수를 거론하는 것은 그에 대한 결례이기 십상이다. 잘 알지도 못하면서. 그러나 잘 알지도 못하면서 말할 수 있는 분야가 라캉의 정신분석이 아닐까 생각한다. 자크 라캉의 이론을 백상현만큼 전달할 수 있는 학자는 몇 안 된다고 본다. 그런데 그것은 이해의 단계까지다. 라캉을 이해해서 뭐하겠는가. 몇십 년 전에 죽은 라캉의 이론을 알아서 무엇에 써먹겠단 말인가. 그러게 말이다. 그렇다고 돈이 되는 것도 아니다. 여담이지만 수강료를 내고 그의 강좌에 등록하는 분들은 사실 그렇게 정상이라고 볼 수 없다. 라캉 식으로 보자면 인간은 정상인과 비정상인이 있는 게 아니다. 다들 정상이 아니다. 다들 정신병자다. 라캉의 분류에 기대자면 인간은 도착증과 정신병과 신경증 중 어느 하나에 속한다. 정상인이라고 보는 인간은 신경증 환자들인 것이다. 신경증은 다시 히스테리와 강박증으로 나뉜다. 얘기가 길어지는군. 더 나아가면 나의 무식이 드러나기 때문에 여기서 줄인다. 그러나 백상현 교수의 중요성은 라캉을 정신없이 잘 설명하는 데 있는 것만은 아니다. 그가 겨냥하고 침을 튀기는 것은 한 번도 얘기되지 않은 미답의 지경을 향해 라캉의 생각을 창의적으로 투사하고 왜곡한다. 라캉에 대한 이해가 아니라 그 이론의 적용이 아니라 라캉을 넘어서는 그 무엇이다. 미술과 철학과 문학이 참고해야 할 텍스트다. 그의 책이 여러 권 있지만 두 권을 재독한다. 『고독의 매뉴얼』과 『나는 악령의 목소리를 듣는다』가 그것이다. 내가 너무 흥분했나. 작년에 돌아가신 문학평론가 김윤식 교수 역시 루틴의 쾌락을 지속했던 사례다. 글쓰기의 욕망을 세공하는 방식을 백상현 교수를 통해 위대한 히스테리증자인 소크라테스에게서 배운다. 시란 무엇인가에 대한 해명이 아니라, 시가 아닌 모든 것들과 싸우는 존재가 시인이겠지. 지금도 시에 속고 있을 누군가를 위해 메모를 남겼다.

91

누구도 행복이 무엇인지 가르쳐주지 못한다. 그것은 존재하지 않는 환상이기 때문이다. (라캉) 인문학이라는 이름으로 영업하는 가짜 행복론이 너무 많다. 몇 단계 논리 없이 가속 페달을 밟아보자면 시라는 영업 일반도 행복론과 그리 다르지 않다. 시에 대한 자기 환상이 옳다는 생각이야말로 '아름다운 환상'이다.

92

소설가 하명희는 포스트모더니즘을 우체국 근대화라 번역했다. 컴퓨터로 편지를 쓰고 이메일로 원고를 보내게 된 진화는 우체국 근대화라는 말이 적절히 설명하고 있다. 모더니즘, 포스트모더니즘만큼 우리 문학에서 대충, 제멋대로 자유롭게 수용된 사례는 없을 터이다. 모든 말은 입을 떠나는 순간부터 제 갈 길을 간다. 입술과 말의 운명적 불화.

93

시 쓰기는 쉽다. 그러나 좋은 시는 쓰기 어렵다. (그러나 이후의 문장은 언제나 괄호 안에서 억압된다.) 좋은 시가 있다는 주장이나 논리는 언제나 반박되어야 한다. 그것은 언어와 시에 대한 기만적 포즈다. 아니면 자기 생각을 쓸데없이 일반화 시키려는 순진한 발상이다. 문학교수와 시인과 편집자와 문학기자가 합의하는 좋은 시는 항상 어딘가 수상하다. 고리타분하고 식상한 취향을 좋은 시라고 반성 없이 시에 투사하는 것이다. 좋은 시는 그런 당대적이고 평균적인 시선에 부합하지 않는다. 이런 문장에 동의하지 않는다면 신인을 뽑는 신춘문예를 비롯한 각종 문예지의 신인들을 살펴볼 필요가 있다. 전혀 새롭지 않은 시인들이 신인이라는 이름으로 문학의 장면으로 유입된다. 게다가 그런 시인들은 연예기획사 시스템을 닮은 제도의 틀 안에서 공급된다. 정치인들 국회의원 공천 비스무리한 시스템 속에서 좋은 시인은 오지 않는다. 좋은 시인처럼 보일 수는 있을 것이다. 동시에 좋은 시라는 평균적인 답습도 골라내야 한다. 여전히 심고진(심각하고 고상하고 진지함)한 의미의 세계에 갇혀 있는 시를 구원해야 한다. 가끔 생각한다. 시 쓰느라 시인은 얼마나 애썼을까? 시인은 아니지만 제임스 조이스처럼 우리와는 다른 팔루스의 지배를 받는 위대한 조현병 환자도 아니면서.

94

그동안 쓴답시고 쓴 시들을 돌아보니 앞 시집에서 했던 소리 다르지 않게 반복한 거 같아서 우울하다. 쓰고 싶은 말을 쓴 시보다 쓰지 않아도 될 말을 공들여 휘리릭 쓴 시가 나는 좋다. 그런 시를 지지하게 되었다. 시를 통해 어떤 의미를 궁리하는 건 사양한다. 의미 없음에 대한 투신, 믿을 수 없는 언어를 믿을 수 없는 방식으로 쓰기가 원컨대 내 시 쓰기의 지향이다. 그것이 뜻대로 시에서 이루어졌는가는 별개다. 생각으로는 바람 풍(風)이면서 입으로 발음되는 건 바담 풍이다. 나의 생각을 배신하면서 쓰고 있다. 시 쓰는 사람이 각자의 진실에 도달하는 방식이 시다. 그 끝에는 공백만이 도사리고 있다. 자기 공백과의 대면을 위해 나의 시는 쓰여진다. 잘 쓴 시, 좋은 시라는 세상적 평판은 기만이자 오인일 뿐이다. 그런 것은 없다. 있어서도 안 된다. 좋은 시는 이미 지나갔거나 아직 도래하지 않은 메시아다. 메시아는 오지 않는다. 메시아는 기다림 속에서만 존재한다. 기다리지 않으면 메시아도 없다. 모든 시가 아니라 어떤 시는 자신이 좋은 시일 거라는 불확실한 사실을 누설한다. 시인은 그것을 슬쩍 걸친다.

95

시집을 냈는데 줄 사람이 없어 터미널에 나와 버스 승객들에게 한 권씩 나누어줬다는 시인이 있다. 버스가 시야에서 사라지는 순간까지 시인은 떠나가는 버스를 향해 오래 손을 흔들었다고 한다. 자기 시를 향한 극진한 애도의 풍경이다. 실화다.

96

구멍 난 봄밤이여
이렇게 쓰고 잠을 설쳤던 밤이다
낯선 새소리 들리고
해먹을 거 다 해먹은 작자들 틈에서
습관처럼 매화는 순진한 세계를 열었다
놀라움은 이것만이 아니다
열망과 꿈이 새벽까지 불을 켜고
근육 사이에 박혀 시들지 않는다
더 크게 구멍 난 봄밤이여
사랑하고 싶다와 살아가고 싶다는 말이
어쩌지 못하고 난감하게 서로를 붙들고 있는
풍경화 밑에서 숨을 몰아쉬면서
이런 순간에 나는 소리내어 에세이를 읽는다
봄소리 촘촘한 풀밭을 걷다가 엎드려
쬐그만 새잎과 수작을 거는 에세이다
나는 본래 이런 사람 아니거든

97

자크 루시에를 검색하며
2월에 갔던 호남성 봉황고성의
우박을 되뇌이며
나는 조금 근심하고
나는 조금 안심한다
친구가 들고 온 시집을 보고
우연히 시를 시작하게 된 것
악보가 생각나지 않아
즉흥연주를 하면서 우연하게
재즈에 접한 클래식 연주가
나는 모든 우연에 감사한다
우연히 세상에 와 세상을 잊고
우연히 만난 인연도 우연히 잊는다

98

외롭고 싶구나

99

봄 물살에 간신히 떠 있는
오리 한 마리

무소식 한 줄

100

비 오는 날 짐노페디
누가 선곡했는가
그대에게 축복 있기를

시간 관계상 중간에 툭
끊겼지만
그것으로 충분하다

비 오는 날 아침 클래식 FM
느리고 슬프게

101

인간의 삶이란 난해한 미완성 시에 붙인 주석 같은 것 (블라디미르 나보코프)

나중에 써먹으려고 적어둔다.

102

곧 퇴임하실 노시인 선생님이 오늘 연구실 짐을 작업실로 옮겨 가신다고 포장 이사 업체를 불렀습니다.

백발 선생님은 책을 꺼내고 일꾼들은 책을 싣고 우린 뭘 할까 하다 책장을 닦았습니다.

선생님은 양손에 책을 서너 권씩 들고 먼지를 땅, 땅, 털어서 일꾼에게 줍니다.

오래된 책에서 나는 먼지가 참 대단합니다.

그중에서도 표준어가 표준어가 아니게 된 옛날 국어대사전과 성경전서의 먼지가 최고로 대단합니다.

책벼룩이 쏟아져 나올 것 같습니다. 그러자,

나는 갑자기 슬퍼져 눈물이 나려 했지만 선생님은 오래된 먼지들을 떨어서 참 개운하신 듯합니다.

책을 꺼낸 책장 맨 아래 줄에는 쥐똥이 널려 있습니다.

시인이 퇴근한 뒤 연구실에 들락날락 잘 놀았을 귀엽고 더러운 작은 쥐들을 생각하자 웃음이 났습니다.

선생님은 세상에서 제일 멋진 백발을 휫, 휫, 휘날리며 책들과 함께 트럭을 타고 가셨습니다.

선생님은 언제부터 백발이었을까요?

시인은 언제부터 노시인이 될까요?

나는 빈 연구실에서 야옹, 야옹, 울어보았습니다.

어떻게 알고 쥐들은 오늘 결석입니다.

정한아의 시집 『울프 노트』에 수록된 「노(老)시인의 이사—10년 전을 기리며」라는 시다. 시가 있는 페이지를 접어놓기도 했다. 나는 이런 사람이 아니다. 나는 이 시가 환기하는 어떤 맥락에 머물고 있다. 이런 시에 설명을 다는 것은 하수다. 하수가 되어도 좋으니 설명을 달고 싶다. 너무 시다. 설명은 다음 기회에.

103

아침부터 길을 잃고 헤맨다

사랑이라는 표지판이 있었다면
그 길을 갔겠지
비보호좌회전 길 앞에서
끊었던 담배 생각
깊이 들이마시고 깊게
연기를 내뿜는 시늉
도망가 버릴까
사는 일은 도망다니는 일
끝까지 달아나야 한다
도사를 만나면 도사로부터
빚쟁이를 만나면 빚쟁이로부터
사랑을 만나면 손잡고 얼른 줄행랑
그래야 살 것이다
저녁에는 겨울나그네 한 단락 듣자
삶은 고달프고 애달픈 것
가고시마에 가고 싶은 날이다

104

연구실에서 찬밥을 먹는다. 곧 강의가 시작되는데 점심을 굶었기 때문이다. 문을 두드리는 소리가 들렸지만 못 들은 체 하고 계속 밥을 먹는다. 반찬은 없고 밥뿐이다. 맨밥 앞에 앉았다. 어젯밤 꿈이다. 찬꿈이다.

105

손상님은 시를 어렵게 써야 한다고 강조한다. 쉬우면 독자가 낮추보기 쉽다면서 시는 본래 비유라고 했다. 나는 들은 체도 하지 않았다. 제자들은 저마다 비유를 심하게 사용했다. 봄날은 비유 없이 달랑 맨몸으로 와서 상계역 6번 출구를 나와 에스컬레이터에 올랐다. 4호선 상계역은 6번 출구가 없다. 비유가 발생하는 순간인가. 맨손으로 빚은 마음을 모르는 사람 아무에게나 건넨다. 하나씩 가져가시고 비유 없이 행복하시오.

106

거의 시인 김종삼을 닮은 남자가
허름한 자전거를 끌고
건널목에 서 있다
벙거지는 쓰지 않았다
목례

거의 시인 박세현을 닮은 남자가
건널목에서 김종삼 닮은 남자를 건너다보고 있다

107

지리멸렬한 나의 현실을 허구화하면서 내 속의 허구를 현실화하는 작업을 해보고 싶다. 소설 같은데 소설에는 미달하고 현실 같지만 현실을 초과하는 글쓰기. 그런 작업을 해보고 싶다. 지금 하고 있는 거 아닌가?

108

봄이다 너도 술렁거리는 거니? 검은 롱패딩 밀어낸 중계동 은행사거리는 낯선 인식으로 깨어난다 지금 이 시간 북조선 김정은이 탄 열차는 중국 대륙의 봄을 지나갈 것이고 누구는 마약을 하고 있을 것이다 봄은 봄이다 시도 쓰고 소설도 쓰고 막글도 쓴다 나는 봄이면 눈뜨는 인간이다 봄이면 쓰는 인간이다 내가 쓰는 글은 아무것도 담지 않는 글이다 신념 좋다 미학 좋다 진실성 좋다 아름다움도 좋다 새로움도 끝내주게 좋다 남조선을 대표하는 시인 좋다 그러나 너무 좋아하지 말자 그대가 뱉은 말은 뱉은 순간부터 그대의 목구멍으로 돌아온다 나는 뻔한 시 뻔한 소설 뻔한 평론이 좋다 봄에는 그런 뻔함이 새롭다 새롭다는 착각을 새롭게 자극한다 속지 않는 자가 방황한다 속으려고 방황하는 봄이다 한물간 혁명의 리허설이다

109

시인이 언어의 숙련공이라면 원로니 대가니 하는 말은 무슨 뜻일까

대가는 자신이 대가라는 영역에 저항하는 존재가 아닐까

그래서 우리는 대가를 갖지 못하고 있다는 뜻인가

대가는 말뜻 그대로 큰집에 살고 있기 때문에 아쉬운 게 없다는 뜻인가

110

길음역에서 10초간 정차하는
4호선 전철에 앉아 급히 암전된 오늘
저녁 일몰을 접어서 가슴에 넣는다
본 사람 없음
아무도 모르게 세상을 빠져나가는 일도
괜찮은 성사(聖事)가 아니겠는가
낮에는 집사람과 불암산 밑 브람스에서
커피를 마시면서 덜 튜닝된 커피에 대해 토론했다
싱겁다는 것
시는 헛소리 이상이 되어서는 안 된다던
친구의 마른 주정이 사과나무에 매달려 흔들거린다
헛소리 이상이 되고자 할 때마다
나의 시는 외로운 잠꼬대가 된다

111

그 시가 그 시 같은 시를 쓴다고
나를 고발하는 사람에게 감사드린다
그날이 그날 같은 인생을 살아가는 인류에게

그날 이상의 시를 요구하지 마시길
그건 허풍이기 쉽다
하긴, 허풍만큼 삶을 삶의 테이블 위에
올려놓는 것도 없겠다
을지로 입구에서

112

개봉동 지나가면 생각난다
시인 오규원
개봉동데스까
이 문장이 아닐지도 모르지만
아니라도 할 수 없다
1호선 전철이 개봉역을 통과할 때
몸속에서 스물거리는
겨울 햇빛 한 장 꺼내 만져본다
아끼기로 한다

113

눈 오는 뉴욕을 걷고 싶다
봄날의 오사카를 걷고 싶다
통영이어도 괜찮다
꿈이라도 좋다

I still wanted to walk alone
짐 자무쉬의 말이다
지금은 내 말이다

114

외롭지도 않은 밤에
트럼펫 솔로를 듣는 것은
심심풀이 사치다
클래식 에프엠 개국 40주년
기념 표어는
당신 곁에 40년이다
누군가를 어지럽힌 세월은 아닌지

115

하루 영업을 끝낸 골목
짜장면집 주방장이
문 닫고 한잔 하려고
안줏감으로 대충 썰어놓은
단무지 조각 같은 시

116

그리스에 갔다온 친구한테 산토리니

소식을 듣는다
무대는 평일 남한산성
봄나무에서는 시냇물 소리 울려오고
이파리 순서 없이 돋아나는 순간에
컵라면에 물 부으며 친구와 새로
돋아나는 시간에 대해 토론한다
어서 와 노년은 처음이지?
산성길을 따라 걷던 친구는
성곽의 돌을 하나 쓱 빼더니 도로
천천히 제자리에 밀어넣는다
흔적도 기척도 남기지 않는 기술이
한순간의 적막을 빚어놓았다
등신 같은 상감마마와
산성은 지켜냈지만 제 삶은 지키지 못했던
병사들의 숨소리 잦아든 곳
사방에서 고립무원이 빤짝거린다

117

오로지 자기 자신을
오로지 자기 장르를 연주하는 피아니스트 같은
시인이 좋지요

내 독자는 없지만
그게 내 역설적 행복의 근원이기도 하답니다

(뭐라고요?
잘 안 들립니다
크게 다시 말씀해주세요)

118

인사동 초입 찻집에 있습니다
좀 일찍 왔나 봐요
창밖으로 우연처럼 한 사람 지나가면
얼마나 기적일까요
인사동에선 아무 일도 일어나지 않았어요
참 다행이었어요 (h시인의 문자)

119

이 무지와 혼란
내 안에 펼쳐진 드넓은 광야
아무말 대잔치가 좋다
불타기 직전의 금요일 오후
헤어진 연인들은 한번 더 헤어질 것이고
페루로 떠난 새들은 돌아오지 않았다

시장은 기자회견을 마치고
진실은 밝혀질 것이라고 확신하면서
인터뷰 없이 교도소로 걸어가 수감되었다
대한민국
아름다운 역할극이다

120

잘 썼다고 꼭 팔리는 것도 아니고 작품성이 부족하다고 안 팔리는 것도 아니다. 눈 밝은 독자가 있다고 해도 대중독자는 자기 이해 범위 안에서만 책을 선택한다. 많이 팔렸다는 근거도 이 근처에 있을 것이다. 팔리지도 못하면서 작품의 질도 확보하지 못하는 게 문제다.

121

내 책의 공저자는 밤이다
비오는 밤
비바람 부는 밤이다
시도 때도 없이 들려오는 잡음이다

122

아침에 일어나 손이 식기 전에 글을 쓴다.
누구의 말일까요?

123

나는 시를 쓴다 쓰네
한 글자 한 문장 한 무더기
줄을 바꾸면서 생각을 바꾼다
뚝딱뚝딱 시가 쓰여졌다
시 같은 시
무슨 소리야
나도 모르지 모르면서 쓰는 거지
쓰고 지우고 지운 글자 위에
다시 덮어쓰면서
비로소 완성되는 지저분한 시
시 같지 않는 누더기 시
한국어라는 외국말로 쓰여진 시
이게 시냐 모르겠어
시가 아니면 어때
시가 없는 시를 꿈꾼다

124

나를 찾는 순간, 나를 잃는다. 믿는 순간, 나는 의심한다. 내가 얻은 것을 나는 소유하지 못한다. 산책을 하듯이 잠이 들지만, 나는 깨어 있다. 마치 잠을 잔 것처럼, 나는 잠에서 깨어난다. 나는 나에게 속하지 않는다. 궁극적으로 삶은, 기나긴 불면이다.

(페르난두 페소아) 2018년 12월 서울아트시네마에서 보았던 페소아를 담은 영화들. 페소아의 리스본, 불안의 영화, 리스본 재방문을 친히 보시었다. 리스본을 여행하게 된다면 순전히 페소아 때문이다. 소설 『리스본행 야간열차』도 리스본 행의 이유. 그러나 내 안에 이미 리스본 냄새가 꽉 찼음이다.

125

우리 시는 아직도 무슨 서정시니 시적 가치니 본질이니 하며 고색이 창연한 소리들 아니면 무슨 소린지 모르는 환상 천지다. 사는 게 환상인데 무슨 환상이 필요한지 무르겠고, 후기 산업사회를 살면서 무슨 전통적 서정시가 필요한지 모르겠다. (이승훈) 이강 선생의 말이 여전히 우리 시의 어떤 국면을 타격하는 효력이 있는지는 모르겠다. 그런 걸 넘어서 나는 가끔 이 목소리로 돌아오곤 한다. 내게 해당되는 건 서정시다. 내가 쓴 시가 환상시는 아니기 때문이다. 김춘수와 더불어 언어에 대해 탐구한 시인은 이강 말고 또 누구를 생각할 수 있을까 싶다. 시를 의미 전달의 수단으로 생각하는 문학적 태도들이 지금도 너무 도도하다. 그러다보니 시의 세계가 깊니 얕니 하는 우스운 말들이 난무한다. 깊이는 무슨.

126

사랑도 일이라네

때맞추어 출근하고 퇴근하고
때로는 시간 외 근무도 해야 하네
휴일 야근도 불평하지 말아야 하네
열심히 일하지 않으면 사랑도 식어버리지
사정에 따라서는 대리 근무도 하고
조퇴도 하는 거지
각서도 쓰고 시말서도 쓰면서

127

지나가던 개도 웃고 갈 그런 시 좀 써주세요

127-1

민주주의는 민주주의로 인해 망하고 자본주의는 자본주의로 인해 망한다고 누가 떠들었다. 맞는 말인지는 모르겠으나 문장의 리듬은 딱딱 맞는다. 문학은 너무 문학적일수록 흉물스러워진다. 소는 누가 키우나.

128

누구나 더 이상 나이를 먹지 않고
못 박히는 시점이 있다
다 다르겠지만 그것은 대체로
지나간 시절의 어느 한순간이다

갑자기 비오는 날 우산 없이 걸어서
집으로 가던 길
산에 올라가 처음으로 손바닥만한 바다를 보던 일
통기타를 두드리며 양희은의
「이루어질 수 없는 사랑」을 부르던 일
그런 시간들이 나를 붙잡고 놓지 않는 셈
1971년 산레모 가요제 우승곡
마음은 집시를 흥얼거리며 바닷가를 떠다니던
그날로부터 나는 한 살도 더 먹지 못했다는 것을
확인하기 위해 이렇게 쓴다
파도소리가 정강이를 적시고
장발 사이로 소금기 배던 그때가
스물 한 살이다
지금도 마음은 집시
정 찾아 떠도는 이 몸
부질없는 말에 엮여서 흔들거린다
Il cuore e no zingaro e va, e va

129

진보당 대변인이 보수당 의원의 정계 복귀를 코믹하게 환영하는 메시지를 발표하는 시간에 파리에 눈이 온다는 트윗을 읽는다. 시인들이 시 쓰느라 골몰하는 사이 내일 서울에도 첫눈이 온다는 예보를 접한다. 눈이 오든 말든 보수가 망하든 말든 진보가 망하든 말든 시인은 시만 쓰면 된다. 골목서점에서 자기 시만 읽으면 된다. 시를 쓴다는 행위가 진보인 줄 알았던 때는 행복했지만 이제는 그것도 상꼰대짓이다. 시를 잘 써서 무엇에 쓰는가. 시는 본래 허공이고 허공에 뚫린 구멍이고 구멍 위에 벌어진 틈이라는 걸 알면서 그 틈에다 나의 격정을 들이미는 작업은 여지없이 실패한다. 실패에 성공한다. 시를 아시우? 몰라.

130

실험은 헛소리다. 어순을 바꾸면 더 분명해진다. 헛소리는 실험적이다. 말이 되는 말을 실험이라 하지는 않는다. 말 같지 않은 말 살짝 맛이 간 말 비틀거리는 말은 진실을 누설한다. 진실이라 말해지는 순간 진실을 벗어나는 말 우좌지간 모든 예술적 언어는 다 헛소리라고 본다. 헛소리는 돈이 되지 않으므로 진리다. 진리에 값한다.

132

눈이 온다

내 시의 첫줄 닮은 눈이 온다

눈이 오네

눈이 오는군

말끝을 고르는 사이로 눈은

일말의 망설임을 생략하고
더 서툴고 더 미련하게
다음 행으로 쏟아진다
허공에 쌓이면서 쌓인다는 생각 없이
눈은 녹아버린다
내 시를 닮은 대목도 여기
펄펄 날리다가 온데간데없이
사라지는 낱장짜리 꿈
그게 나다
오늘 강원도 공식 첫눈
눈 왔다고 입전된 메시지 없음
삶이 제풀에 완결되는 정경
눈도 그쳤군

133

겨울 해뜨기 전 국도 풍경 눈에 넣고 간다 한 줄 써놓고 막막해진다 막막해서 좋기는 하다 시를 썼는데 읽어줄 사람이 없어서 내가 손수 읽고 있다 잠 덜 깬 지방도가 살짝 얼었다가 녹는 중이다 다음 말이 생각나지 않는다 다음 행은 비워놓고 지나가자 다시 지나갈 수 있을까 이 들녘에 고여 있는 고요여 다시 만나지 못하더라도 내내 안녕하시라

134

마치 시인처럼 앉아서
굳은 빵 한 조각과 커피를 마신다
오늘은 미루어두었던 일 즉
오이도에 갈 것이다
거기 어디에 외로움 창고가 있다
파도가 뱉어놓은 것
갈매기가 물어다 놓은 것
바닷바람에 묻어온 것
어부의 장화에서 떨어진 물량까지
몸으로 가득 품고
큰바람 불면 사라졌다가
잔잔해지면 다시 일어서는 창고의 문을
가서 슬쩍 열람하고 돌아오겠다

134-1

도봉산 우이암에서 원통사로 내려왔다. 늦가을이다. 늦늦가을이다. 좀 구식이긴 하지만 산길에서 홀로 낙엽을 밟는 맛이 그윽하다. 산 밑으로 내려가면 허겁지겁 성공한 사람들과 느닷없이 출세한 사람들이 댄스파티를 열고 있으리라. 세상은 공정하지도 않고 공평하지도 않다. 공정성을 표 나게 주장하는 사람들은 무식하거나 교활한 인류들이다. 원통사 원통보전 앞 햇빛 속에서 가슴을 열어놓고 쉬었다. 삼성각 뒤에 있는 큰 바위들이 곧 굴러 떨어질 것 같아서 작은 돌을 받쳐주었다. 한동안은 괜찮겠지. 그리고 무수골로 내려왔다. 나뭇잎은 반 이상 져버렸지만 그래도 반은 남아 있었다. 그날 초저녁부터 비가 내렸다. 밤엔 빗소리가 거칠었다. 죽음충동과 같은 욕망이 비와 천둥과 번갯불 사이로 떠가는 밤이었다. 나의 바닥이 보이는 솔직한 밤이었다.

135

새벽이면 손이 시리다
시를 썼던 손
이것저것 잡글을 탈고했던 손이
내 얼굴을 어루만져준다
이 손으로 세상을 행해 삿대질을 했고
아름다움을 움켜쥐기도 했을 것이다
지하철시처럼 어떻게 말해도
듣는 사람은 없고
제소리를 제가 들었을 뿐
헛살 때만 삶은 웅숭깊어지더라
역사니 전설이니 정의니 진보니 하는 것들
재래시장 좌판에 널려 있다
거들떠보지 않는다는 한국말은
그래서 변함없이 사랑스럽다

136

어제는 황덕호의 유튜브 재즈로프트 한 꼭지를 보고 잤다. 때마침 퀸의 전기영화 「보헤미안 랩소디」가 상영 중인지라 록뮤지션과 재즈뮤지션을 비교하는 대목이 눈길을 끌었다. 퀸이야 뭐 돈방석에 올라앉았으니 그렇고, 돈이 안 되는 음악에 매달렸던 재즈는 언제나 나의 관심을 끌고 간다. 주이상스다! 음반을 2억장 가까이 팔았다는 퀸과 달리 뉴욕의 조그만 카페 카라일에서 무려 35년간 정기적으로 공연을 했다는 피아니스트 겸 보컬리스트 바비 쇼트가 퀸과 비교되었다. 록과 재즈의 차이이기도 하다. 록이 아니라 재즈가 시의 운명을 함축하고 있는 것도 이런 비대중적인 특성과 관계된다. 대중음악은 대중이 호응하지 않으면 거기가 끝이다. 재즈도 대중음악의 하나인데 재즈는 대중보다 재즈뮤지션 자신을 향하고 있다는 음악적 특성을 가지고 있다. 가난과 약물에 찌들면서도 자기 음악에 헌신했던 숱한 천재적 재즈뮤지션들이야말로 예술가들이었다. 한 장소에서 35년간 정기적으로 자기 공연을 했다는 것은 그 자체로 감동이다. 나는 재즈에서 많은 것을 느낀다, 배운다. 갔던 길 다시 가지 않으려는 음악적 고집은 시의 길과 왜 같지 않겠는가. 클래식은 고상하고 재즈는 고급하다. 재즈에 대한 나의 편견이다. 지금도 어디선가 두세 명 앉혀놓고 자기 시를 낭독하는 시인이 있으려나. 누구처럼 물오리들에게 시를 읽어주는 시인에 대한 풍문이라도 있다면. 바비 쇼트를 기억하자.

137

일없는 인간들이 시를 쓴다
시는 일이 아니거든
일하듯이 시를 쓰는 건 시에 대한 모오독이다

138

저마다 비슷한 이유로 시를 작성하지만 도달하는 장소는 다 다르다. 세상에는 좋은 시가 널려 있지만 이거야 하고 내 입맛을 맞춰주는 시는 만나기 쉽지 않다. 너무 짜거나 너무 싱겁거나. 입맛 까다로우면 주머니에 소금을 휴대하고 다녀야 할지도 모른다. 그래서 손수 요리를 하게 되는지도 모른다. 내가 먹자고 짓는 텃밭농사와 비스름한 게 나의 시다. 그렇다고 읽을 시가 없어서 시를 쓴다는 뜻으로 오해하지 말았으면 좋겠다. 그렇지 않다, 전혀. 아무튼 나는 여직 뚝딱거리고 있지만 내 입맛도 남의 입맛도 제대로 맞추지 못하고 있음에 밑줄 긋는다. 그게 또 나의 시다. 등 뒤에서 누군가의 말소리가 들리는 듯 하다. 당신 시 다 좀 그렇잖아. 그게 그거 같고. 시집 여러 권이면 뭐해. 그런 물량주의 말고 독자의 가슴에 닿게 좀 써 봐요, 가슴에. 이럴 때는 고개를 숙이고 들릴락 말락 하게 말하겠다. 알겠습니다. 가슴 좀 바짝 들이대주세요. 저런, 가슴이 없으시군.

139

시인님 100세까지 시를 쓰기 바랍니다
독자가 보낸 카톡이다
(이러면 독자가 많은 것 같지만 이 독자는
미리 시집을 주고 읽어달라고 부탁한 지명독자임)
에게, 고작 100세라니
다음엔 150으로 올려주세요
부탁해요
그때는 아무 말이나 쓰겠습니다
이게 시냐?
그런 시만

140

죽어서도 꿈 꾸고 싶다.

황동규 선생의 『사는 기쁨』 앞에 놓인 시인의 말이다. 나는 시집 앞에 쓰는 자서 또는 시인의 말이 불필요한 형식 요건이라 생각하는 사람이다. 그런데도 여전히 시인의 말은 없어지지 않고 있다. 참 질기다. 물론 시인의 말은 여러 기능을 함축한다. 시집을 구입하는 동기를 유발하기도 하고 안 읽어도 괜찮겠다는 독자의 시간을 절약시켜 주는 미덕도 있다. 아무튼, 어쨌든, 우좌지간 나는 시인의 말은 군더더기라고 본다. 군더더기는 군더더기다. 그런데 말이다. 저 앞줄에 올려놓은 황선생의 문장 때문에 더 완강하게 시인의 말을 없애야 한다고 주장하지는 못하겠다. 저 문장이 『사는 기쁨』을 쓴 시인 황동규이고, 저 문장이 황선생의 시적 화자의 목소리를 틀림없이 실감시켜 주기 때문이다. 황선생의 시를 푹 고아놓은 한 줄이다. 시인의 말은 없어지면 안 되겠다. 죽어서도 꿈꾸고 싶은 문장들이 깃들 자리가 없기 때문.

141

옛날바다에 가서
옛날식으로
바라보는 바다
전봇대 위로 젖 뗀 갈매기
활강연습 중이고
모처럼 파도는 오직 한번
방파제를 넘어본다
나는 삶이 삶일 뿐이라고 생각하는데
심고진 시인은 뭔가 더 있다고 우긴다
나는 그런 자네가 싫고
자네의 그런 시는 더 싫다
용서하시게
저렇듯 요란하게 부서지는 파도도
파도의 혼란도 내일이면

없었던 일이 된다
나는 그 없음을 사랑한다네

142

편하게 웃자 활짝
슬픔 개짜증남 열받음
어르신카드와 함께
안주머니에 구겨 넣고
아무렇지도 않은 듯이
세상 처음이라는 듯이
늘 그래왔다는 듯이 활짝
손뼉 치며 웃자
아가 할아버지 멍멍이
모과나무가 흔들린다
마음도 흔들흔들
사는 건 웃는 거다
웃음이 철학을 녹인다
웃자

143

고모부의 부음을 듣고 대관령을 넘어가서 향을 피우고 왔다. 사는 일이 그저 낯선 의문문이다. 상가에서 철학과 문학이론을 실습하고 영안실을 떠나왔다. 모든 상가는 철학개론서의 첫 줄이다.

144

시가 아니라면 뭐든지 읽겠다는 친구가 있다. 전화번호부도 읽고 자동차 매뉴얼도 즐겁게 읽는 친구다. 그는 잘 산다. 누구보다 복되게 산다. 누구 부럽지 않은 사회적 존경 속에 있다. 심지어 부와 권력의 중심부가 그의 거래처다. 속이 너무 깊어서 그냥 보면 속이 없는 것 같은 사람이다. 속이 넓어서 전철 한 칸 정도의 인원은 들어가도 될 것 같다. 나는 그가 불평을 하는 걸 본 적이 없다. 구김살이 없다. 삶이 늘 다리미로 쫙악 펴놓은 것처럼 윤기가 흘러넘친다. 모범답안 같은 삶이라고 생각한다. 그를 만나 비싼 술을 얻어먹고 마을버스 정류장 앞에서 버스를 기다릴 때면 저절로 생각하게 된다. 악수하고 돌아설 때 등 뒤에서 흔들어주던 그의 흰손이 생각난다. 삶이란 무엇인가. 이 말은 내 말이다.

145

내 시는 비백(飛白)이고 싶소.
내가 지나간 공백
그것만 사랑하고 싶소이다.

146

김소월문학관이 있다면 우정 한번 가보고 싶다.

그의 육필 앞에 섰다가 돌아서면 된다. 무얼 더 바라겠는가.

부르다가 내가 죽을 이름이여. 죽지는 말고 돌아오자.

146

평생 글을 쓴다고 해도 그 무엇도 구원하지 못한다.

단지 글쓰는 법을 배워갈 뿐이다. 그것이 전부다.

마르그리트 뒤라스의 말이다.

그나마도 다행이겠다.

147

공백 앞에 선 자, 고독한 자, 타락한 자, 아나키스트, 극좌파, 새터민, 아무것도 아닌 자를 나는 사랑하오. 그들만이 시인이기 때문이오. 나머지는 집으로 돌아가도 좋소. 나는 시를 반복한다. 시라고 합의된 시를 반복한다. 그것은 시가 아니다.

148

올해로 등단한 지 36년이 되는 그는 꾸준히 작품을 발표해 왔다. 지칠 때는 없었을까. 그는 고개를 가로저었다. “슬럼프는 정점에 섰던 사람이 겪는 거잖아요. 저는 한국문학의 중심에 있었던 적이 없어요. 항상 서 있긴 했지만 가장자리였죠. 슬럼프가 없었던 것도 그 때문이 아닐까요." (웃음) 소설가 이승우가 기자 질문에 답한 말이다. 바닥에서 겪는 슬럼프는 뭐라고 해야 하나. 이 지지부진을.

149

나는 쓴다 문자 쓴다 시 쓴다
기억하고 기록하고 수정하고 수리한다
숨소리도 쓰고 한숨도 쓰고
땀방울 한 점까지 쓰고 또 쓴다
금 나와라 뚝딱 은 나와라 뚝딱
금도 없고 은도 없다
나는 쓴다 고로 나는 쓴다
그래서 나는 하수일 뿐이다
고수는 쓰지 않고 사라진다
의미도 가치도 뭉개고 사라진다
그게 그가 남긴 한 장면의 시다

150

가끔 생각하는 일이지만 아무래도 나한테는 작가로서의 (혹은 예술가로서의) 독특한 분위기 같은 것이 약간 부족한 것 같다. 일본에 있을 때도 빵집이나 슈퍼마켓의 점원으로 오해받은 경우가 많았다. (하루키) 하루키 얘기는 아니지만 그래서 명함을 가지고 다녀야 한다. 사람 만나면 얼른 내밀어야 한다. 아, 시인이시군요. 어떤 시 쓰세요. 뭐, 이것저것. 실험시 같은 것도 쓰시나요? 아니요, 그건 유행이 지나갔거든요. 요새는 어떤 게 유행인가요? 음, 그러니까… 그러면서 장면이 바뀐다.

151

어떻게 지내십니까?
이런 안부에도 미완의 철학은 있다
어떻게든 현실에 붙어서 개기기
친구와 만나서 삼십 몇 년 전의 추억 곱씹기
슬픔은 슬픔대로
기쁨은 기쁨대로
제 그릇에 담으면 제 빛깔로 살아난다
한국문학사를 읽어가다 보면
내남없이 우리는 허겁지겁 살았고
헐레벌떡 썼다는 생각이 온다
문학은 그런 게 아니라 그런 게 맞다고
박수치게 된다
오늘은 시 쓰기 딱 좋은 날이다
보수도 진보도 맥이 빠진 날
저기 지하도에서 올라오는 한 줄
저게 나를 만나러 오는 시라고 생각하면

그 또한 한국문학사의 방외편이 아닐까

152

쓸 수 있는 시를 쓰는 게 아니라
쓸 수 없는 시를 써야 한다고 생각한다.
그런데 말입니다.

153

허름한 사내가 숄더백을 메고
왔다리갔다리 골목길을 더듬고 있다
시인 아무개가 살던 집을 수소문할지도 모른다

해질 무렵
어떤 집 앞에서 벨을 누르고는
이 집이 거시기가 살던 집이냐고
학구적으로 질문할지도 모른다

시인이 뭐하는 거지요?
멸족된 지 참 오래네요
메마르게 돌아온 대답이다
사내는 헛걸음을 달래며 중얼중얼
하긴, 벌써 300년 전 사람이군

154

아침을 먹고
(맨날 먹지만)
스틱을 들고 길을 나선다
고속도로 입구 옆
지방사립고등학교를 지나
제 울타리 안에서 묵언 중인 개
두 친구에게 눈인사
(짖는 게 소용없는 침묵)
산길에 만나는 까치 몇 마리
(서너 마리는 넘는)
봄까치라 울음이 명징하다
일부러 무덤가에 앉아서
잎사귀 떨구고 아직 새 걸로
걸치지 못한 잡목숲을 내다본다
(이름 모르면 잡목이듯
이 숲에서 나는 일인의 잡인)
겨울숲 전체를 잡아당기는
한 편의 봄 한 편의 초록
노간주나무 잎이 없는 바람에 일렁인다.
—「근황 한 컷」이라고 제목을 달아둔다.

155

내가 나라고 쓰는 나는 모두 가주어다.

156

십수 년 동안
자고 일어나고 자고 일어나고 자고 일어났던
원룸 아파트에서 입장문 한 줄 없이
몸만 빠져나왔다
헷갈리는 시를 쓰고 싶을 때
나는 그 단칸방을 그리워하겠지
철지난 라디오와 철지난 책과 철지난 생각과
철지난 햇살이 서로에게 화려하게 삐걱대는
정신의 단칸방에는 다정스런 生和音이 살고 있다
나는 말이 없겠지
지나가던 좀도둑은 되레 의로운 화를 내겠지
집주인 대체 어떻게 산 작자야?
들고 갈 물건 하나는 있어야지 염치가 없군
변명삼아 방안에 시 한 편 던져두고 돌아서기
다믄 이거라도 가져가 살림에 보태주시기를
염치없게 산 시인 올림

157

〈나도 시인처럼 바닷가에서 그림을 그리며 '천천히 늙어가리라'고 아주 '단언적'으로 결심한다. 어쩌다가 등 뒤로 젊은 여인들이 "어머, 화가다!" 하며 지나가도 "제 화실에서 따뜻한 커피 한잔하실까요?" 같은 허접한 수작은 절대 안 할 거다. 전혀 못 들은 척, 아주 우아하게 그림만 그릴 거다. 섬에서 나는 그렇게 '단언적인 사람'으로 아주 오래오래 살 거다! 어쩌면 아예 안 죽을 수도 있다.〉 〈 〉 안은 문화심리학자 김정운의 글이다. 김정운 교수의 글은 구김이 없고 분방하다. 둥둥 떠다니는 가벼움이 특히 좋다. 심각하지 않다. 그가 공부한 심리학이 등 뒤에서 가벼움을 지켜 주고 있다. 그건 그렇고, 시의 단언적 진술이 누군가에게 가서 시적 진술 이상의 힘을 발휘한다는 사실을 김정운 교수의 글에서 새삼 느낀다. 시는 본래 그런 속성에 기대고 있다. 시는 선언적이다. 우스운 예를 하나 들자. 시인과 소설가가 길을 가다가 똥을 발견했다고 치자. 소설가는 어떻게 하겠는가. 소설가는 다가가서 냄새 맡고 손으로 찍어먹어 본다. 그리고 말한다. 똥이군. 시인은 다가가기 전에 이미 선언한다. 똥이다. 직관이다. 분석과 종합을 거치지 않고 막바로 보아내는 힘. 그런 통찰과 직관은 당연히 분석과 종합 너머에 있다. 아무나 그런 힘이 있지는 않다. 시인은 세상의 복잡다단을 분석하고 논증하는 존재가 아니다. 엉킨 실타래를 하나하나 풀어내는 존재가 아니라 칼로 뭉텅 잘라내는 존재다. 그건 학교가 가르치는 게 아니다. 삶의 순간을 통해서 습득한 어떤 재능이다. 나를 키운 건 8할이 바람이었다. 미당 서정주가 23세에 쓴 시 「자화상」의 개념이다. 김정운 교수가 문학의 문 밖에서 찬탄하는 시의 단언성은 귀하다.

158

깜빡이도 안 켜고 들어오면 어쩌자는 거냐. 개새끼야.
1928년생(92세) 내 아버지의 육성. 전직 면장.
현재 요양원에서 근무 중.

159

자다가 깨어
방안을 둘러보는 나
나는 내가 나라고 생각하며 산다
잠들기 전 지저분한 뉴스를 들었다 대한민국
아침에 일어나면 산책부터 해야지
잎이 생기는 수양버들을 보면서
사춘기 직전 소년의 피아노 솔로 같은
상계역 앞 당현천을 걸어가자
참, 여기 천상병 시비도 있다
묵념
천변 어딘가 작년에 감추어둔

봄빛 마음빛 웃음빛 다시
되살아날지도 모른다
날 만져주라
인생에 담을 게 없어 구름만
욱여넣고 있는 나를 좀 만져주라
뻥이지만 나는 이런 뻥이 좋다

160

난 3류인가. 그렇다. 별 수 없이 3류다. 물론 2.5류도 있다. 1류는 1류처럼 놀아야 한다. 시집도 1류출판사에서 내고 1급 문학상도 받고, 1급수 시를 써내야 한다. 그래야 1급 시인이다. 반면에 3류는 3급수 정도의 개울물에서 3급수 정도의 시를 쓴다. 이런 도식적이고 일반적인 분류 말고 1류와 3류는 어떻게 구분되는가. 글쎄다. 문화관광부 같은 데서 일정한 심사를 거쳐 급수증을 발급하는 방안도 있다. 그게 좋겠는데 말썽은 좀 많겠다. 운전면허처럼 일정 기간 내에 적성검사를 받게 하고, 급수도 갱신하면 된다. 당신은 1급 시인이었지만 고령이라 3급으로 하향 조정되었습니다. 그동안 수고 많으셨습니다. 문화관광부 장관. 해본 말이다. 내 말에 동의하는 시인들은 한 명도 없을 게다. 누가 시인에게 3류와 1류의 딱지를 붙이겠는가. 어림없는 소리다. 모든 시인은 1류다. 같은 논리로 모든 시인은 3류다. 많이 읽고, 많이 생각하고 많이 쓴다. 이른바 구식 3류다. 오로지 이

직분에 충실한 시인 속에서 1류는 태어날지도 모른다. 확신은 없다. 3류는 읽지 않고, 생각하지 않고, 쓰지도 않는다. 충분한 3류다. 나는 적어도 그런 시인은 아니다. 나는 대충 읽고 대충 생각하고 대충 쓴다. 나는 절대 3류가 아니듯이 1류는 더 못된다. 그래서 2.5류 정도로 생각하고 산다.

161. 짧은 자작 인터뷰

〉요즘 어떻게 지내고 있나.

〈밤이면 잠 자고 아침이면 눈 뜬다.

〉아직도 구식 도사 같은 문체를 버리지 못했군.

〈그것은 버리고 어쩌고 하는 문제는 아는 듯. 내 신체에 적힌 그 뭐냐 문신 같은 것이지. 우리는 다 문신된 존재들이잖아. 누군가에 의해 문신된 존재.

〉그렇군. 자기 삶이라는 거, 자기 생각이라는 거, 살았다는 거. 그게 다 한순간의 착각이 맞다.

〈그건 내 말인데.

〉그렇잖아. 다들 자기 생각인 듯 떠들어대지만 세상에 자기 생각이라는 게 있기는 한가. 아니 있을 수 있어. 우린 그저 유전자처럼 남의 생각을 자기 생각으로 포장해 전달하는 존재들이고 그 일에 여념이 없는 거지. 내가 격하게 동의하는 대목들이다.

〈다소 냉소적으로 들리는데

〉그거야말로 당신 생각 아니여? 청군과 백군으로 분할된 한

국사회에서 시골운동회 하듯이 손뼉 치며 살아가는 게 남조선 현실이라면서

〈 내 생각을 남의 입을 통해 들으니 좀 거시기하다. 어제(2019년 7월 16일) 극히 젊은 시인의 인터뷰를 읽었다. 앞으로의 계획을 묻는 질문에 '멀리 가고 싶다. 더, 더, 멀리 가고 싶다'고 대답했다. 나는 이 짧은 대답에 붙잡혔다. 나도 그 문장의 뒤를 따라서 멀리 가고 싶게 되었다. 레이먼드 카버는 '자신의 초조함과 갈망을 따라 그것이 자신을 이끄는 대로 아주 어두운 곳과 그 너머까지' 나아가고자 했다. 작가란 그런 존재겠지. 시인도 전과동. 뭐, 좀 없을까 하고 밀고 나가는 인간이 시인이겠지.

〉 레이먼드 전기는 무려 940쪽인데. 말이 난 김에 하는 말이지만 우리 쪽은 변변한 작가 전기 하나 없다. 반도체 만들고 월드컵 16강은 성공했는지 모르지만 문학 분야는 엉성하다. 대강 철저히 하는 군대식 의식이 문학에도 촘촘하게 박혀 있다. 쳇 베이커를 비롯한 빌 에반스 등 재즈 뮤지션의 전기 발간에 비추자면 우리는 무인지경이다. 김소월, 김수영 전기 하나 변변한 게 없으면서 맨날 김수영을 흔들고 있다. 참 아름다운 영혼들이다. 그런데도 무슨 문학관은 그리 많은지 모르겠다. 김소월문학관도 없으면서. (내가 알기로 지금까지는 그렇다.)

〈 여기는 대한민국이오. 비분강개는 이불 속에서 하시고. 레이먼드 카버를 다 읽었다는 얘기는 아님. 그 두꺼운 걸 읽다가 남은 생이 다 가겠지. 읽느니 카버처럼 사는 게 더 빠르겠다.

내가 강조하고 싶은 건 책값이 38,000원이라는 정도.

〉어떤 책은 두께와 가격만으로도 권위가 발생한다.

〈시집은? 얇을수록 그렇지.

〉이 대목에 이모티콘이 들어가야 할 터인데

〈모르겠다. 이제 나는 이모티콘 사용을 억제한다. 그게 메시지를 왜곡시키기 때문이다. ㅎㅎ나 ㅋㅋ가 그렇고 SNS의 '좋아요'가 그렇다. '좋아요'나 꾹꾹 누르고 앉아 있어야 되겠나. 아니면 '좋아요' 횟수에 일희일비(一喜一悲)해야 되겠냐고.

〉그렇다. 그렇다. 그러나 그렇게 조립된 게 인간이지. 베스트셀러는 '좋아요'의 현금화겠지. 안 그렇나요. '좋아요' 없이 어떻게 살겠어.

〈요새는 나름 화가인 김정운의 오리가슴이 좋더라. 언제 여수 가지 않을래. 여수 밤바다.

〉갑자기 어딘가 찡 하다.

162

홈쇼핑에서 당신 시집 샀다.

다 읽으면 연락하겠음.

163

강릉역에 내려서 역사를 나왔다. 잠시 거리를 스캔한다. 낯설다. 아주 낯설다. 나는 잠시 거리를 눈에 넣는다. 많이 변했다.

맞은편 골목에서는 옛날 여자들이 옛날 방식으로 옛날 손님들을 호객하고 있다. 쉬어 가세요. 이런 말일까. 동계올림픽을 위해 급조된 정거장 부근이 신도시 흉내를 내고 있다. 오래 된 이 도시가 낯설어졌다. 시집을 낼 때마다 출생지로 적어 넣는 소도시다. 이제 나는 고향 속으로 들어간다. 고향이라는 말의 울림이 15세기 국어처럼 느껴지다니 놀랍다. 바닷가에 나가 파도를 읽어보고 돌아갈 것이다. 난설헌 생가의(생가는 아니지만) 툇마루에 앉아 보자. 초당동 소나무 사이를 걸어서 강문까지 걸어가자. 나는 아무 생각도 하지 않을 것이다. 강릉교육대학이 있던 자리. 거기서 총검술을 익혔고 아동발달심리를 수강했다. 그 밖의 해석은 금물이다. 김승옥의 「무진기행」을 필사하면서 무진이 강릉이라고 생각하던 시절도 있었다. 그나저나 소설의 등장인물 하인숙 선생은 잘 있는 것이냐? 그도 많이 허물어졌겠지.

164

박세현의 시집은 박세현의 생각이다. 생각은 임시적인 것이고 이념적이다. 박세현의 생각이라는 가설도 그렇고 그의 생각이 묻어 있는 시 또는 시집도 그에 준한다. 한 편의 시는 불가피하게 시를 작성한 글쓴이를 끌고 들어온다. 그것은 의미가 덧칠된 언어의 한계다. 자신의 생각을 전면화하려는 시도가 시이고, 그 전면성을 부인하려는 발상도 시다. 박세현의 시는 후자에 기울어진다. 그는 자신의 생각이라는 것을 신용하지 않는다. 세상만사 그것을 그것이라고 믿기 난감해 한다. 지금까지 900여 편의 시, 11권의 시집과 5권의 산문집에 투영된 시인의 생각은 세상에 존재하는 모든 가치로움, 모든 의미로움, 모든 그럴듯함, 모든 주장에 대한 소박하지만 적극적인 부인이다. 적어도 이 생각의 줄기는 그의 시 안에서는 얼마간의 성공을 거둔다. 시를 심각한 사유의 산물로 보려는 견해들과 언어적 공법으로 보려는 축들에게 공통적으로 거부감을 안겨줄 수 있다는 점에서 그렇다. '시를 잘 쓴다'는 말을 그는 인정하지 않는다. 시를 잘 쓴다는 것은 기왕의 문학적 합의를 무반성적으로 받아들이는 습이라고 본다. 그의 시는 일상적인 문제들을 일상적인 문장으로 담아내며 기득권적 합의에 삿대질을 한다. 이러한 비평적 소견은 그가 여러 권의 시집을 펴냈음에도 불구하고 그는 아직 첫 시집의 제목 『꿈꾸지 않는 자의 행복』의 도정에 있음을 반증한다. 꿈과 세속적 행복 사이의 이루어질 수 없는 사랑이 그의 시다. 일상복 차림으로 파티장에 나타난 그의 모습을 보고 파티에 어울리지 않는 패션이라고 말한다면 시인은 동의할까? 꿈의 형식에는 꿈의 형식에 어울리는 시가 있다고 시인은 믿을 것이다. 나는 그 점에 동의한다. (명소은)

165

입장 발표도 없이

대낮 환한 네거리에서
우리는 헤어졌다
우리가 만난 곳은
저 툰드라의 겨울 벌판
각자의 시계 속이었다
잊자니 잊을 게 없고
그립자니 그리울 게 없으니
기억은 캄캄하고
미래는 밀애로 밀려온다
추억은 물티슈로 지우자
잘 있어요 잘 있든 말든
잘 가세요 잘 가든 말든
가파른 뺑대는 각자의 것
천지에 꽉 찬 소음은
그대의 것도
내 것도 아니므로
다행스러워라
이상
끝

166

잠 깨고 보니

동지는 간 데 없고
꿈은 흩어졌다

이 문장이 시라면 읽는 사람이 놀랄 것이고, 시가 아니라면 쓴 인간이 놀랄 일이다. 시라고 믿지만 시에 미달한 이 어중간과 어정쩡함이 내가 매달려 있는 거처다. 우수와 경칩 사이에 나는 누군가에게 말하겠다. 청명과 곡우 사이에는 길을 떠나고 돌아오지 않을 예정이다. 내가 읽은 책 몇 줄을 지우겠다. 나는 그런 위대한 생각에 문신되고 싶지 않다. 나는 어디에도 등록된 적 없고 누구도 모르는 저 변두리 장마당의 노랫가락을 기억할 것이다. 걸어서 도착한 습지에서 생각한다. 생각한다. 지겹도다. 생각에 끌려다니다니.

세상에 말로 된 것
세상에 글로 된 것
그것은 그대들의 픽션이었음을

167

봄이 오면 봄잠을 자고 봄꿈을 꾸자
봄바다에 나가서 봄여자와 봄커피를 마시고
봄노래를 부르며 봄춤을 추자
봄느낌은 봄파도 위에 얹어놓고 봄숨을 쉬자

168

일어나 보니 자기 생일이었다는
사람의 말을 듣고 웃었다
일어나 보니 자기가 죽었더라는 사람도 있겠지
역시 우습다
날마다 태어나고 날마다 죽는다
그러다가 아주 죽는다
죽다가 되살아나기도 한다
라면물 끓는 동안 생각해보니
그렇게 새삼스러운 일도 아니다
차갑던 물이 그 잠깐에 펄펄 끓다가
또 시들어버린다
한결같은 마음은 방부처리된 마음이겠지
변하지 않는 인간을 조심하자
마음 변한 당신은 위대하다 축
갑자기 사망한 누구에게 삼가 조의를
일어나 보니 내가 죽어 있었어
이럴 수가

169

라디오가 발표한 금일 저녁의 끝 곡은 존 레논이다.
앞에 지나간 음악은 키스 자렛의 피아노 독주곡이고

그 사이로 떡볶이를 들고 가는 여중생의 발걸음이 사뿐거린다.

하루가 끝날 때는 갈라졌던 승강기 문이 닫히듯이 모든 페이지가 닫힌다.

새벽 2시에
텔레비전을 보고 있을
당신에게

170

1교시는 학생들 출석률이 다른 시간에 비해 눈에 띄게 저조하다. 지각생도 많지만 출석을 우습게 여기고 아예 자발적으로 결석하는 학생들이 대부분이다. 1교시에 도착하자면 아침 일찍 서둘러야 한다. 교양과목 수업 하나 듣자고 아침부터 서둘 까닭이 그들에겐 별로 없다. 내가 생각해도 그렇다. 그래서 1교시 강의는 대강 채운 시외버스처럼 출발한다. 교실에 들어서면 한 명은 엎드려 있고, 네 명은 폰에 종사하고 있다. 전부 여덟 명이 참가했다. 출석부를 펼치다가 그만두고 오늘 강의의 서론을 열었다. 오늘 수업은… 근데 아무도 듣는 학생이 없다. 그 순간, 가슴 저 밑바닥에서 느닷없이 뭔가 치밀고 올라왔다. 교권을 무시하는 학생들의 태도에 대한 짜증이 아니다. 이런 일이 처음도 아닌데. 그 어른스럽지 못한 감정은 다름 아닌 자기모멸이다. 내가 왜 지금 여기 있는 거지. 재래시장 모퉁이에서 집에서 뜯어온 야채 약간을 올려놓고 종일 앉아 있는 시골 노파가 나였구나. 그런 직감에 접하면서 조용히 그러나 단호하게 나는 말했다. 오늘 강의 끝. 학생들은 리허설도 없이 일제히 작은 탄성을 내질

렸다. 나는 엘리베이터 없는 강의동 5층 끝 방을 내려왔다. 어두운 책들이 기다리고 있는 연구실로 향하지 않고 주차장으로 갔다. 시동을 걸었다.

170-1

남성 국회의원이 여성보좌관의 가슴을 만졌다는 뉴스를 들으며 햇빛 속에 남아서 책을 읽는다.

무슨 책이었더라?

171

2018년 10월 25일 향년 82세로 별세한 문학평론가 김윤식은 1987년 8월에 쓴 에세이에서 "사람에 있어 의무란 무엇이겠는가. 외로움 아니겠는가. 외로움이란 혼자 있음을 직접 가리킴이다"라고 썼다. 단독 저서만 147종에 이르는 그의 놀라운 글쓰기의 원천이 '외로움을 사람의 의무'로 생각한 그의 특별한 세계관에 있다고 봐도 크게 어긋나지 않을 것이다. 소설가 정찬의 김윤식 회고 칼럼 인용이다.

172

어떤 잡지에 실린 아무개 시인의 인터뷰를 꼭 찾아 읽고 싶었는데 아직 구하지 못했다. 그런 채로 한 달이 지나갔다. 꼭 읽으려던 마음이 점점 희미해진다. 좀 더 있으면 읽지 않아도 상관없어지겠지. 읽지 않은 부분을 나의 상상력 잣대로 대충 얼버무리겠지. 내가 생각하는 나의 꼭은 이제 반드시가 아니다. 이루어지지 않아도 할 수 없는 희망이다. 그러다가 잊고 살겠지. 그러다가 혹시 그 인터뷰가 눈앞에 나타나면 나는 당황하겠지. 반가운 것이 아니라 뜻밖의 출현을 놀라워하겠지. 안 보는 게 나을 뻔했을지도 모르는 그 장면을 곤혹스러워할지도 모른다. 어떤 것은 어떤 기대 속에 있을 때가 좋을 때도 있거든.

173

그 사람은 알 만한 사람인데도 종종 시에 깊이가 있다는 말을 하더라. 좀 수상하잖어? 한갓 언어로 삶의 깊이를 떠올리는 건 좀 이상하지. 삶에는 알량스런 깊이 따위가 없다는 게 들통나는 게 두려운 건지도 모르지. 난 그렇게 생각하기로 했어. 납득하기 어렵다는 표정이군. 말장난으로 들리겠지만 깊이는 어떻게 발음해도 기피가 아닌가. 이게 깊이의 본능이야.

174

점심 먹고 항구에 다시 가 볼 생각이다. 어제는 초밤에 가서 파도소리만 경청하고 왔다. 오늘도 어제 왔던 파도가 다시 오는지 알아보려는 계산이다. 생각은 쓸데없을수록 생각답다. 점심은 뭘로 먹을까. 감자옹심이는 어제 저녁으로 먹었고 아침에는 된장찌개를 먹었다. 점심은 공기만 먹어도 되겠다. 오로지 먹는 생각뿐이다. 짐승스럽지만 철학의 근본이라 생각하며 밑줄 긋는다. 바깥은 영하 12도. 겨울이 온 힘을 다하고 있다. 나의 공복 속으로 봄이 전개되고 있다.

175

순전히 입을 게 마땅찮아 어제 입었던 청바지를 또 입고 시내로 진출했다. 여기저기 할 것 없이 미세먼지가 충만하다. 광화문 골목마다 고등어를 굽고 있는 모양이다. 오늘도 자살한 시인은 없다. 다들 시 쓰느라 바빠서 그렇다. 광장에는 문인노조깃발도 보인다. 나는 노조원이 아니라 그냥 지나간다. 수고하라. 북조선으로 열차 타고 돌아가는 김정은의 표정이 궁금하다. 참고로 김정은은 내 아들과 동갑이다. 1984년생. 아들에게 나라 하나 물려주지 못해서 아들에게 늘 미안하다. 가슴 속에 더 큰 나라를 품기 바란다. 이런 나라 말고. 대본에 없는 쇼는 혼란스럽다. 꿈과 현실의 빅딜.

176

홍상수 감독의 「자유의 언덕」이 드디어 3만 관객 돌파했습니다. 숫자가 중요한 건 아니지만 조금 더 많은 사람들이 이 영화를 봤으면 좋겠습니다. 두 번 세 번 봐도 좋은 영화입니다. 말 좀 들어라. (김의성 트윗) 이승훈 시집 『당신이 보는 것이 당신이 보는 것이다』의 속표지에 숨어 있던 연필 메모다. 확인해보니 영화와 시집은 2014년판이고 배우 김의성도 출연한 영화다. 지금은 2019년 3월이다.

177

계단을 오르듯이 하루하루
산다
계단 끝에 끝이 있다는
듯이
걸음도 모르는 걸음을
옮긴다
내가 그대에게 가듯
그대의 집이 비어 있듯이
그런 줄 알면서 열심히 그대에게 가듯이
살아간다
끝까지 간다고 끝이겠는가
오늘이 오늘의 끝이듯이
어제는 어제의 끝이듯이
내일은 내일의 끝이
있다

178

나는 문학이 인간의 외로움을 달래길 바라지만, 그 무엇도 인간의 외로움을 달랠 수 없다. 문학은 이 사실에 대해서 거짓말 하지 않는다. 바로 그 때문에 문학은 필요하다. (데이비드 실즈, 『문학은 어떻게 내 삶을 구했는가』) 『우리는 언젠가 죽는다』도 김명남의 번역으로 읽었다. 특히, 번역가 김선생에게 감사한다. 그를 통해 미국의 소설가 DFW의 에세이 『매우 재미있다고들 하지만 다시는 하고 싶지 않은 일들』을 접하게 되었다. 역시 감사. 김선생을 만나면 커피라도 사고 싶다. 첫 원고는 자신을 위한 것이고 두 번째 원고는 편집자를 위한 것이고 세 번째 원고는 독자를 위한 것이라는 말을 했다. 번역원고에 대한 경험론이다. 당대 독자의 욕망을 문장으로 가공할 수 있어야 한다. 시도 그런가? 그렇기도 하겠지만 다는 아니다. 시는 독자의 욕망에 균열을 내야 한다. 그런 시가 좋은 시라고 나는 생각한다. 나는 맨날 엉뚱한 시만 쓰고 앉았다. 그게 나의 시이기도 하다. 슬픔.

179

당신도 시인이 될 수 있다.
(단, 수강료만 있다면)

180

용정에서 시인윤동주지묘를 찾았다. 조선인들이 묻힌 공동묘지였다. 바로 옆에는 사촌 송몽규의 묘가 있다. 6월 끝날의 바람이 분다. 나는 이렇다 할 감개가 오지 않았다. 무슨 뜻인지 모르겠다. 참고로 나는 대학 졸업논문으로 윤동주론을 쓰기도 했다. 남의 거 베끼는 작업이었지만 아무튼. 그러나 그렇지만 윤동주 시의 핵심어인 부끄러움은 내 시에도 한 몫 했다. 당연한 말이지만 윤동주의 부끄러움은 충분한 이유가 있지만 나의 그것에는 내용 없는 부끄러움이었다. 그 생각하면 또 부끄러워진다. 장률의 영화 「춘몽」에서 여주인공을 맡은 배우 한예리가 안수길의 『북간도』를 읽고 있는 모습은 나 같은 국문학도를 꽤나 흥분시켰다. 나는 지금 그 북간도에 서 있는 것이다. 이것은 감개를 넘는 무엇이다. 두만강 건너 북조선을 바라보는 시선과는 차원이 다르다. 나는 북간도에서 한국문학사의 숨결을 느낀다. 일송정 푸른 솔도 한 줄기 해란강도 거칠게 말 달리던 선조의 꿈이었다. 이제 문학사에 대한 토론이 사라지면서 드러나는 두 유형이 있다고 본다. 문학사 없는 외로움을 견디는 부류와 문학사의 구속 없는 자유로움을 구가하는 부류가 그것이다. 문학사 없는 문학사를 의식하는 작가는 자신이 그 공백을 메우려는 본능으로 시달린다. 작가된 자의 운명이다. 윤동주를 만나면 '실례지만 누구신데요?' 이렇게 질문할 부류가 바로 문학사와 상관없이 쓰고 있는 글작가들이다. 후자들의 수가 압도적 우위를 점하고 있다고 본다. 문학사가 왜 필요한데요. 이렇게 되질문을 받을 수도 있다. 그게 그러니까. 이렇게 우물쭈물하다가 나는 물러서겠다. 북간도 용정의 공동묘지 시인윤동주지묘 앞에서 체감하는 한국문학사의 조출한 절망이다.

181

골목 편의점 앞을 지나가는

한 행 짜리 가을바람

마릴린 먼로를 안고 있는

극작가 아서 밀러의 두 팔

셀로니어스 멍크의 모자

담배연기

심야버스

옛날애인

이빠진 커피잔

메별꽃

사랑합니다

웃기시네

182

강릉의 장현저수지 뒤 성불사 마당가

배롱나무를 보고 돌아와 잠들었다

어머니 영가는 왔던 길

다시

돌아가시고

183

잘 지내지?

말복 닥치기 전에 만나서

같이 죽자

쓰던 시 마저 쓰고 가겠다고?

알았다

조만간 만나지겠구나

트랙이 달라서 만나지 못할 거라구?

하여간 정신차리자

184

시 한 편 읽으면서 놀라움으로

뒤척이던 시절이 있었다

이제 그런 일은 없다

잘 쓴 시는 여전히 널려 있어도

뒤척이는 일은 없어졌다

그게 별것 아니라는 걸 알기까지

시집 열 권이 필요했지만

어떤 당신은 내 말을 귓등으로 들어야 한다

185

지진문자가 뜬 늦가을밤 비가 쏟아진다.

오리지널 사운드다. 이 빗소리 사이로 빠르게 스미는 임자 없는 마음.

내다버려야 하나.

186

묵호에 관한 책이 나왔다. 묵호에 관한 모든 것이 이 책에 담겼다. 묵호가 궁금하면 이 책을 읽으면 된다. 더 궁금한 분은 지금 묵호로 떠나면 된다. 동해시가 아닌 묵호는 기억과 추억으로만 존재하는 도시가 되었다. 묵호와 북평이 통합되면서 묵호는 사라지고 동해시라는 싱거운 지명이 생겼다. 묵호에 갈 수 있지만 결코 묵호에 닿을 수 없다. 어린 날, 얄궂은 빵 하나를 들고 볼일 보러간 아버지를 막연하게 기다리던 곳이 비린내 날리던 묵호항이다. 류재만 시인이 저자로 참여한『묵호에 진 부채』의 표사를 쓰게 될 줄이야.

187

시를 쓸 때 다음 줄에 무슨 말이 올지 어떻게 안단 말인가. 그건 아무도 모른다. 신도 모르는 일이다. 그걸 미리 알고 쓴다면 나는 지루한 손장난은 하지 않으리라. 그러니 구상이라는 말은 후일담일 뿐이다.

188

독자가 없는 한국문학이 축복일 때도 있음.

열심히 쓴 시인은 서운하겠지만 대충 쓴 시인은 묻어갈 수 있기 때문이다.

나는 열심히 묻어가고 싶다. 나에게도 그런 축복이 왕림하기를.

189

강릉에 가면 남항진보다 안목에 간다. 안면 있는 해당화도 있지만 스타벅스가 있기 때문이다.

스벅의 아메리카노를 투 샷으로 마신다. 재즈도 묻어온다.

나는 미제국주의자다.

반드시 망할 날이 올 것이다.

190

더 보여줄 게 없으면서 계속 노래하는 가수가 나냐 너냐.

191

나는 가끔 슬프지요

가끔 흐느끼고 있지요

슬픔의 기원이 환해질 때까지

울어버리지요

아가들의 뒤뚱거리는 걸음마를 향해

손 내밀고 있는 엄마의 품을 보는 일은
아주 허전하답니다
아무리 읽어도 제자리인 번역서도 그렇고
전철에서 하품을 가린 한국남자도 그렇고
햇빛 속에서 부서지는 이웃집여자에게도
슬픔 외에 다른 이름을 붙일 수 없습니다
나는 이렇게 가끔 분노에 휩싸입니다

192

2019년 2월 현재 폐지 줍는 노인 전국에 몇 명?

192

괜찮은 척 하는 사람은 많아도 괜찮은 사람은 없다. 누구나 괜찮을 때만 괜찮다. 2019년 한국사회의 표면에서 부침하는 인물들을 보자면 특히 그렇다. 그들을 지지하거나 비판할수록 사태는 어긋나고 덧난다. 문학도 그 자리를 여겨보지 않는 듯 하다. 하긴 문학도 바쁘다. 바쁘면 헛산다는 거 나는 알고 있다.

193

속지 않는 자가 속는다.

194

가시연꽃을 보러 경포 호수 옆 습지에 갔다가 헛걸음했다. 가시연꽃은 보이지 않았다. 초록 피자판 같은 연잎들만 둥둥 떠 있다. 올 때마다 연꽃을 보지 못했다고 가볍게 투덜대며 지나가는 사람도 있다. 오전 한순간에 꽃잎을 열고 오후에는 닫는다고 했다. 내가 인연이 없었던 거지. 대신 그 옆 안내 표지판을 읽고 감격했다. 본래 호수였다가 매립된 이곳을 다시 습지로 복원하면서 땅 속에 50여 년 묻혀 있던 가시연꽃 씨앗을 발아시켰다는 것이다. 50여 년 만에 보게 되는 가시연꽃이다. 달에 인간이 발을 딛는 순간과는 비교가 안 되겠지만 순수한 환희에 들뜨는 순간이다. 내가 그날 만나지 못한 그 가시연꽃이 그 가시연꽃이다. 헛걸음을 달래는데 난설헌 생가라는 길 안내 표지가 눈에 들었다. 강릉에 올 때 나의 사소한 행복이 바로 난설헌 생가 툇마루에 앉아서 마당가 목향장미를 보는 거다. 내 글에서 난설헌 생가를 올려놓은 것도 여럿 있다. 동행한 친구는 난설헌 생가는 옳지 않다고 말했다. 난설헌이 초당에서 태어나지 않았다는 게 그의 지론이자 통설이다. 그의 아버지 허엽 시비가 이 근처에 있기에 균이나 난설헌도 이곳에서 출생했으리라는 추리가 이런 얼토당토않은 풍문을 만들었다는 것이다. 향토학자들의 상상력을 너무 믿어서 생긴 착오다. 내가 쓴 시도 수정해야 하나 생각 중이다. 그렇게 하지 않을 것이다. 이곳은 누가 뭐래도 나에게는 난설헌 생가터다. 그렇게 알겠다. 요즘은 시청에서도 난설헌 생가라는 표기 대신 초당 고택이라는 애매한 안내문을 붙여놓았다. 고정기표라는 게 있다. 곰보는 성형을 해서 얼굴의 자국을 지워내도 곰보라 불린다. 어디에서 태어났든 난설헌은 이 정도의 공간에서 태어났을 것이라는 상상력을 나는 포기할 수 없다. 대숲과 소나무숲을 딛고 온 강문의 바닷바람에 난설헌의 시가 익는 밤을 생각한다. 그거면 되었다. 난설헌 생가터는 내게 난설헌 생각터가 된다. 나는 원주를 떠나 서울에 살고 있다. 여전히 내가 원주에서 교편을 잡고 있다고 생각하는 사람들도 있다. 잊어주시오.

194-1

나는 왜 어느덧 파리바게트의 푸른 문을 열고 있는가. 봄날의 유리문이여 그러면 언제나 삐이걱 하며 대답을 하는 슬픈 이름이여.

도넛 위에 쏟아지는 초콜릿 시럽처럼 막 익은 달콤한 저녁이 내 얼굴에 온통 묻어도 나는 이제 더 이상 달지가 않구나.

그러니까 그 옛날 강릉 우미당을 나와 곧장 파리바게트로 걸어왔던 것은 아닌데, 젊어질 수도 없고 늙을 수도 없는 나이 마흔살, 단팥빵을 고르기에는 너무 늦은 나이, 이제는 그 빵집 우미당, 세상에서 가장 향긋한 아침의 문은 더 이상 열리지 않네.

> 두드려도 열리지 않는 것은 이미 이별한 것. 오늘이 나에게 파리바게트 푸른 문을 열어 보이네. 바게트를 고르는 손이 바게트 그러면 식탁에서는 오직 마른 바게트, 하지만 씹을수록 입 안에 고이는, 그래도 씹다보면 봄날 저녁 속의 언뜻언뜻 서러움 같은, 그 빵집 우미당, 누구에게나 하나씩 불에 덴 자국 같은

이 시를 읽고 있으면 그 무슨 느낌 같은 것은 다 떠내려가고 빵집 유리창 밖에 우두커니 서 있는 한 자아를 만나게 된다. 그대는 누구시던가. 슬프다. 이 시는 왜 나에게 멀쩡한 슬픔을 불러오는가. 왜 나에게 잊혀진 봄날의 유리문을 밀게 하는가. 나는 지금 우미당에 들어와 있다. 벽에는 시화 액자들이 걸려 있다. 나는 교복을 입은 고3 학생이었던 것. 강릉지역 고등학생들이 만든 시동인회의 시화전이 열리고 있는 중이다. 우미당은 특히 단팥빵이 맛있었던 것으로 기억된다. 그렇기도 하거니와 단맛에 끌리던 시절이었다고 해도 말이 된다. 이 시에 개인적 독후감을 첨부할 생각은 없다. 마음에 든 시를 만나면 좋네 하면서 지나가지만 '우미당'은 그렇게 되지 않는다. 시는 나를 시 속으로 자꾸 끌어들인다. 어쩌자는 것이냐. 우미당, 감천당, 향미루, 진미당으로 자동기술되는 나의 청소년시대여. '두드려도 열리지 않는 것'에 삼 배. 이 시 「그 빵집 우미당」을 쓴 심재휘 시인의 '불에 덴 자국'에도 반 배. 강릉의 실핏줄 같은 그 많은 골목길에 여러 번 절.

195

알바생이 건네주는
거스름 같은
저 웃음이 좋네 시 같어
옛날시 1930년대 시 같네
가난하지만 생생하던 말결
내게 와서 긴 밤 잠 못 이루게 하던
시 구절 닮은 웃음
누군가 어깨 가볍게 툭 치면서
좋은 시 많이 쓰시게
그렇게 속삭이는 듯 하다
좋은 시 그런 없다네
누구 얼굴에 번진 미소 같은 거스름
그만큼이면 좋겠어
시라는 게

196

재채기는 왜 꼭 두 번씩 하는가
한국사회는 왜 부패하는가
국회의원은 왜 국회회원 같은가
시인의 영혼은 정말 순결한가
뻔한 의문들이 전두엽에 고인다

생각한다 옛날이 좋았다
누군가를 떠받들던 옛날 말이다
일반인과 결혼하는 연예인 뉴스를 보며
시인은 일반인보다 더 진한 일반인이 되어
철지난 시에 대해 토론한다
재미없는 대화에 지친 일반인이 일어나면서
인사한다
심고진 선생님 먼저 일어납니다
놀다가세요

197

박세현 헛소리 선집 발간 자축 기념회

198

—비 맞은 중 염불하는 소리
누군가 내 시를 대신 쓰는 것 같다
스님, 화내지 마세요

199

아침에 커피를 만드는구나
과테말라(뿐이군)
노동조합 없이 일하는

아침의 커피작업
존재란 무엇인가
어제 떠난 붓다를 생각하며
커피를 마시는구나
삶은 가끔 쏟아지기 직전의 울음 근처다
횡성도서관 근처다
4주짜리 도서관 수업
나도 모르는 얘기를 한다
살 속으로 번지던 가을 하늘에
군용 비행기 한 대 지나갔다
그리고 아무 일도 없었다
어떤 일이 있어야 하는가
잔 바닥에 깔린 커피를
마저 흡입하는구나
잔을 씻는구나

200

몇 년 전 썼던 시 또 쓰고 있는 나
(평생 같은 시를 쓰는 거지
안 그래?)

201

마루야마 겐지는 자신의 책 『소설가의 각오』에서 이렇게 말한다.

'여자들이 좋아하는 작품을 쓰면 안 된다' 이것은 이 책에서 분명한 원칙으로 제시된다. 여자들이 읽는 작품은 깊이가 없고 진정한 예술 작품이 아니기 때문이라는 말이다. 맞아죽을 각오를 하셨군.

202

새벽 2시에
텔레비전을 보고 있는 당신에게

마크 맨슨의 자기계발서 『희망 버리기 기술』에서 본 목차다.
나는 왜 여기에 밑줄을 그었을까.

203

마땅히 당신께서 읽어야 했으나 아직도 당신이 읽지 못한 그 시집을 지금 쓰고 있습니다. 조금만 기다려주소서. 곧 탈고할 그 시집은 당신을 위해 딱 한 권만 출판하겠습니다. 그런데 지금, 당신은 어디 계신가요? 검색이 안 되는군요. 내가 유일하게 세상 끝까지 숭배하는 당신.

204

당신의 시는

질외사정 같소이다

왜 그런지 모르겠소

엉뚱한 소리만 하다가 끝나지요

헤어졌는데 다시 헤어지는 연인들처럼

당신의 시는 누구와도 만나질 수 없지요

천지개벽도 쿠데타도 당신의 시를 바꿀 수 없소

모든 독자를 당신의 시 문장 밖으로 몰아내는 기술

참 대단하외다

참 놀랍소이다

205

독자 없는 글을 쓰는 것도 큰 보람이다

기대 없이 살아가는 삶을 과소평가하지 말자

206

갈 곳 없는 마음 데리고 산책

안녕하세요?

모르는 사람한테 공손하게 인사

골목 커피집에서 특선커피 마시고 돌아와

긴 각주 달린 시를 읽는 것은

내 어두운 취미
시집 제목은 좀 길다
『시 읽는 사람 없으니 다른 데 가보세요』
명왕성으로 이민 간 친구에게서 메일이 왔다
적당히 좀 살아라
다 개수작이라는 걸 알잖니
시집을 덮으면서 중얼중얼
시를 읽는다는 일은 심각한 질병이구나
어이하리야

207

좀 슬프고 좀 기쁜 조금 답답하고 조금 막연한 좀 아련하고 조금 넌 조금 조금 조금 가까이서 조금 멀리서 다가오고 멀어지고 좀 어렵고 좀 쉽고 어려워서 쉽고 쉬워서 어려운 등대 까막눈 사기꾼 배신자 순정주의자 유튜브 멀어지고 싶다 더 가까워지고 싶다 내 손보다 멀리 조금 울고 조금만 웃기

208

삶에 거나하게 취해서
순전히 그 취기와 숙취로 일생을 보냈다면
당신은 동의하실런지
산은 산 물은 물

삶은 삶 취기는 큰 황홀
삶 아래서 누군가 큰소리로 부른다
가면 쓴 당신이었음
지난 밤 내 꿈속을 지나가던 사람
삶에서 깨어나는 알약 삼키던 당신이
자꾸 내 꿈속으로 들어온다

209

내가 너에게 줄 것은 새벽기도밖에 없다
그러나 내 새벽기도를 너무 믿지 마라
잘 살아라

원주 가면서 라디오에서 들은 말이다. 엄마가 아들에게 주는 말이다. 그 말이 선명하다. 우리는 하는 데까지 한다. 그야말로 최선의 한계는 최선 그 자체일 것이다.

210

우편함에서 소설가의 산문집 꺼내왔다
제목하여 강릉바다

나도 강릉사람인데 뭣인가
도용당한 느낌!

책 받았소 근데
왠지 앉아서 당한 기분이오

후배 잘못 둔 탓입니다
그게 책주인의 대답이다

서울, 가을비 온다
강문과 안목 사이 바다도 젖겠다
누가 내 대신 비 오는 바다 좀 봐줬으면 좋겠다

211

순전히 제 힘으로 식은 커피를
목 너머로 흘려보낸다
본부에서 회신이 왔다
수신확인
밤에 나를 지나간 피아노가 다시 울려온다
피아노는 언제나 타악기다
내 삶의 이쪽저쪽을 두드려대는 것

잠결에 손가락으로 낙서했다
운명
아마도 그 말 근처일 것이다

허접한 낱말이다
책임지지 않아도 되는 세계니까

212

뭘 읽어야 할까. 전부 다. 한 마디로 전부 다 읽어야 한다. 윌리엄 셰익스피어, 윌리엄 깁슨, 표도르 도스토옙스키를 읽는다. 케첩병 라벨에 있는 글씨도 읽는다. 그런데 전부 읽되 읽고 싶을 때만 읽는다. (데이먼 나이트, 『단편소설 쓰기의 모든 것』, 다른) 나는 단편작가가 아니기에 케첩병까지는 읽지 않고 가격표만 확인하면 된다. 다행이다.

213

내가 등단한 해는 1983년 여름이다. 그동안 책상에 엎어져 썼던 시 28편을 타자하고 묶어서 잡지사로 우송했다. 그때까지 내 시는 시가 아니었다. 문단의 인정이 없었기 때문이다. 대략 두 달 뒤에 편집자로부터 전보를 받았다. 당선을 축하합니다. 잡지사로 연락주십시오. 이 전보 한 통으로 나는 시인이 되었다. 그 후로 나는 시집 열 권을 한국문단에 납품했다. 그런데도 나는 여전히 문단으로 진입하는 중이다. 나로서는 흥미로운 일이 아닐 수 없는 노릇이다.

214

선생의 소설에는 왜 섹스장면이 두 번밖에 보이지 않느냐고 인터뷰어가 물었다. 에코는 쓰는 것보다 하는 걸 좋아한다고 대답했다. 나는 시를 살아낼 재간은 없지만 에코의 소설은 읽고 싶어진다. 우리 동네 소설가들은 쓸데없이 진지하다. 나는 진지한 사람은 믿지 않거든. 장고 끝에 악수난다는 말이 있다. 그게 그거다. 거짓말인 듯 참말인 듯. 그 사잇길에서 만납시다. 이미 와 있는 당신. 하이파이브.

215

우리는 물과 불과 흙과 바람
캔, 비닐, 거짓말, 이미 와 있는 종말
우리는 현실과 초현실을 동시에 살아간다
오늘은 엄마의 말씀
어제는 교사의 말씀
내일은 나의 말을 해야 한다
한손에 기쁨을 들었으니
다른 손에는 슬픔을 들어야 한다
사랑보다 사랑스럽게 사랑을 지나가자
슬픔보다 슬프게 슬픔을 넘어가자

216

바람 세게 부는 날 골목에 있는 여관에 들어가 저속한 꿈에 시달리며 한숨 자야겠다.

깨우지 마라.

217

페이스북에 일기를 쓰면서 여생을 보내게 생겼군.

쪽팔린다는 말은 딱 한번, 이럴 경우에 써야겠지.

218

커피 두 잔, 소설 열 페이지 읽었다. 문자 한 통 작성, 점심에는 누가 생선 정식을 사줬다. 다음엔 제가 살게요. 다음은 없다. 두 시간 강의, 강의는 어제였군. 야당 의원 탈당, 내일 미국 대통령 방한에 맞춘 반미, 친미 시위 계획 등 뉴스 청취, 지인의 전화 받지 않음, 천천히 잠들었다. 이것이 산 것일까. 아무리 생각해도 헛산 것이다.

219

당신이 쓰다 만 시 내가 이어서 쓴다.

220

좋은 시가 있는 게 아니라 좋은 시라는 환상이 있는 거 아닌가.

앞에서 쓴 거 같아서 삭제할까 하다가 복습삼아 그냥 둔다.

221

나를 좋아하는 나의 독자
진심으로 내 글을 아껴주는 독자
그는 한글을 읽을 줄 모른다

222

종로서적에서 만나자
약속하고 지하철을 타던 시절을 돌아본다
가진 게 없어서 몸도 맘도 가벼운 시절이었으니

주머니엔 단지 얄팍한 시집 한 권
그럼 된 것

시집 백 권으로도 메울 수 없는 구멍
이제는 그런 속수무책이 또 백 권이다

우리 종로쯤에서 옛날처럼 다시 만나볼까?
사라진 종로서적 그 시집코너에서 말이야

223

베란다에서 이불 털다가 이불이 앞 동으로 날아갔다는 트윗을 보고 맥없이 웃었다.

핫핫핫. 날개달린 이불이여.

224

서울과 원주 사이에 걸친
싱싱한 밤
눈 내리다 그친 망명의 시간

225

종로에서 돌아오는 중이다.

아직 나는 서울아트시네마 5층 9관 F열 2번에 앉아 있을 거다.

내 어깨에 기대어 자고 있는 화면 속 여주인공 때문에 나는 일어날 수 없었다.

226

시를 번역하는 사람들 제정신일까?

227

동짓달 긴 밤에 올라타고
멀리 굽이굽이 끝까지 가본다

(가다 못 가면 쉬어가고)
혼미하게 달려가서 도착한 곳은
겨우 텅 빈 내 몸 속이었으니
옆에는 처음 보는 시집 한 권
석양빛이 스친다
(모든 페이지 비어 있음)
초저녁부터 따라왔던 바람결에서
딸랑거리는 종소리가 울려
느린 동작으로 돌아보았다
그 무렵에 서 있는 약발 없는 남자
세상에 표류하면서 시를 쓰는
사내의 옷깃이 펄럭인다
나는 당신을 참조하지 않으리라
돌아가려고 깨어보니 이미
날이 밝아버렸다

228

하하하. 시집 잘 받고 열심히 읽고 있습니다.

근처 무실초등학교 건너편 닭갈비집에서 언제 전화 한번 하겠습니다.

아직 전화 걸려오지 않았음. 하하하.

229

나한테 쓸쓸하다고 문자하지 마
난 안 쓸쓸하거든
외롭다고 징징대지 마
난 안 외롭거든
빌어먹을 것들
나처럼 살어
쓸쓸하지 못한 척
전혀 외롭지 못한 척
그렇게 못 살 이유가 뭐람
비바람 부는 12월 32일날
동네 포차에서 만낼까?
외로움에 실패한 날건달끼리

230

그냥 치악산이나 올라가 보리라
고상한 얘기는 그대 혼자 하시길
철학자가 없는 이 나라에 웬 인문학 영업은 그리 넘친다니
지겨운 인문학자들

231

좌절에 관한 연구

빅밴드의 리더이자 재즈 편곡자였던 플레처 핸더슨의 작품집에 음반제작자였던 존 헤먼드가 붙인 제목이다. 시로 쓰려고 메모해두었는데 쓴 적은 없다. 제목 자체로 한 시대의 소외감을 구현하고 있다. 뛰어난 재능에도 불구하고 주변의 이해와 협력이 없어 재능을 펼쳐보지 못했던 존재들. 괘씸한 시대였구나, 플레처 핸드슨 씨들.

232

실패를 완성하려는 지속적 몸짓이 시다.
써놓고 보니 문장이 스스로 자신을 완성하고 있다.
무섭다.

233

대부분의 사람들이 흥미를 느끼는 것에 나는 아무런 흥미를 느끼지 않는다. 그 목록에는 이런 것들이 포함된다. 사교댄스, 롤러코스터 타기, 동물원 구경, 소풍 가기, 영화 보러 가기, 천문관 관람, 텔레비전 시청, 야구경기 관람 등. 장례식, 결혼식, 파티, 야구장, 자동차 경주, 시 낭송회, 박물관, 집회, 시위, 아이들 스포츠 경기, 성인 스포츠 경기에도 가기 싫다…. 또한 해변, 수영, 스키, 크리스마스, 새해, 7월 4일 독립기념일, 록 음악, 세계사, 우주 탐험, 반려동물, 축구, 성당, 위대한 예술 작품에도 관심 없다.

거의 모든 것에 무관심한 남자가 어떻게 글을 쓸 수 있을까? 글쎄, 나는 쓸 수 있다. 나는 그것들을 제외한 나머지에 대해 글을 쓰고 또 쓴다. 길거리를 돌아다니는 떠돌이 개, 남편을 살해하는 아내, 햄버거를 씹는 강간범의 생각과 기분, 공장 근무자의 생활, 길바닥의 삶, 빈자와 불구자와 미치광이의 방 같은 하찮은 것들을 쓴다. 나는 그런 하찮은 것들을 많이 쓴다….

부코스키의 『셰익스피어도 결코 이러지 않았다』에서 읽은 글이다.

234

9월이다. 바람이 분다. 커피를 마신다. 목백일홍 꽃 핀 절에서 어머니 천도재를 지냈던 여름이 저수지 건너편에 뒷모습을 남겼다. 세상에 와서 내가 배운 건 침묵이다. 뜻도 의미도 소거한다. 나는 언제나 뜻 없는 자리, 뜻 있을 리 없는 자리에 있다. 거기가 나의 거처다. 고정관념의 옆집이 내 집이다. 지나가다 들르셔도 좋다. 나는 외출 중이겠지만 그러려니 하시면 된다. 그 또한 내 방식이다. 구월이면 저수지 옆 그 절에 가서 목일홍에게 삼 배를 해야겠다.

235

나는 소설을 쓴다.

내가 쓰는 소설의 첫 문장이다. 지우고 다른 문장을 쓰려다 그냥 둔다. 이 문장이 내가 쓰려는 소설을 대신한다. 시를 쓰는 내게 소설은 낯설고 엉뚱한 장르다. 그런 낯섦이 내 소설이 될 것이다. 시나 잘 쓰지 소설은 무슨. 맞다. 전적으로 맞는 말이다. 나는 그런 말을 듣기 위해 소설을 쓰기 시작했다. 나를 아는 사람들은 나를 시인이라 부른다. 그렇게 부르는 사람도 몇 없지만 어쨌든 그렇다. 소위 등단이라는 걸 하고 시집도 여럿 인쇄했다. 몇 권일까? 내 손으로 내 책을 헤아린다는 것은 민망하다. 벼슬 없이 살면서 똥고집만 세우고 사는 샌님이 내 조상일 것이다. 자신의 시집을 세고 있는 발상과 모습이 우습다. 그건 내 모습이 아니다. 나는 일주일에 두 번 시를 쓴다. 시를 쓰는 시간은 새벽 세 시다. 밤이 조금씩 균형을 잃고 새벽을 향하는 이 시간은 내게 모종의 참을 수 없는 각성의 시간이다. 새벽닭이 울면 다 그르치게 될 것 같은 조바심. 그게 내 시다. 내가 시를 쓰는 요일은 주로 화요일과 토요일이다. 병원 진료 예약일 같지만 그 규칙이 나의 루틴이다. 이 날은 외출하지 않는다. 누구도 만나지 않는다. 다른 날도 나는 아무도 만나지 않는다. 이 말은 수정한다. 만나고 싶어도 만날 사람이 없는 게 사실이다. 더 세밀하게 말할 수 있지만 여기서 멈춘다. 나머지는 짐작하시라. 다시 첫 문장으로 돌아가자. 나는 시를 쓴다 이렇게 시작하지 않고 소설을 쓴다고 한 문장은 나로서는 어이없는 왜곡이자 착시다. 이게 무슨 소설이냐. 내가 쓰려는 소설은 이런 문제와 직면할 것이다. 그러면 그럴수록 내 소설은 성공적이다. 스토리텔링에 의지하는 소설도 소설이지만 웬 스토리텔링 하면서 놀라는 것도 소설이다. 나는 후자를 지지한다. 그런데 첫 줄 다음 줄이 나아가지 않는다. 시의 속도로 소설을 쓰면 망한다. 나는 그렇게 망하고 싶은 꿈뿐이다. 나는 소설을 쓴다.

236

요즘 보면 어딜 가나 잘 쓴 시 투성이고, 내 시는 그만큼 잘 쓴 시가 아닌데, 잘 쓴 시가 아니라서 중요한 시라는 생각이 든다. 대체로 중요한 시들은 잘 쓴 시가 아닌 것 같고. 너무 잘 쓴 시들을 보면 너무 잘 썼구나 하는 생각만 들고. 김연필 시인의 트윗이다. 이거 내 글이 아니여 할 정도로 내 생각과 정확하게 일치하는 단락이라서 놀랐다. 더구나 그는 어떤 인터뷰 자리에서 내가 극히 동의할 말을 줄줄 쏟아냈다. 이런 내용. "개인적으로 시의 효용은 없다고 생각해요. 시가 사람을 치유한다거나 하는 건 믿지 않고. 굳이 꼽자면 읽을 때의 재미, 유희 정도. 삶의 성찰이나 거창한 신념을 드러내는 건 과거의 시 역할인 것 같아요. 고매한 인격은 시가 아니라 시인의 삶 자체에서 드러나야 하는 거니까. 시의 가장 큰 효용 혹은 유일한 쓸모는 읽는 이를 즐겁게 하는 거예요. 그래서 어떤 형태든 시로 다 인정받을 수 있는 거죠. SNS시도 시로서 효용을 다하고 있다고 생각해요." ('언어의 감각이 주는 오락성', 시네마뉴스, 2018. 6.) 하나 더.

그는 은유의 남용이 문학적 자극을 주지 못한다면서 선명한 진술이 문학적이라고 주장했는데 이 말에 한 표다. 2012년 『시와 세계』로 등단, 1986년생이다.

237

전직 시인 박해일이
조선족 시위대와 마주치는 장면
당신도 봤겠지만
핸드마이크 잡고 조선족말로
핏대를 올리는 수상한 사내에게 박이 묻는다
조선족 맞습니까?
들고 있던 모금통을 전직 시인에게 들이대면서
사내는 조용하고 야멸찬 서울말로 말한다
가던 길 가, 십새끼야
박은 중도의 걸음으로 지나간다
가던 길 갑시다
—장률의 「거위를 노래하다」를 보고

238

뉴욕에 첫눈 왔다는 트윗을 보고 집을 나선다
내게 아무것도 오지 않은 날이기도 하다
등 뒤에서 보헤미안 랩소디 떼창이 울려온다

나뭇잎들 몸 뒤집으며 바람에 흩어진다
죽은 사람이 부친 등기편지가 배달되었다
잘 있습니다 걱정 마세요
나는 밤을 불러들이는 중
누군가 간절하게 속삭인다
공연히 살았던 한낮은 공연한 겁니다
그냥 주무세요

239

망종이다
때늦은 이론적 깨우침
(이론 같은 소리다 이론은 아무것도 주지 않는다
보험약관만도 못한 문학 이론서들)

240

오늘 시 한 편을 청탁받았다. 처음 듣는 계간지다. 왜 다들 계간지일까. 일 년에 한 번 간행해도 될 테고, 올림픽처럼 4년마다 잡지를 내도 좋을 것이다. 싸구려 원고료에 기대면서 문화적 포즈를 취하고 있는 한국문학은 없어져도 좋다. 어제는 문학상 시상식에 갔다. 지인의 수상을 축하하기 위해서다. 이런저런 식순이 진행되고 기념사진 촬영으로 시상식은 끝났다. 나는 일찍 자리를 떠났다. 문단이 움직이는 현장을 잠깐 본 셈. 그것은 그것으로 족하다. 근친상간의 현장이자 사소설적인 무대다. 시간이 늦어서 택시 타고 왔는데 택시비가 좀 아깝다는 생각.

241

책을 내면서 저자의 말에다 '뉴욕의 작업실에서' 이렇게 쓰고 싶은데

그런 날이 오지 않고 있다.

당분간 '중계동 뉴욕아파트 25층 사상누각에서'라고 쓴다.

242

어느 시대에나 전위는 사기꾼이었다. 그러나 이 사기가 진리이다. 왜냐하면 진리는 허구이고 억압이고, 진리가 있는 게 아니라 진리로 추상화된 언어가 있고, 이런 언어는 비진리를 배제하기 때문이다. 그런 점에서 사기, 거짓말이 진리이다. 이 문장이 어디서 왔는지 찾지 못하겠다. 이강 선생의 것이 아닌가 여기면서 지나간다. 예술은 사기라고 했던 백남준이 말도 떠오른다. 시인들의 작업도구인 언어야말로 사기 그 자체다. 사기용 도구를 가지고 사기를 치면서 사기인 줄 모른다면 업계의 윤리가 아닐 것이다.

243

243번 항목은 원고 수정 과정에서 삭제했음.

243번 항목을 공란으로 비워둘까 하다가 공백이 허전해서 내용 없는 설명을 달아놓는다.

244

4일은 서울에서 3일은 강원도에서 산다. 사서삼강의 생활이다. 이렇게 살고 있는 나를 부러워하는 사람이 없다는 것도 부러운 일이다. 시를 읽고 시를 쓴다. 실로 지루하고 따분한 루틴. 컴퓨터 자판의 엔터키를 누르고 삭제키를 누르고 저장을 누르는 생활은 어이없다. 이거 뭐야. 옛날 생각난다. 처음 서울에 올라와 서대문에서 어떤 시인을 만난다. 다방에서 시인을 기다리고 있었다. 시골 문청이 서울의 시인을 만난다는 호기심과 두근거림. 한참 뒤에 헝클어진 머리를 대충 손으로 쓸어 올리며 좀 나이 든 시인이 나타났다. 그는 유명한 시인이 아니었다. 그저 서울 변두리에서 시를 쓰면서 살아가는 시인이었다. 그야말로 지인이 서울시인을 소개시켜 준다고 해서 나갔던 맞선자리 같은 자리였다. 이제 기억에 남은 건 없지만 그가 했던 첫 마디는 오래 기억난다. 새벽까지 글을 쓰느라고 잠을 설쳤다고 했다. 나는 그 말을 잊을 수 없다. 재능은 있지만 명성과 물질로부터 소외되는 작가는 어느 시대에나 있다. 다른 경우는 재능이 없으면서 재능이 있다는 착각 속에서 '새벽까지' 열심히 쓰는 작가 유형이다. 이들을 굽어살피소서. 문학적 재능을 감별해주는 감별사는 누구인가. 문학이라는 자기 환상에 포획되면 다른 치료

약이 없다. 명함에 시인이라고 박고 다니면서 늘 시를 쓴다. 동창회에서도 시인으로 대접받고, 직장에서도 시인으로 대접받고, 야생화모임에서도 시인으로 대접받고, 여자(/남자)들 사이에서도 시인이라 하면 약간 먹어준다. 그 바람에 시를 끊지 못하는 경우도 없지 않다. 나는 그런 경우가 아니다. 결코 그렇지 않다. 나는 그런 사회적 부산물과 상관없이 오직 시를 쓴다. 마침표를 찍고 나서 나는 겨우 어딘가에서 도망쳐 나온 듯 하다. 휴. 나야말로 진정 그런 시인이었어. 시인들한테 가서는 교수인 척, 교수들한테 가서는 시인인 척. 이처럼 흥분되는 일은 세상에 없다.

245

그는 시인이다
그래서 맨날 시를 쓴다
그도 왜 시를 쓰는지 모른다
그저 쓰는 것이다
그저 쓸 뿐이다
슬퍼서 쓰고 기뻐도 쓰는 건 아니다
슬픔과 기쁨을 모른 척 하기 위해 쓴다
누군가 자기 시를 읽고 위로받지 않기를 앙망한다
그건 시가 실수하는 지점이다
모르는 독자가 아저씨 시 참 좋데요

그런 말 들으면 그 시 죽여버린다
그는 그냥 시인이다
언어에 기대어 껍질뿐인 언어 속을
통과하는 것
언어가 껴안지 못하는 슬픔을
만져보기 위해 쓰는지도 모른다
모른다
모를 뿐이다

246

속는 셈 치고 목요일을 살았음. 태풍 솔릭을 기다리며 책을 읽고 어제와 똑같이 과테말라를 마시고 한낮의 빈틈을 들여다봤다. 내 문장 읽으며 이런 거 나도 쓸 수 있다. 이런 걸 글이라고 쓰시남. 적어도 독자를 속여먹는 애교는 있어야지. 그렇게 생각하는 분들에게 이의 없음을 직고한다. 문제는 내가 나에게 너무 쉽고 편하게 속고 있다는 거다. 지병이다.

248

나는 아무것도 바라지 않는다.
나는 아무것도 두려워하지 않는다.
나는 자유다.
김윤식이 평론집 서문에 쓴 세 줄 짜리 문장은 니코스 카잔차

키스의 묘비명과 절묘한 대구를 이룬다.

작가는 쓸 수밖에 없다.

비평가는 읽을 수밖에 없다.

그 이외의 것은 아무것도 없다.

249

밥 먹듯이 시 쓴다

죽 떠먹듯이 쓰면 안 될 것

시집 표사처럼 쓰지 말고

시 해설처럼 쓰지 말아야 한다

문학상 후보작처럼 쓰면 망한다

250

만일 자신의 재능이 충분하다고 믿는다면, 스승과 동문수학하는 단짝의 조언을 가려서 들어야 한다. 그들은 당신을 작가로 만들어줄 수도 있지만, 그 대가로 독창성을 빼앗아갈지도 모른다. 소설가 백민석의 말이다. 옳은 말씀. 글쓰기의 방법 혹은 독창성은 공유되거나 전수될 수 있는 게 아니다. 창작에 필요한 누군가의 조언에 공감하거나 동의하는 것은 조심해야 한다. 그럴 수도 있겠지만 그러나 그렇지 않을 수도 있다고 발상하는 지점에 서 있어야 옳다. 여차하면 남의 뒷줄에 서 있기 십상이다. 남의 말을 귓등으로 듣는 태도야말로 창조적 글쓰기에서는 소중한 덕목이다.

251

—강릉 사천 진리 해변

(머릿속으로 노인과 바닷가라는 자막이 흘러감)

—노원구 상계역 1번 출구 벚나무

(꽃을 지운 뒤 자기가 무슨 나무인지 잊고 지냄)

—주문진 항구

(항구에서 갈치조림을 먹음, 맛은 노코멘트)

—모든 것에 반대한다(Against Everything)

(제목에 끌려 사놓고 이 책만 반대하게 될까 걱정)

—김수영은 좋은 시인인가

(가끔, 뜬금없이 들어오는 생각)

—서해선 시흥시청역 에스컬레이터

(나는 여기 왜 갔지?)

—2019년 겨울 장가계 천문산

(토사족 여자가 해주던 발 마사지)

—홍상수 23번째 영화 「강변호텔」

(그는 자기 영화를 지속하고 있다)

252

—요즘 어떻게 지내시는가?

=어떻게 지내기를 바라는가?

–살고 싶은 대로 살면 되는 거지.

=예컨대?

–은퇴하셨으니까 하루는 쉬고 하루는 놀겠지. 내일도 스케줄이 없고 일 년 뒤도 스케줄이 없는 삶을 이어간다면 잘 사는 거지.

=그렇습니다. 나는 요즘 이 말을 관용적으로 쓴다. 많이 순치된 나를 본다.

–책 읽고, 글쓰고, 산보하고, 지인들 만나고 여행하고, 커피 마시고.

=내가 바로 그렇게 살고 있다니까.

–그럼 하나씩 낱개로 물어본다. 요즘 독서 중인 책에 대해 말해 달라.

=읽는다기보다는 책상에 펼쳐놓고 있다는 게 정확한 표현이다. 나는 그런 스타일이다. 실제로 눈 속으로 활자를 집어넣는 일은 그리 중요한 것 같지 않다. 솔직히 말해 읽는 시대는 끝났고. 그동안 구매해놓고 읽지 못했거나 대충 읽었던 책을 손에 잡고 있다. 지금 구입한 신간도 몇 권 있기는 하지. 자크 라캉의 『에크리』도 읽어야 하는데 그 두께와 내용에 짓눌려 있다. 나로선 서가에 두고 내 생각을 장식하고 싶은 책이다. 이번에야 번역되었거든.

–번역은 잘 되었다고 보는가?

=나는 그런 거 모른다. 그리고 번역은 중요하지 않다. 오역이 더 충만할 때도 있다. 번역이 좋다, 잘 됐다는 말에 귀 기울일 필요는 없다고 본다. 특히, 라캉의 『에크리』야말로.

—더운데 애쓴다.

=책값이 130,000만원이라는 것도 중요. 10% 할인해도 부담스럽지.

—읽을 만하신가?

=그렇다기보다 그냥 책상 위에 놓아두면 다른 잡념들이 정리되는 부수효과가 있지. 책값 이상의 효과를 보는 거지. 사실 내가 라캉이 세공한 이론들을 아는 게 뭐 중요하겠는가. 상상계, 상징계, 실재계를 아는 것이 무슨 의미가 있겠어. 안 그래?

—난 모르지.

=내가 라캉을 접한 경로는 슬라보예 지젝을 통해서 그리고 백상현 교수를 통해서인데 둘 다 라캉에 빠졌거나 미친 사람들이지. 멀쩡해가지고는 할 수 없는 작업들인데 두 사람은 공통적으로 대학의 학문체계에 포함되지 않은 채로 독자적인 세계를 열었다고 봐. 잘은 모르지만, 모르기 때문에 지를 수 있는 말인데 지젝은 라캉을 딛고 이데올로기의 문제를, 백상현은 예술(특히 서양미술)의 문제를 미학적으로 탐구하는 데 일가견을 가지고 있다고 봐. 너무 나가면 들통난다. 돌아가자.

—다른 건 모르지만 책값은 부럽구만.

=어제부터 생각나는 문장이 있었는데 어느 책에 있었는지

기억나지 않아서 허둥댔지. 그러다가 찾긴 찾았다네. 이것도 小確幸! 『수리부엉이는 황혼에 날아오른다』 이 소박한 집념을 뭐라고 해야 하나.

–그건 나도 읽었다. 요즘같이 일본과 사이가 좋지 않은 때에 일본작가의 책을 논하는 게 좀 그렇지 않을까?

=그것도 광의의 친일이 되는가?

–그렇게까지 도약할 것은 없겠지. 이 자리는 국수주의를 논하는 건 아니니까.

=어떤 책을 읽느냐는 대답을 하고 있는 중이고, 나는 읽는 게 그다 중요하지 않다는 얘기를 이어가는 중이었다네. 『수리부엉이는 황혼에 날아오른다』는 『오자와 세이지씨와 음악을 이야기하다』와 함께 좋은 대담집이라 생각한다.

–나는 일부 동의하지 않지만 넘어가겠네.

=그래서 자네는 내 친구가 맞네. 맞장구치지 않으려는 자제력을 존중하네.

–작가란 읽고 쓰는 존재 아닌가?

=나도 일부 동의하지 않지만 넘어가세. 내 말에 내가 댓글을 달자면 많이 읽는 게 꼭 좋은가에 대해서는 작가 스스로의 반성이 있어야 될 것임. 너무 읽으면 쓸 게 없어질 수 있거든. 적당히 읽고, 적당히 오독하고, 적당히 쓰는 거지. 나는 그런 존재를 작가로 부르겠음.

–대화를 명사형으로 끝내니 거기서 흐름이 싹뚝 잘리는 거

같군. 이제 대화의 흐름을 바꾸어보세. 기어를 변속하듯이. 집필 근황은 어떠신가? 계속 쓰고 있는지 어떤지.

=계속 쓰고 있음. 걱정 마시길.

−쓰기의 계속성은 중요하겠지. 그러나 때로는 그게 그거 같은 시를 써내는 원동력도 그 지칠 줄 모르는 계속성(언제부턴가 지속성이라는 말을 쓰더군)과 상관되는 건 아닐까?

=듣기는 거북하지만 틀린 말은 아니라고 봐. 다른 사람의 경우는 모르겠지만 나의 경우는 전적으로 그렇다네. 쓰고 보면 전에 썼던 거 다시 쓴 거 같어. 동어반복이지. 심지어 어떤 시구절은 그대로 반복되고 있어. 미치는 거지. 눈 밝은 독자가 있다면(없어서 다행이지만) 오자 발견한 것처럼 환호를 지를 걸. 이 사람 왜 이러지.

−역시 듣기 거북하군. 지금 자기 작품의 어떤 동어반복에 대해 변명하는 건가.

=그렇습니다.

−그러면서도 일말의 시적인 가책이 없어 보이는데 잘못 본 건가?

=그렇습니다. 제대로 봤지만 잘못 본 대목도 있네 그려. 나는 지금 그걸 설명이라는 형태로 변명하겠네. 괜찮겠나?

−그렇습니다. 마이크를 드릴게.

=앞에서 말했다시피 작가의 동어반복은 난처한 상황이겠는데 언제부턴가 쓰고 나면 썼던 거 다시 쓴다는 현실을 지울 수

없다. 그것을 설명하는 방법이 여럿 있겠다. 건망증 같은 것으로 돌릴 수도 있겠고, 나아갈 길이 없을 때 모른 척 하고 갔던 길 다시 가는 상투성도 있겠지. 어느 쪽인가 하면 내 경우는 두 번째 증상으로 이해하네. 내가 쓴 시가 우리 문단에 뚜렷하게 각인되어 있다면 같거나 유사한 소리를 낼 필요는 없다고 본다. 그러나 나의 사정은 그렇지 못하다. 내 목소리는 시단에 들리지 않았고, 내 시는 중요한 독자들에게 전달되지 않았다고 본다. 그래서 나는 내 시의 중심을 꾸준히 복제할 필요를 느끼는 거지. 언제 어느 방향에서 내 시를 접하더라도 아, 이 사람이 이런 시를 쓰는구나 하는 시적 확신을 전달하고 싶다는 말이지.

—구구하게 들리는데.

=그런가. 그래도 나는 이 구구함을 피하지 않을 생각. 다르게 말하면 나는 여전히 한국문단에 편입이 안 됐다는 말이지. 등단 36년차이지만 여전히 누구신지요? 하는 생소한 문 앞에서 있다는 말이지. 그러니 자신의 노래가 녹음된 데모 테이프를 들고 기획사 주변을 서성거리는 가수 지망생과 비스름하다 이 말이지.

—그보다는 호르헤 보르헤스의 일화가 더 그럴 듯 하겠네. 그가 시를 써서 친구 앞에서 읽어줬더니 "자네, 오 년 전에도 완전히 똑같은 시를 썼어"라는 지적을 받았다나. 보르헤스는 전에 그런 시를 썼다는 사실을 까맣게 잊었던 거지. 보르헤스는 이렇게 말했다네. "시인이 쓰고 싶어 하는 이야기는 평생 대여섯

가지밖에 없어. 우린 그것을 다른 형태로 반복할 뿐이지." 이건 시집 『여긴 어딥니까?』 뒷글에도 써먹었더군.

=하루키 대담집인데 다시 보니 다시 좋군.

–그래서 지금의 작시 태도를 수정할 생각이 별로 없다 이거?

=그렇습니다. 기존의 생각과 방법을 더 강화하면서 그런 시적 태도로 개기겠다는 말이다.

–그러면서 하나의 출구를 만나길 바라겠음. 시를 겪는 방법은 나름대로 다 다르니까. 건강을 위해 하는 운동이 있는지 묻는다.

=없다고 봐야겠지. 생각나면 산책을 하는데 그것도 불규칙적으로.

–달리기나 헬스 같은 건 하지 않나? 혹시 철인삼종경기 같은 거?

=보따리 싸고 풀기 싫어서 여행도 즐기지 않는 편이다.

–왜 묻지 않은 얘기를 하시는가? 쭉 말해 보시라.

=만약 가고 싶은 여행지를 묻는다면 세 곳만 말하겠다. 뉴욕, 리스본, 더블린이다.

–보충설명이 없어도 되겠다. 뉴욕은 재즈의 수도이고, 리스본은 페르난두 페소아의 도시고, 더블린은 제임스 조이스의 도시겠군. 그런가?

=그렇다.

–조이스는 좀 의외롭군.

=조이스는 조현병자였다는군. 독자를 끊임없이 혼란스럽게 하는 작가지. 누군가의 이해체계에 포함되고 싶지 않는 거지. 당대 문학에 독약을 풀어버린 거지. 그렇다고 조현병자를 꿈꿀 수는 없는 노릇.

–헷갈리는 시를 쓰고 싶은데 헷갈려지지 않는 게 문제겠지. 정상적인 너무나 정상적인 정신머리!

=놀리는 건가?

–아니라네. 멀쩡한 시인들이 쓰는 너무 멀쩡한 시가 딱한 거지.

=시의 한계는 시뿐인 거다.

–약간 도발적이고 유쾌하지 못한 질문 하나. 계속 한국시 읽으실 건가 묻는다.

=그럴 리가! 잘 모르지만 시는 쓰는 힘과 읽는 힘이 만나져야 한다고 본다. 세대론적으로 말했을 때 우리 세대 즉 주민번호가 5로 시작하는 세대는 시적 동력을 소진시켰다고 봐. 방전된 거지. 시대적 화두도 개인적 화두도 다 상실했지. 그런데도 쓰거나 읽는 사람은 그냥 개인적 영업을 하는 거지. 문학적 은신이라고나 할까. 시와 관계없는 분야의 사람들을 만나 자기를 시인이라 소개하고 싶은 거지. 턱없는 인정 욕구겠지. 특히 우리 세대가 통과한 1970년대와 1980년대는 문학적 활력은 컸지만 비례적으로 소출은 크지 않았던 시대라고 봐. 모든 사회적 동력이 문학, 특히 시를 향해 기울어졌던 게 아닌가 싶어. 단순하게 말해 민주

화가 시의 목표였다는 말씀. 공짜는 없다. 얻은 것은 민주요 잃은 것은 시다. 리듬이 맞지 않는가. 그때 민주화 유니폼 입었던 시인들 100% 사라졌다. 자기 배역에 충실했던 거지. 100%의 기록을 깨는 시인이 한두 명 있기는 있다. 그 시인들의 소중함은 자기 염결성을 지속하는 가운데 자기 길을 독자화시킨다는 거야. 나머지? 나머지 시인들은 자기 걸음도 놓치고 남의 걸음도 배우지 못한 한단지보(邯鄲之步)를 실천하고 있겠지.

–편벽된 논지 같고 자기 세대를 핍박하는군.

=나는 자네의 그 인정스러운 관용이 싫다. 아닌 걸 아니라고 말해야지 아닐 수도 있다는 식으로 완곡어법을 쓰면 되겠나. 잘 쓰는 시인 두 사람 있다는 식으로 말하면 다 자기인 줄 착각하는 거 아니겠어. 우리끼리, 우리 사이에 하는 얘기야. 나간 김에 더 나갈까? 올림픽 같은 스포츠 분야에서 메달 따고, 16강 올라가고 이러니 우리가 노벨문학상에 접근했다는 식으로 비약해버리는 건 아닌가 싶다. 우리나라 문학인들의 작품이 세계성에 접근했는지는 모르겠으나 작가들의 자존심 같은 것도 같이 성숙해야 될 거라고 생각함.

–요컨대, 자기시대의 상실에 관한 토론이군.

=나 역시 필연성 없는 일에 몰두하고 있음. 하던 대로 하는 거지. 문학이 제일 싫어하는 거. 조용필 세대의 학습으로 방탄소년단의 노래를 즐긴다는 것도 조금 수상한 거다. 그러나 방탄의 영업 방식은 문학에도 큰 균열을 가져다 줄 것. 그리고 지금

그런 조짐들이 조짐의 형태를 벗어버리고 전면화되고 있다. 그렇게 되면 조중동이 사라지고 한겨레, 경향, 오마이뉴스 같은 것도 문 닫게 되겠지. 이 말 문학에 대입해보시면 판 자체가 일그러질 것이다.

—설마, 대마불사. 강남불패.

=제행무쌍, 경기 끝났습니다. 공장제 생산에 골몰하는 메이저급 출판사들의 시대가 가는 거지. 그렇게 되어야 하고.

—요새 시인들이 산문집을 많이 쓰더군. 읽어보시는가?

=전혀, 산문집을 읽지 못하고 있음.

—산문집 알레르기라도?

=그게 아니고 누가 책을 보내줘야 읽지. (웃어주길)

—처음에 어떻게 지내느냐고 물었다. 이제 그 대답들이 나왔다. 그래서 고맙다. 발레리가 했다는 말이 생각나네. 생각한 대로 살지 않으면 사는 대로 생각한다는 말. 발레리가 했는지 다소 의심스럽지만 사는 대로 생각하는 게 옳다고 보는데. 오랫동안 당신과 말을 나누다보니 특히 그런 생각이 오네. 끝으로 한 말씀.

=오늘 꽤 덥다.

253

오늘 일정은 없다 방학이다
맘먹고 살지 않아도 되는 날인가
무의식처럼 눈 뜨는 빗소리에

몸 길게 엎어놓고 빗소리 듣다가
기진해지면 숨도 없이 잠들면 좋겠다
일생의 단 며칠, 이렇게 쥐죽은듯이
장맛비 그친 뒤 처마 밑 적막처럼

큰 꿈이다(2008)

254

요즘 누가 시를 읽는가
이 문장은 의문문이 아니다
시를 읽지 않는다는 확정 판결 공고문이다
요즘 누가 이런 질문을 하는가
시는 읽는 장르가 아니라 쓰는 장르다
깊은 밤 홀로 깨어 한 줄
어두운 골목길 지나면서 한 줄
손님 없는 카페 구석에서 한 줄
좀 팔리는 시집표지를 보면서 한 줄
미웠던 누군가를 용서하면서 한 줄
빗줄기를 손으로 잡으면서 한 줄
존경하는 인물의 훼절 앞에 한 줄
요즘 누가 시를 읽는가
이런 문장은 돌려막기 같은 속임수다

255

발목까지 쌓이는 눈을 툭툭 걷어차며
우체국까지 걸어가 그대에게 보내는
편지를 부치고 돌아선다
술 마시고 쓴 편지라 한 줄도 기억나지 않는다
우체통에서 편지를 다시 꺼내오고 싶었지만
편지는 내 손을 떠나자마자 그대에게 도착했을 것이다

이건 순전히 가짜 편지다
후회와 망상으로 짜여진 텍스트

256

혀에 닿은 밤
입을 벌리고 밤을 한 입
목구멍으로 삼킨다
잘하는 짓일까?
내가 나에게 묻는 거다
나는 대답한다
참으로 선한 일이다
어둠에 잠긴 자목련 꽃잎도
목구멍 가득 넘겨 보낸다
조용한 목 넘김

몸이 감감하다
누구인가 보고 싶다
참나무 갈참나무 졸참나무 굴참나무
밤이 손 내밀어 어둠을 끈다
이 시는 누가 쓰는가

257

강문 앞바다에 나의 수평선 하나 새로 긋고 간다.

258

석모도에 가서 와불을 만났어. 누워 있는 게 지루한 듯 해서 손을 잡아 일으켜드렸지. 붓다는 실눈을 뜨고 지는 해를 바라보았다. 아무것도 바라지 않는 그 눈길로 줄 게 없어서 미안하다고 말했다. 이거면 너무 충분하다고 말씀드린 뒤 합장 반 배.

259

오리무의 시집 목차가 공개됐다
목차는 3부로 구성되었고 제목만 읽어도 좋다
정신이 확 깬다
이 정신은 내 정신이 아니라
내가 가져보지 못한 정신이다
이념을 상실한 편의점 불빛

지방대학 인문관 입구 같거나
망가진 재즈보컬리스트의 공연 같은 시들은
제목으로 떠오르지 않았다
오리무 시집은 읽지 않을 것이다
참을 것이다
목차만으로 시를 그리워하면 안 될까

260
나는 내가 모르는 남이다.
날마다 인사.

261
나는 바다로 간다
옛날에 갔던 그 바다로 간다
다 잊고, 잊는다는 생각도 잊으면서
좌회전 우회전 없이 곧장 바다로 간다

비린내 나는 서정시도 좋고
폭력적인 시도 좋다
나쁜 놈도 좋고 좋은 놈도 좋다
바다에서는 내가 잊었던 거
내가 버렸던 거

쓰라렸던 거
(그런 게 있었던가?)
다 풀어버리면
나는 나보다 큰 성자요
나보다 자애로운 선지식이 된다

아메리카노 스몰사이즈가 식는 동안
나는 잊었던 내가 되고
나는 미웠던 내가 되고
나는 지극히 거시기했던 내가 된다

강릉에 가도 그 바닷가에 이르러도
번번이 그곳에 도착하지 못하고
중얼거리는 파도에 몸 기대고
조금 가끔만 운다

262

아침 산책길에 고양이가 길가에 박힌 한 뼘 그늘을 보고 있다. 가을볕의 이음새 같은 그늘을 나도 같이 본다. 바람은 주춤주춤 지나가고 꼬리조팝이 수줍게 흔들리는 모습은 검색에서 보지 못한 작은 놀람이다. 고양이도 나도 한 뼘 그늘이다.

오늘의 타임라인

263. 레제 시나리오

—비

카페

넓은 창

창 옆

비

느리게 오다가 거세게

약간의 바람

이 화면으로 10분간 지속

칸막이 없는 주방에서 비오는 밖을 내다보는 주인

그의 시선은 대체로 물끄러미

(쓰다가 만 레제 시나리오의 첫 장면이다. 이 시나리오는 간헐적으로 쓰여질 것이다. 후편에도 관심 가져주시길 바랍니다.)

264. 레제 시나리오

6호선 전철 녹번역 2번 출구 부근의 한적한 카페의 한적한 자리. 늙은 한 남자가 앉아 있다. 남자는 창밖으로 지나가는 행인과 자동차 물결을 바라본다. 평일 낮 시간대인데도 차들은 거의 밀려서 지나간다. 뒷차가 앞차를 떠밀고 가는 모습이다. 카페는 넓지 않다. 테이블이 전부 일곱 개. 한 테이블은 남자가 차지했고 두 개의 테이블은 노트북을 열어놓고 있는 20대가 앉아 있다. 대체로 한가롭다. 조용하다. 남자는 가끔 두 손을 깍지 끼고 손가락을 가볍게 주무른다. 손 안에 있는 시간을 주무르는 모습. 이 장면이 꽤 오래 지속된다. 카메라는 남자의 상체만 잡고 있다. 잠시 후 남자 앞에 남자보다 꽤 젊은 남자가 서 있다. 그의 외모는 전체적으로 인문학적이다. 의상이 그렇고 어깨에 멘 가방이 그렇고 헤어스타일이 그렇고 표정이 그렇다. 인문학 전공 교수 스타일이다. 늙은 남자는 서 있는 젊은 남자를 올려다 보면서 뭐라고 한다. 반갑게 웃고 악수한다. 그리고 맞은편에 젊은 남자가 앉는다. 매우 공손하다.

늙: 오랜만이야, 잘 지냈어?

젊: 네, 선생님도 잘 지내셨지요? 참, 저번에 문예지 특집 시 봤습니다. (캐득캐득 웃는다.) 재미있었습니다.

늙: 그으래? 그렇지 뭐.

젊: 은퇴하시고 어떻게 지내시나요?

늙: 어, 그럭저럭.

젊: 어떻게 지내는 게 그럭저럭입니까?

늙: 뭐, 말 그대로 그럭저럭이지. 저럭그럭도 되겠고. 가령,

아침에 창문을 조금 열고 바람을 쐬다가 창문을 조금 더 열고 그리고 책상에 앉았다가 아무래도 창문을 더 열어야겠다고 생각해서 다시 일어나 아까보다 조금 더 여는 거야. 그렇게 몇 번 하다가 이번에는 닫는 거야. 너무 많이 열렸어. 조금만 닫아야지. 조금 있다가 조금 더 닫고 그런 일을 반복하면서 그것을 아주 자연스럽게 일과로 받아들이는 생활이지. 그럭저럭. 책도 그래. 두어 단락 읽다가 어디 읽었는지 가물거려서 다시 첫 줄로 돌아가는 거지. 그래서 첫 줄만 한 스무 번 읽는 거야. 그 맛도 괜찮더라구. 참된 복습의 맛이랄까. 가끔은 논문도 쓴다. 교수시절에 붙은 습관이지. 나는 명예교수이기도 하잖아.

젊: 선생님은 명예교수는 아니잖아요.

늙: 나는 어느 대학 소속의 명예교수는 아니야. 보통 그러잖아. 김일성대학 명예교수. 김대도 명예교수 있나. 아무튼 나는 명예퇴직을 한 교수라는 말이지.

젊: 그렇군요.

늙: 학교는 재미있어?

젊: 재미없습니다. ㅈ나게 논문 써야 합니다. 학생들은 수업시간에 스마트폰 달랑 올려놓고 눈만 깜빡깜빡 하고요.

늙: 재미있겠군. 나도 옛날에 야간 문창과였는데 다섯 명 앉혀 놓고 김춘수의 『사색사회집』을 읽으며 현대시 특강 수업을 한 적이 있지. 수업 도중에 한 명이 조퇴하는 바람에 선생까지 다섯 명이 앉아서 수업했어. 내 인생의 명실상부한 특강이었지.

젊: 그래도 그때가 좋아보입니다. 요즘은 또 다릅니다. 애들 시소설 안 읽습니다. 시문학파가 누군지 청록파가 누군지 모릅니다.

늙: 진정한 젊은이들인 거지. 그런 고리타분이 다 무슨 소용이야. 책 속에 길이 있다고 떠들었던 사람들 다 책장사인 거 알지? 책 속에는 활자만 있다. 그게 정보인 거는 맞지만 다 죽은 정보라는 거지. 안 그래?

젊: 어, 비가 와요. 선생님, 저거 보세요. 대박입니다.

꽤 많은 비가 주룩주룩 쏟아진다.

두 사람은 창밖을 보며 말이 없다.

주룩주룩.

(쓰여지지 않은 레제 시나리오의 한 장면)

265

알토 색소포니스트 존 젠킨스는 1957년 유일한 녹음을 남긴다.

그는 재즈계를 은퇴하고 우편배달부, 보석상인으로 살다가 1980년 복귀하여 10년 활동하고 죽었다.

누구에게나 삶의 빈 고리가 있을 것.

266

내가 듣기 좋아하는 말은

실례지만 누구세요?
볼 때마다 이렇게 물어주는 것
나는 나지 누구겠어요
저렴한 대답이다
(할 말 없음)

내가 짐짓 꾸민 대답은 이거
알 게 뭐겠어요
나는 나의 배역을 맡고 있을 뿐
나는 한 번도 나였던 적이 없었지요
(더 할 말 없음)

이 슬픔 이 기쁜 막막함 모두
날마다 초면인 나에게 오늘 택배로 보낸다
오늘은 휴일이군
그럼, 내일

267

이 나이에 무얼 하겠어
조용히 이 나이를 검색해보는 아침
낯선 바람이 분다

268

시는 시적 주체가 각자의 진실에 도달하는 방식이다.

물론 거기엔 아무것도 없다.

더구나 진실 같은 건 더구나.

269

어제 당현천을 걸어서 노원롯데백화점에 갔다. 볼일이 있어서는 아니다. 작은 봄물소리에 취했다고 과장을 해본다. 내 안에 서정의 공간을 만들어 본다. 시는 물소리 같다. 이 또한 고리타분한 오판이다. 그러나 오판은 좋다. 오판 옆에는 언제나 개판이 있다. 다시 시는 물소리 같다. 흐르는 순간이다. 흘러가면 끝이듯이 멈추면 물이 아니다. 쓰여진 것도 시는 아니다. 아닐 것이다. 아니기 쉽다. 쓰여지기 직전까지가 시다. 이 문장도 흘러가는군. 흘러가자.

270

비오는 밤이다. 여려진 창으로 빗방울이 들이친다. 시인은 그대로 앉아 컴퓨터 자판을 두드린다. 시를 쓰는 것이다. 지금 쏟아지는 빗방울을 받아 적는다. 방에는 시 쓰는 인간 혼자다. 아무도 보는 이가 없다. 시인은 더 열심히 자판을 두드린다. 그의 어깨 위에도 무릎에도 관절에도 빗소리 떨어져 깊이 박힌다. 이십분 정도 자판을 더듬던 시인이 자판에서 손을 뗀다. 모니터를 훑어본다. 오자 몇 개를 수정한다. 한 줄 삭제한다. 삭제한 줄을 대체할 문장을 삽입한다. 다시 모니터 속 문장을 스캔한다. 지금 한 편의 시가 쓰여지고 완결 직전에 있다. 그러나 시인은 자기 시를 승인하지 않는다. 무언가 부족하다고 느끼기 때문이 아니다. 무언가 시의 용량을 넘치는 여분이 있다는 생각을 제어하고 있는 중이다. 시에는 시만 있어야 한다. 시가 아닌 건더기는 다 삭제해야 한다. 냄비에서 건더기 건져내듯이 시인은 시만 건져내는 중이다. 시 속에 시가 너무 많다. 시인은 자판에서 손을 떼고, 모니터에서도 눈을 뗀다. 가볍게 눈을 감고 저 밑 자기 속을 들여다본다. 내면이라고 해도 괜찮을 자기 속에는 아무것도 없다. 국물뿐이다. 건져도 건져질 게 없다. 휘휘 저어놓는다. 흐리다. 뿌옇다. 오리무중이다. 밤안개다. 삭제하다 만 초교지 같다. 그는 시의 어떤 부분을 포기한다. 면도칼로 오려내듯이 버린다. 버리고 남은 부분이 시다. 진짜 시다. 더 진짜 시는 버려진 대목이었다. 그 한 줄. 그 한 마디. 그 외마디가 시다. 시인은 자리에서 일어나 창문을 활짝 열고 빗방울을 활짝 받아들인다. 바깥을 내다본다. 몸 전체가 튕겨나갈 듯이 벅차다. 시가 쓰여지는 않는 날이 그는 좋다. 시 없이 자기와 더불어 충만하기 때문이다. 시가 오면 시인은 소외된다. 그가 평생을 기다리는 것은 시다. 시가 아니라 진짜 시다. 시뿐인 시. 아직 오지 않았지만 반드시 올 것이라 믿는다. 왜냐하면, 그런 진짜 시는 없기 때문이다. (지금 쓰고 있는 레제 시나리오의 한 장면)

271

한국문학사는 이미 완결되었다. 지금은 번외경기가 진행되고 있다. 글문학을 읽지 않아도 아무렇지 않은 시대가 와버렸는데 심지어 지나가버렸는데 진지한 얼굴로 문학사를 토론한다는 것은 개그다. 김현, 김윤식의 『한국문학사』 이후가 소용없는 이유도 여기에 있을 것이다. 내 말이 빗나가기를 바란다.

272

지금 나는 겉돌고 있는 거지
그런 나를 나는 사랑하는 거야
나도 모르는 세상 급커브를 돌면서
뭣같은 이론을 내려놓고 세상을 내다보는 거지
그런 나를 사랑하는 내가 나랑 무슨 상관있겠어
걸핏하면 떠도는 거지
보리알갱이처럼 겉도는 거야
늘 한결같이 빠짐없이 겉돌았으니
나는 겉돌기 위해 세상에 온 사람
맞소
이런 내가 나는 꽤 사랑스러운 거지

273

시인 ㅎㅂㅅ이 죽었다.

종일 실시간 검색어 1위를 지켰다. 이건 뭐냐.

이창동의 영화 「시」에 까메오로 출연했던 그가 시반 뒷풀이 장면에서 뱉아낸 한 마디.

'시 같은 건 죽어도 싸!'

이 말이 그가 남긴 시집보다 오래 갈지도 모른다.

274

친구가 오른손을 내밀었다. 나도 오른손을 내밀면서 그의 손을 잡았다. 악수. 우리는 아주 오랜만에 만났다. 이런 만남을 한자어로는 해후라고 하지. 시간을 헤아리는 짓은 말자. 지금 우리는 만났다. 그거면 된 것. 우리가 만난 장소는 강릉항에 정박한 한 카페. 화려하게 차려입었지만 '인생 뭐 있어요' 같은 말밖에 할 줄 모르는 여자 비슷한 카페에서 예상대로 맛없는 아메리카노를 마셨다. 아메리카노가 맛없는 커피집은 다 꽝이다. 친구와 나는 지나간 안부들을 물으면서 파도소리를 들었다. 그와 나는 어려서부터 문학에 입문했다. 중 3때 무얼 안다고 첫 동인지를 냈을까. 그것도 초등학교 동창끼리. (국민학교라 타자했더니 자동적으로 초등학교로 바뀐다. 이건 무슨 폭력. 국민학교 세대와 초등학교 세대는 같지 않다.) 친구는 등단까지 마치고 시를 쓰지 않는다. 드물게 절필에 성공한 희귀한 사례다. 한국 문단 상황으로 볼 때 '세상에 이런 일'이라고 해야겠다. 저마다 사정은 다르겠지만 자발적으로 글쓰기를 멈춘 경우를 나는 거의 보지 못했다. 그와 앉아 있으면 아직 시를 끊지 못하고 있는 내가 미련스럽게 생각된다. 친구는 시 대신 여행도 하고, 인문학 세미나도 하면서 세월을 보냈다. 어쩌면 그가 나보다 아니 주변의 누구보다 잘 살았다는 생각이다. 그의 생은 고음과 저음을 생략한 평탄한 중저음부의 악보를 닮았다. 그의 삶을 조회하면 알차게 살았다, 성공했다와 같은 표현들이 도리어 세속적으로 느껴진다. 그에게 시집을 내밀기 부끄러웠으니 이건 웬 낯선 정서일까. 간간이 대화가 끊긴 틈으로 파도소리가 밀려왔다. 커피는 맛없지만 파도의 흰 거품은 용서되었다. 절필한 그를 통해 나의 글쓰기를 돌아본다. 문학이 입관 절차를 마친지도 한참 된 이 시점 그리고 시인이라는 말 자체가 조롱의 대상이 된 시점에서 나는 시란 무엇인가를 따지지 않는다. 한국문학사도 완결된 마당에 등외선수처럼 관객 없는 그라운드를 빙빙 도는 거지. 안 그렇겠나. 지금 누구에게 묻나. 친구에게는 시에 대해 떠들지 못했다. 카페로 변신한 옛날 횟집들에 대한 안부나 지방문화에 대한 뒷골목 뉴스들을 주고받았다. 나는 친구에게 시 쓰고 싶지 않으냐고 묻지 않았다. 퇴직하고 시간도 많을 텐데 다시 시나 쓰지. 이런 개소리도 하지 않았다. 파도에 묻혀 떠내려갈 얘기들을 오래 하고 일어설 때 친구는 오랜만에 밤바다에 나왔다고 말했다. 그러니, 자네가 시를 못 쓰지. 미당식 어법이다. 나는 소리내어 웃으면서 내 말을 깔아뭉갰다. 그가 웃었는지는 기억나지 않는다.

275

시가 어렵다는 말은,

대중이 더 이상 시를 원하지 않는다는 현실을 순진하게 혹은 비열하게 왜곡하는 관점이다.

276

직파 간첩이 검거되었단다. 회충이 발견되었다는 말과 그리 다르지 않은 이 느낌.

그런데 요즘은 왜 간첩이 없는 거지?

277

사랑은 결단코 이루어질 수 없다.

이루어진 건 뭐에요?

유사품이다.

278

거리에서 피켓을 들고 있는 1인 시위는 시를 닮아도 너무 정직하게 닮아버려서 애처롭다.

전철에서 들려오는 주 예수 그리스도를 믿으라는 외침도 같은 계통.

279

군사분계선 근처에서 쏠 경우 남한 전역이 사정권이라는 분석은 그러니까 지금 북조선이 사정을 힘들게 참고 있다는 말도 되는가.

280

새내기 작가에게 재능이 있는지 없는지 판정해줄 수 있는 사람은 없다. 새내기 작가에게 그런 질문을 받는 사람들은 대개 이를 판단할 자격이 없는 사람들이다. 대단한 위치에 있거나 명성이 있다 할지라도, 직군을 막론하고 종사자의 87퍼센트는 무능하다는 게 세상사의 진리다. 새내기 작가는 가능한 근거를 바탕으로 스스로 결정해야 한다. 언어적 재주는 유망한 소설가가 될 징표이지만, 이 재주가 없는 위대한 소설가도 있고, 이 재주는 넘치는데 별볼일없는 소설가도 있다. (존 가드너, 『장편소설가 되기』, 걷는책, 145쪽)

281

주말 자정이면 어김없이 천천히 그리고 오래 마음을 긁는 트럼펫 한 줄. 케니 도럼의 「Old Forks」. 이것이 재즈라는 듯이 오랫동안 오프닝으로 흘러나온다. 국내 라디오의 오프닝 중 모르긴 몰라도 제일 길 거다. 그것은 마음의 심연에서 새어나오는 읊조림이고 속삭임이고 회한이자 자기고백적 선율이다. 자정에서 새로 한 시까지 한 시간짜리 국내 유일의 재즈아워. 재즈 애호가 황덕호가 진행한다. 1999년으로부터 지금까지 무려 20년간 편성에서 잘리지 않고 지속된 프로그램이다. 신기하다. 나름 재즈에 입문하면서 나는 '재즈수첩'을 본방 사수했다. 일주일 동안 이 프로그램을 기다리며 살았다고 해도 큰 과장은 아니다. 그 시간에 진행자가 생방을 하는 줄 알았을 정도로 나는 무지했었다. 어디선가 생방이냐고 물은 적이 있는데 황씨는 '그리 심하게 하지는 못한다'고 대답했다. 그 말 앞에서 멍하기도 했다. 웃음. 이젠 나도 재즈수첩을 심하게 듣지는 않는다. 이것저것 들을 수 있는 기회가 많기 때문이다. 기회가 많아지면서 나는 조금씩 기회로부터 멀어졌다. 아쉽지만 그런대로 隨緣無著.

282

딱 한 입 크기의 시만 쓰자. 물고 빨고 씹기에 적당한 시보다 목구멍으로 쑥 밀어 넣으면 되는 시만 쓰자. 이것도 시라고? 이건 아니지. 그런 시만 쓰련다. 지나가던 댕댕이도 웃을 시. 문학상 수상작 같은 시는 쓰지 말자. 그건 실수. 독자의 품에 안기는 시도 쓰면 끝이다. 소박한 인정 욕구에 시달리게 되면 시는 망한다. 2쇄 이상 찍은 시집 중에 좋은 시집은 없다. 단언하지만 단 한 권도 없다. 독자에게 들킨 시집은 실패작이라는 증거일 뿐이다. 김소월이 소월문학상에서 제외되고, 이상이 이상문학상에서 제외된다. 당연하다. 그런 상을 받고 수상소감을 쓰고 기자간담회를 한다면 서글픈 일이다. 다소 무지한 문화부기자의 기삿거리가 되는 것도 우습기는 마찬가지다. 그럼 어쩌란 말이냐. 이 대목에서 잠시 웃자. 낸들 알겠느냐. 다만 한 가지. 시는 당대 가치에 영합하지 말아야 한다는 것이다. 시가 이해된다는 것, 시가 감동을 준다는 것은 다 수상한 짓이다. 시는 이해의 산물도 감동의 근거도 아니라고 본다. 시는 시다. 21세기의 20년이 지나가는 이 시점에도 신춘문예라는 제도가 영업을 하고 있다는 사실은 찬란한 비극이다. 미래의 시가 어떻게 전개되어야 할지를 가늠할 수 없는 심사위원 몇이 모여서 합의를 하는 풍경이야말로 반문학적이다. 최근의 한국시가 어렵다는 말을 많이, 자주 듣는다. 시가 이래서 되겠냐는 개탄도 없지 않다. 그것은 주로 시인들 사이에서 흘러나온 반응이다. 나는 시인들의 반응에 관심 없다. 그것은 가감 없이 자신들의 시적 태도를 보여주는 고정된 관념이다. 시는 각자의 헛소리다. 그 이상도 이하도 아니다. 그것을 알량한 문학이론의 잣대로 또는 문학평론이라는 주관적 감상으로 정리하려는 것은 무지한 오만이다. 이런 논리로 보자면 문학이론은 구차스럽다. 모든 것은 방향 없이 변한다. 나는 지금 시가 변했고, 변하고 있다는 점에 방점을 찍는 게 아니다. 그건 내 알 바가 아니다. 발견에 값하는 속담 하나. 비 맞은 중 염불하는 소리. 이 속담이 가리키는 핵심을 나는 염불하는 중도 무슨 말을 하는지 모른다는 것에 둔다. 듣는 사람도 염불하는 중도 모르는 소리가 비로소 염불을 완성한다.

무의식은 영리하다. 시 읽는 독자는 모르지만 독자의 무의식은 알 것이다. 들리지 않는가. 비 맞은 스님의 염불소리.

283

아오야마에 가보려고 한다.

하룩희가 소설가 영업을 접으면 재즈클럽을 내겠다고 한 그곳.

하선생 계십니까?

284

그는 자기 말 앞에 늘 '자'를 앞세운다. 그래야 말의 리듬이 맞고 자기 확신도 선다는 듯이. 어떤 때는 자를 두 번 거듭하여 강조하고 급할 때는 세 번을 연달아 붙여쓰기도 한다. 다음은 예문.

자
저기 보세요

자자
저기 꽃좀 보세요

자자자
저기 막 피어나는 산수유 보시라니까요

봄이다
그의 자를 빌려 내게 말을 건다

자
봄이다 하던 일 놓고
자자 봄이다
자자자 봄날이다

285

나는 살아있네
숨 쉬고 있다는 뜻
단순하고 거대한 착각에 일생이 휘둘렸네

그러게 뭐랬는가
자기를 자기라고 믿으면 멍청이가 되는 거야

숨 한번 쉬어보게
역시 살았군 살아있어
그건 자네가 아닐지도 몰라
자네 안에 살고 있는 풍선일지도
허풍선이

286

서점에서 가장 많이 도난당하는 저자가 찰스 부코스키라고 했던가. 그 말 듣고 혼자 웃었다. 훔치고 싶은 책이 있는 독자의 욕망이 이제는 부럽다. 뒤집어 생각하면 누군가의 리비도를 자극하는 책을 쓴 작가 또한 부럽다. 서점에서 책을 집으면 정가에 눈이 간다. 책을 손에 들었다는 것은 이미 그 책을 선택했다는 뜻이기에 다음은 책값을 본다. 얼마나 팔렸는지도 슬쩍 보게 된다. 1쇄에 머문 책도 있고, 5쇄 이상을 넘어간 책도 있다. 내가 손에 드는 책들은 다 이 범주다. 아주 많이 팔린 책을 집는 경우는 거의 없다. 나까지 읽지 않아도 된다는 신념 때문이다. 출판사에서 일정 기간의 책 판매수량을 저자에게 알려주면 좋겠다. 이번 달 선생님 책은 두 권 팔렸습니다. 지난 6개월 동안 선생님 시집은 한 권도 움직이지 않았습니다. 죄송합니다. 민망하기는 하겠지만 그러다 보면 친구를 시켜 몇 권씩 구입하게 될지도 모른다. 시애틀 공공도서관이 10년 이상 한 번도 대출되지 않은 도서들을 꼽으면서 대중이 읽는 것은 읽고 싶지 않은 힙스터들에게 추천하는 도서 리스트들을 제시했다고 한다. (Hipster Summer Reading List, 2019) 도서관에서 잠자고 있는 책들이다. 책, 서점, 도서관이 다들 제 빛깔을 상실하고 그 기능들이 환유적으로 변화하고 있는 시대다. 그렇더라도 시애틀 공공도서관의 기획은 값지다. 10년 이상 잠들어 있는 책의 명단을 작성하고 출석을 불러주는 게 어딘가.

287

2월에 장가계 여행을 했다. 뭐 이런저런 건 생략하고 천문산 유리잔도에서 내려다본 협곡은 대단했다. 보는 것만으로도 겁에 질렸고 그 비현실성에 사뭇 자지러졌다. 저 협곡에 떨어진다면 찾을 수 있을까? 그런 생각으로 동행했던 박사과정 학생에게 물었더니 그 중국 여학생이 탁구공 받아넘기는 속도로 곧장 대답했다. '찾기 어렵겠지요'도 있고, '찾을 수 없을 겁니다'도 있었을 것이다. 그녀의 대답은 천문산 협곡보다 더 차고 오싹하게 느껴졌다. 그러나 더없이 관대하고 심원한 울림을 내게 문신했다. 찾지 않지요. 내 어찌 그대를 잊으리오, 루링.

288

정성일의 영화 「천당의 밤과 안개」를 보시었다. 이 영화는 왕빙의 다큐 「광기가 우리를 갈라놓을 때까지」의 촬영 현장을 촬영한 다큐다. 왕빙이 세계적 다큐멘터리 감독이기도 하지만 다큐를 다큐로 보여준다는 착상은 소중했다. 정성일 영화의 마지막 장면을 장식하는 음악은 영화를 보면서 영화 속에서 쉽게 빠져나오지 못하는 나 같은 관객을 아주 천천히 달래주는 손길이었다. 지금도 나는 그 음악을 가끔 나의 배경 음악으로 듣는다. 감독이기 전에 정성일은 영화평론가다. 그는 영화가 자신의 순정이라고 말했다. 그는 어떤 인터뷰에서 임권택과 홍상수를 일관되게 옹호한다고 말했다. 이창동, 박찬욱, 봉준호 같은 감독들도 장점이 충분히 있다고 생각한다. 하지만 내가 지지하는 감독들은 내가 '시네마란 무엇인가'를 질문했을 때, 그에 대해 대답을 하거나, 대답을 준비하거나, 시네마를 통해 반문하는 사람들이다. 단순한 질문에 대한 단순한 대답이다. 영화는 모르지만 나는 정성일이 지지하는 홍상수와 그의 명단에 없는 장률을 편애한다. 정성일에게는 저들을 지지하는 논리가 있지만 나는 왜 저들의 영화에 몰입하는지 모르겠다. 러시아 사람들에게 톨스토이와 도스토예프스키 중 누구를 더 좋아하느냐고 물었을 때 톨스토이라고 대답한 사람이 많았다고 한다. 톨스토이가 더 러시아적이라는 게 이유다. 내가 홍상수와 장률을 찾아보는 것은 그들의 영화가 더 문학적이기 때문이다. 정성일에게 영화가 순정이라면 나의 순정은 문학이다. 너무 거창한가. 생각을 문장에 담고 보니 좀 부풀려진 듯 하다. 그래도 일말의 진실이 거기 게으른 표정으로 묻어 있다.

289

나는 비로소 그리고 바야흐로 시가 아니라 시 비슷한 곳에 도착한다. 이를 두고 성공적이라 생각해야 하나. 언제부턴가 시를 잘 쓴다는 말에 동의하지 않게 되었다. 시 같은 시들에 휘둘리는 게 그렇다. 시를 비유와 이미지로 설명하려는 시론도 거북해졌다. 비유에 대한 피로감이겠다. 일상으로 쓰는 언어가 은유이고 이미지인데 뭘 더 어쩌자는 것인지. 시인이 의미를 발명한다든가 시에 깊이가 있다는 소리도 오글거린다. 이강 선생이 말했듯이 언어는 존재의 집이 아니라 존재의 짐이다. 시인의 더러운 운명도 이 지점에 걸려 있다. 비극은 언어를 경유해서 언어를 벗어나야 한다는 사실이다. 가능한 프로젝트인가. 그래서 시는 가능하지 않은 프로젝트다. 언어가 의미화에 실패하는 지점에 시가 있다. 우좌지간 시의 적이 다름 아닌 의미라는 점을 대강 철저히 메모한다. 시에 관한 어떤 정의나 설명도 흘러간 물이다. 오직 새 물결을 기다린다. 각자 알아서들 하세요. 이게 답이라면 답이다. 시가 좀 맹하면 어떤가. 독자들의 사랑에 부응하는 시 그런 거 말고. 급류를 건너가면서 어쩔 수 없이 한 발은 물에 빠지고 근거 없는 징검다리에 간신히 외발을 걸치고 있는 위태로운 시. 그런 시를 편들고 싶다. 시인인 척 쓴 시들 말고.

290

누가 이 사람을 모르시나요?
속으로 이런 질문을 하면서 식전 커피 한 모금으로
지난 밤 불면과 우울증과 힘없는 정치적 분노를 녹인다
그는 세상에 있었던 적도 없지만 없었던 적도 없는 사람이다
어제도 만났으니 그는 있는 사람이고
자기로 살려고 투쟁한다는 점에서 그는 없는 사람이다
그를 뭐라고 불러야 하나
또 하나의 독립운동가가 아닐까

291

글쓰기 행위는, 공동체의 안쪽에 나를 위치시켜 사람들과 소통하게 만드는 계기인 동시에, 바로 그러한 좌표로부터 다시나 자신의 존재를 일탈시키는 역설적 계기이다. 글쓰기란 이처럼 모순된 양방향의 역동을 야기한다. 이런 패러독스를 견디는 것, 즐기는 것, 이것이 작가의 테크닉 아닐까? (백상현 트윗)

292

강원도에는 강릉항, 거진항, 공현진항, 궁촌항, 금진항, 남애항, 대진항, 대포항, 덕산항, 사천진항, 수산항, 아야진항, 임원항, 장호항 등 총 14개의 국가 어항이 있다. 국가 어항이라는 말에 사로잡힌다. 항구 순례를 해도 괜찮겠다. 날을 잡아봐야겠다. 같이 갈 사람이 없으니 갑자기 환희심이 일어난다.

292

오늘의 신청곡은
눈 내린 다음 날의 거리
그걸 들으면서 잠들고 싶다
지평선을 걸으면서 꿈을 만들 것이다
한 가닥 삶을 손에 들고 눈보라 속을 헤매다가
복제인간의 손을 잡는다
강원도 동해안 건조특보 중

293

아침이 왔고 꿈이 왔고
버스가 왔다
커피가 왔고 택배가 왔고
그분이 왔다
시집이 왔고 해설이 왔고
외로움이 왔다
정치가 왔고 팬들이 왔고
환멸이 왔다
이상이 왔고 이상주의가 왔고
개수작이 왔다

294

헛들었으리라

295

내가 소나기라면
내가 빵이라면
내가 파나마 게이샤라면
내가 추리소설 작가라면
내가 노숙자협회 대표라면
내가 불법체류자라면

내가 청와대 민정수석이라면

내가 고정간첩이라면

내가 빌 게이츠 처조카의 외삼촌이라면

내가 반국가사범이라면

내가 노벨문학상을 거절한다면

내가 컵라면이라면

내가 왕산면이라면

내가 죄송하다면

296

재즈에 관한 글을 쓰며 살고 있는 황덕호의 새 책이 나왔다. 기쁨이다. 그 책을 읽는 동안 나는 충만하리라. 장담컨대 나는 그의 단독 저서를 다 읽었다. 처음 읽은 책은 『그 남자의 재즈 일기』다. 두 권 짜리. 나중에 출판사를 달리 해서 한 권으로 합본, 재출간했다. 나는 합본 전의 것을 좋아하는 독자다. 그 책 읽으면서 시도 한 편 썼다. 「장수풍뎅이」가 그것. 인용해도 될까요? 네, 그렇게 하겠습니다. 다들 마음이 넓으십니다. 고맙습니다.

종로에 가면 재즈가게

장수풍뎅이가 있다

없는 거 빼고 다 있어서

가끔 들러서 주인과 놀다가 온다

요새는 주인의 먼 친척 청년이
알바 삼아 가게를 지켰다
주인을 물었더니 늘 똑같은 대답이 왔다
–어제 과음하셨다나 봐요
주인 없이 그냥 돌아오고 돌아오고 돌아오고
하루는 갔더니 가게가 아예 사라지고 없다
옆집에 물었더니 그런 집은
본래부터 없었다고 전한다
없었던 집이 다시 없어진 것이다

소설 형태로 집필된 그 책에 나오는 가게가 장수풍뎅이다. 그것만 사실이고 나머지는 픽션이다. 아무튼 나는 이 대목에서도 그에게 감사한다. 할 얘기는 많지만 두 가지만 하겠다. 하나는 그에게서 동병상련을 느낀다는 점이다. 재즈의 특성과 운명이 어찌 그리도 시와 닮았는가. 재즈가 궁금하면 그냥 시를 생각하면 된다. 재즈 곧 시, 시 곧 재즈다. 자기 미학에 대한 고집이 그렇고 언제나 새로운 길을 모색한다는 점에서도 그렇다. 아, 시 좋지 그러면서도 시는 안 읽듯이 재즈 또한 그러하다. 재즈페스티벌에는 사람이 많이 모이지만 이들이 모두 재즈팬인 건 아니다. 후 불면 다 날아갈 껍질들이다. 황씨가 재즈책을 열심히(?) 쓰지만 읽는 사람은 아주 적어 보인다. 시집의 운명과 다르지 않다. 그건 그렇고. 나는 재즈를 모른다. 잘 모르는 정도가 아니라 그냥 모른다. 모르는 눈으로 보자면 재즈에 관한한 한국에서는 황씨가 최일선에 있는 재즈전도사일 것이다. KBS FM의 재즈수첩을 20년간 방송해 왔다는 것도 그렇지만 그의 저서들을 읽으면 재즈를 듣는 것 못지않는 활자적 흥분을 선물한다.

그의 글쓰기는 곧 재즈적 글쓰기에 다름 아니다. 읽는 것만으로도 즐겁다. 그런 글이 얼마나 있을까 싶다. 책 표지에 뽑혀나온 문장을 시쟁이의 애증을 섞어서 읽어낸다. "이놈의 편벽한 취향은 늘 재즈에 관한 일을 할 때만 마음이 편안하고 한결 즐거우니 그게 문제다."(『다락방 재즈』, 그후) 자발적 애정 없이는 지속할 수 없는 그의 작업이다. 이 정도면 숭고하다. 나는 그의 책을 읽으면서 재즈가 아니라 시를 돌이키는 영감을 얻는다. 이번 책 『다락방 재즈』를 읽으면서 특히 놀랍고 즐거웠던 번외팁이 있다. 책 뒤에 붙은 부록 '불운의 재즈 앨범 20선'이 그거다. 재즈사에서 제대로 평가받지 못한 앨범 스무 장을 골라놓은 것이다. 이게 맞는지 아닌지는 누가 알겠는가. 저자의 말대로 재미삼아 보면 그만이다. 이런 시선을 통해 재즈와 재즈뮤지션들을 좀 더 입체적으로 바라보는 안목이 생긴다면 바랄 게 없을 것이다. 불운의 앨범 가운데 아무거나 하나를 소개한다. 본 프리먼의 『위대한 분파』(프리모니션)다. 황씨의 글을 그냥 적는다. '대략 쉰의 나이가 되어서야 첫 앨범을 녹음했던 시카고의 은둔자 본 프리먼은 자신의 이름을 세상에 알리는 데 지독하게도 무관심했다. 하지만 이러한 태도는 오히려 그만의 독특한 사운드를 만들어냈다. 자신에게 영향을 끼친 세 명의 색소포니스트(세 개의 분파)인 콜먼 호킨스, 레스터 영, 찰리 파커에게 바친 음반임에도 불구하고 녹음 당시 80세였던 이 노장은 모든 곡들을 자기 스타일로 소화하여 그만의 음악으로 만들어낸다. 전성기의 기력은 아니지만 이 연주는 젊은 시절 그 누구의 연주 이상으로 아름답다. 2003년 녹음.' 어떤가요? 문장에서 온기가 묻어나지 않는가. 얼른 본 프리먼의 앨범을 집어 들고 싶어지실 거다. 나는 그렇다. 그렇게 충동하는 힘과 애정과 자부심이 그의 책에는 가득하다. 불운의 재즈 20선에게 아주 늦었지만 재즈의 축복이 쏟아지기를! 저자는 책머리에서 이런저런 얘기를 기탄없이 쏟아놓았다. 유튜브 시대를 맞이하여 '책과 잡지, 심지어 전문가의 견해는 일종의 구시대의 유물'이 되어 가고 있음을 토로한다. 그런 사정이 어찌 재즈만의 문제겠는가. 활자 매체가 당면한 문제들이다. 재즈와 문학은 조금씩 다른 문제를 그렇지만 유사하게 겪어내고 있다.

시를 읽는 사람이 없듯이 재즈를 듣는 사람도 한 줌이다. 반 줌이다. '누구도 읽지 않는다고 하더라도, 그 글이 여전히 형편없다고 하더라도, 다행인지 불행인지 여전히 난 글을 쓰고 싶다. 어느 재즈 다락방에서' 황덕호 같은 존재가 없었다면 나 같은 미물의 주이상스 하나는 온전히 상실된다. 다락방에서 재즈에 관한 글을 쓰는 저자를 떠올리면 다락방에서 나름의 궁핍과 겨루면서 아무도 읽지 않는 시를 열심히 쓰고 있을 시인이 겹쳐진다. 그는 아직 도착하지 않은 시인이다. 그는 SNS와 유튜브가 아니라 여전히 종이책과 씨름하면서 시를 쓸지도 모른다. 값싼 원고료와 싸울 것이다. 밀린 원고료로 전전긍긍할 것이다. 그런데 그 역시 시에 붙잡혀 시의 다락방을 떠나지 못할 것이다. 밤에는 생쥐에게 시를 읽어주면서 라면을 끓이겠지. 케니 도럼의 푸른 트럼펫 한 구절이 시인을 위로해주길 바란다.

297

나는 누구인가
물음표는 생략
이제 내게서 달아난 나를 찾지 않음
나는 내게 있지 않고
나는 나를 바라보는 당신에게 살고 있다
당신을 바라볼 때마다 나는 당신이다
저기 우산 없이 비 맞고 가는 청년
간이의자에 앉아 순댓국을 흡입하고 있는 노인
한철 지난 롱패딩을 입고 나선 여자
전철역 앞에서 전단지 돌리고 있는 할머니
달려가다가 전철 놓친 남자 중년
주제 없는 수필 같은 퇴직자들
저게 다 난데 어디 가서 나를 찾고 있나

298

언제까지 늙을 것인지
공동주택 어귀 꽃 지운 이팝에게 물었다
가끔 울고 싶지 않은가 물으면
울어 무엇하겠냐고 대답한다
질문을 거두어들인다

무언가 뚫고 나가야 하는데 허공이
허공을 벌려놓으며 어서 들어오라고 손짓한다

빈 집에서 나는 나라고 썼다
나는 내가 있던 빈 자리가 아니겠는가
합장
한 손이 보이지 않는다

299

계간지 가을호에 실을 시 한 편을 보낸 날이다. 낯익지 않은 시 전문지다. 청탁은 편집위원으로부터 에둘러 받았다. 편집 도급제인가. 문예지라는 말 자체가 낯설어졌다. 시대착오의 징표들이다. 문예지가 연예기획사의 영업 방식을 그대로 참고하고 있다. 본의든 아니든 그렇다. 신인을 뽑고 시를 실어주고 시집을 만들어준다. 더러 시집 제작비도 받는다. 운 좋으면 공짜로 할당

되는 정부지원금도 받을 수 있다. 한국문학의 한쪽은 이렇게 흘러가고 있다. 아무 저항 없이 마치 당연하다는 듯이 진행되고 있다. 이런 얘기를 하려는 건 절대 아니었지만 오래 전에 입관 절차가 끝난 문학을 이러면 되겠느냐면서 정부가 나서서 뒷돈을 대주고 있다. 이 또한 당연한 것으로 여겨지고 있다. 문인들은 정부의 돈줄만 쳐다보고 있다. 문예지들도 지방자치단체의 지원금을 타먹으려 정신이 없다. 나랏돈은 먼저 보시는 분이 임자다. 이렇게 할 필요가 있을까. 시와도 관계없고 시정신과도 관계없고 시의 융성과도 관계없는 일들이 쭉 벌어지고 있다. 한국에서 영업하고 있는 문학관이라는 기념사업도 다 그런 통속 안에 자리하고 있다. 문학에 대한 대중의 존중심은 오래 전에 끝났다. 문인 또한 한 사회의 정신적 지표였던 시대도 다 흘러갔다. 문학은 그저 누군가의 취미생활의 영역으로 전환되었을 뿐이다. 그런데도 문인들은 자신들의 취미활동이 나라의 정신산업에 큰 기여를 하고 있다는 생각을 한다. 착각이다. 시집이나 소설집에 찍혀 있는 문인들의 사진이 문인들의 전도된 생각을 반영한다. 한 세기 전 유행이지만 마치 문인들이 세상의 고뇌를 대표적으로 짊지고 있다는 그 포즈들. 웃기는 일이다. 문학이 한 시대의 정신적 첨병역할을 하던 때가 있었지만 지금은 문학이 그 흐름 속에 있지 않다. 우리들끼리 또는 너희들끼리의 문제다. 지금 내가 쓰고 있는 이 글만해도 그렇다. 혼자 쓰고 노트북에 저장해두면 된다. 굳이 그걸 인쇄하고 싶은 욕망은 무엇인가.

부끄럽다. 이 말은 윤동주 시대까지만 가능했던 말이다. 이제는 그냥 쪽팔리는 거다. 내가 쓰는 종류의 글은 그것이 시가 되었든 소설이 되었던 레제 시나리오가 되었든 골방에서 쓰는 것으로 족하다. 나의 목소리가 골방을 나서는 순간부터 그것은 소음으로 변질된다. 셀카를 찍듯이 자기 상상계 속에서 자기를 들키고 싶은 것이다. 지금 내가 그렇다. 전혀 그렇다. 여기까지 쓰고 나는 자판에서 손을 떼고 쉰다. 본래 이 글은 이런 방향으로 오려던 게 아니다. 다시 돌아갈 수도 없게 진행되었다. 장맛비 속에서 가을호 원고를 보내고 나니 내 마음에 가을바람 부는 것 같다는 식의 정서적인 글을 쓰려고 했던 거다. 지우고 다시 쓰지 않겠다. 내 눈에는 어느 판이나 다들 적당히 해먹는 거 같다. 송욱 시인은 정치를 치정이라고 했다. 정치에 관한 이 이상의 정의는 없을 것이다. 문학도 근친상간의 영역에서 자유롭지 않은 것 같다. 순수한 척, 마치 민주적인 척, 마치 예술적인 척. 인공지능 시대에도 대강 철저히는 대한민국의 國是다. 다들 거기에 빠져 있으면서 모른 척.

300

인사동을 걸어가는데 길 양쪽에서 교직원노동조합 관련 서명을 받고 있었다. 아주 오래 전 일이다. 한쪽에서는 지지 서명을 받고 그 반대쪽에서는 반대 서명을 받는 중이었다. 고생이 많습니다. 나는 길 왼쪽에 있는 지지성명 측에 가서 서명을 했다.

어깨띠를 두른 일꾼들이 고맙다고 인사했다. 수고하십시오. 나는 다시 길 건너로 가서 반대성명 측에도 서명을 해줬다. 역시 어깨띠를 두른 일꾼들이 고맙다고 인사했다. 동행하던 친구가 말했다. 왜 양쪽에 서명하세요. 나는 웃었다. 다들 고생이 많잖아. 하는 척이라도 하는 거지.

301

빗소리듣기모임 상반기 결산.

올해는 장마철답게 비가 많이 온다. 빗소리에 잠에서 깨는 이 기분 참 오랜만이다. 가는 곳마다 비가 왔다. 원주에서 하룻밤, 강릉에서 하룻밤 그리고 중계동에서 하룻밤. 도합 세 밤이 아니다. 내게 온 비는 여러 날에 걸쳐 먼 데서 온 메신저다. 어제는 당고개역 쪽에서 비를 맞았다. 천둥도 치고 번개도 번쩍거렸다. 아주 입체적인 장면이다. 빗소리듣기모임에서는 드물게 만나는 순간이다. 본래 빗모에서는 고즈넉한 빗소리를 추천한다. 툇마루에 누워 잠들기 좋고 잠 깨기 좋은 정도의 음량과 음감을 가진 빗소리를 추천해 왔다. 빗소리에 끌려서 단지 그 소리를 따라서 한 번도 가보지 않았던 장소에 갔다가 되돌아오는 것이다. 갈 때는 서넛이 갈 수 있어도 올 때는 같이 올 수 없다. 그게 빗모의 원칙이 아니라 운명이다. 운명의 뜻은 불가피성을 가리킨다. 빗소리를 듣고 있으면 빗방울이 몸을 타고 흐르듯이 내 몸과 생각에 머물던 모든 때가 사라진다. 거품이 된다. 잉여는 없다. 잔상도 없다. 빗방울 지나간 흔적도 없다. 한참 빗소리를 듣고 나면 울고 난 뒤끝처럼 순연하고 평화로워진다. 빗모는 언제나 번개팅이다. 일기예보를 참고할 수 있지만 우리나라 예보는 잘 맞지 않는다. 빗소리듣기모임이 늘 갑자기 이루어지는 이유도 여기에 있다. 장소는 그때그때 다르다. 이번은 당고개역 근처 소줏집이었다. 본래 초대손님을 모시기로 했는데 역시 급한 초대라 펑크가 났다. 비올 때 쯤 이 근처를 지나가기로 한 시인 백석이 초대손님이었다. 불발되었지만 기회되면 다시 초대하기로 했다. 본인과 직접 연락된 건 아니다. 빗모 이사들 사이에서 토론된 결과다. 그런데 말이다. 당고개역 앞 도로 위로 쏟아지는 그 빗줄기들 참 좋았다는 것. 싱싱했다는 것. 머리에 묻은 빗방울 털어내며 술집으로 들어서는 늙수그레한 남자의 표정이 특히 좋았다. 웬 비가 이렇게. 그가 한 말이다. 생략된 말이 있을 게다. 웬 비가 이렇게 첫사랑처럼 들이닥치냐. 그러고 보니 그 남자는 우산도 없었다. 비오는 날 우산을 쓰는 건 비에 대한 예의가 아니다. 그러나 우산을 받고 우산 끝으로 흘러내리는 비를 물끄러미 바라보는 것은 경이로운 문장이다. 후다닥 집으로 달려가 감자전을 부쳐 먹는 사람은 시인이다. 거기다 소주 한 잔 하고 낮잠에 접어든 사람은 없어진 미당문학상 감이다. 비를 맞은 채 거리에서 말없이 걸어가는 사람들은 다 미래파 소속의 시인들이다. 그들은 훗날 말할 것이다. 그 여름날 당고개역 앞에서 비 거침없이 쏟아졌다. 그렇게 회상하기 위해 사람들은 오늘 당고개역 앞을 비 맞으며 지나간다. 우리는 다 미래파 시인들이다. 어떤 선승은 말했다지. 빗소리는 번역이 필요 없다고.

302

싸고, 대책 없고, 빠르고, 무례하기 쉽고, 절제가 없고, 직선적이고, 가짜면서 진짜인 척 하고, 격식이 없고, 그러면서도 센 척하는 특유의 분위기. 아무것도 가진 것도, 아는 것도 없으면서 큰소리치는 한국인의 단점과 흡사. 구석의 노인(@Guur)의 트윗이다. 희석식 소주에 대한 직관이다. 부연 설명은 생략. 그래도 이렇게만 말하자. 소주 주세요.

303

노원구청 게시판에 문학의병(義兵)을 모집한다는 공고문이 나붙었다.

나도 공고문 독자의 1명이다.

304

내가 등장시키지도 않은 인물이 등장해 내가 시키지도 않은 짓을 하는 플롯 (정영문)

305

『우리는 다른 사람들의 기억에서 살 것이다』(정지돈 단편집)

306

책을 읽어서 고통이 사라진다면, 진짜 고통이 아닙니다. 책으로 위안을 주겠다는 의도 자체가 인생의 고통을 얕잡아 본 겁니다. 샤를 단치의 책 『왜 책을 읽는가』는 품절. 안 사도 된다는 알리바이를 품은 책이군.

307

나의 실수는 누군가를 가르치려 했다는 것. 잘 알지도 못하면서 아는 척 하는 주체가 되어 감히 시에 대해서 떠들고 감히 시인들을 비평했다. 지나간 일지지만 대놓고 서글픈 교만이었다. 그것은 마치 자크 라캉이 말한 사랑의 정의를 닮았다. 라캉은 사랑에 대해 말했다. 자기에게 없는 것을 누군가에게 주는 것이 사랑이라고. 딱 맞는 말이다. 내가 알지 못하는 시를 누군가에게 들이대면서 그럭저럭 살아왔다. 슬라보예 지젝은 라캉의 설명을 보충한다. '누군가' 앞에 '원하지 않는'을 삽입해야 한다는 것. 다시 쓰자면 '사랑은 자기에게 없는 것을 원하지 않는 누군가에게 주는 것'이 된다. 가르침의 속성이 사랑의 속성과 그리 다르지 않은가 보다.

308

작위성, 시대착오야말로 시가 꾸준히 참고해야 할 창작의 지침이 아닐까. (아님 말고)

309

아, 나는 아직 태어나지 않았구나. (강성은)
강성은이 옹호하는 세계는 없다. (함성호)

310

당신은 누군가의 증상이다. 누군가를 대신해서 앓고 있다. 혹시 그게 나였던가요? 나 역시 누군가의 증상이다. 스무 살 적, 해변의 묘지를 어정거릴 때 내 몸을 훑고 가던 파도소리. 200자 원고지 칸칸마다 차오르던 어둠을 손으로 문지르고 있을 때 문밖으로 지나가던 사람은 누구였을까. 머리 풀어헤치고 경포 호숫가를 떠돌던 여자는 누구의 증상이었던가. 밤바람에 웅성웅성 몸을 움직이는 사근진 해변의 소나무는 아무래도 옛날옛적 나의 증상이었을 게다. 동해바다 한가운데서 일어난 지진은 멀지 않은 훗날 내가 다스려야 할 과장된 나의 증상이다. 금 간 바다, 새고 있는 바다여.

311

산사에서 약식으로 삼배하고

절 밑에 내려와 삼계탕을 먹으며
뼈만 앙상한 우울을 골라낸다
이건 내 거 이건 당신 거
시내에서는 갈 데까지 간 시인들이
성조기를 흔들며 집회를 하고 있을 것이다
문예지원금을 인상하라! 인상하라 인상하라
우리는 그즈음 개점한 시내 서점에서
우유 섞은 커피를 마시고 각자 다른 문으로 나갔다
내 코고는 소리에 놀라 잠깨는 일이
그동안의 내 시 쓰기였을 것이다
돌아와 보니 나의 우울과 당신의 우울이
심하게 바뀌어 있다
전화하려다가 그냥 바뀐 대로 살기로 했다
오늘은 입춘 하루 전 날
꽃집에서 수선화 한 줄기 새로 솟고 있다

312
어디든 가고 싶은 날
봄옷을 입고
집을 나서리라
('-리라' 형태의 미래를 다짐하는 말끝이 나는 좋다. 이 문체는 그러나 이루어지기보다는 이루어지지 않을지도 모른다는 미

래에 대한 자기 염려가 더 진하다는 것을 나는 안다. 그러면서도 이 말끝을 사용하면 적이 안심된다. 되리라.)

등 뒤로 잡념인 듯 흘러가는 물소리
마음으로 그것을 만져본다
나는 내 분수를 지키며 살았지
어느 순간은 얼간이처럼
어느 순간은 집나온 남자처럼
어느 순간은 과대망상자처럼 살아왔다
이제는 말이다 필경사 아저씨
바틀비처럼 살고 싶어
비틀거리며 당신들의 매뉴얼대로
살고 싶지 않아졌거든
그러지 않는 쪽으로 가고 싶어
듣고 있니? 내 헛소리
이웃집 담벼락에 기대어 진하게 핀
명자나무에게 말한다

313

날이 좋아서
창밖으로 시 한 줄 내다걸었다

가고 오지 않는 사람들아

314

아침에 시 한 편을 읽었다. 처음 접하는 시다. 시인도 생소하다. 그저 그런 시들. 그만하면 잘 쓰는 시들. 스타트 업은 포기하고 하던 대로 약간씩의 변주 속에서 만족하는 시들이 대부분인 시단. 새롭다는 착각만으로도 충분히 새로운 시들이 넘쳐난다. 나는 그런 시들 속에서 살고 있다. 그것도 하나의 복이다. 요즘 시 뭐 읽을 거 있어? 그럴 때마다 우리는 자기도 모르는 사이에 시적 진보를 이룬다. 읽을 거 없다면서 꾸역꾸역 읽는 힘이 시를 숨쉬게 한다. 오늘 내가 읽은 새로운 시는 전혀 새롭지 않은 목소리를 가장한 새로운 시였다. 갈 데까지 간 지점에서 시가 아니라 언어를 반추하는 시였다. 그의 시는 좋은 시나 덜 좋은 시의 범주에 있지 않았다. 모국어를 세공하는 차원과 멀리 떨어진 무엇이었다. 이런 것이 시다, 이런 것이 시여야 한다는 다양한 이론적 발성들과는 다른 자리에 있다. 심지어 이렇게 써도 되겠는가 하는 의심의 지점만 딛고 있다. 그의 시는 정서나 사유와 관련 없고, 형식과 메타포와 관계없다. 기존의 시가 보유해야 하는 일체의 것과 작별한 시다. 시대와 역사를 고뇌하고 어쩌구 하는 것은 더더구나 그렇다. 대개의 시들은 쓰여지는 순간이 사망 시점이 된다. 떠도는 풍문으로 존재한다. 실체는 사라진다. 그게 시의 예의이기도 하다. 오늘 아침 읽은 시는 생소성으로만 존재한다. 읽을수록 낯선 생소성은 증가한다. 그 낯섦은 의미와 관련 없고 형식과도 관련 없어 보인다. 탈의미나 탈형식이 아니라 그것들을 소거하는 시다. 그래서 요즘의 시를 많이 읽는 지인에게 물었다. 대답은 간단했다. 그런 시인은 없다는 것이다. 그럼 내가 읽은 시는 뭐지? 지인은 확신하면서 말했다. 헛것을 본 거지. 나도 그럴 때가 있어. 와야 할 시, 오지 않은 시에 대한 망상이 상연된 거지. 그런가? 나도 모르게 내가 기댄 시적 공백이었다는 말인가. 나는 맥이 좀 빠져버렸다. 맥 빠지는 소리 들리시는지? 문득 적어둔다. 우리 시는 김수영이 아니라 김춘수가 더 극단적으로 나갔어야 하는 게 아니었던가.

315

빗소리듣기모임 만주 특집 후일담

장춘에서 훈춘에 이르는 두 시간 사십 분의 러닝 타임은 회원들 각자의 벌판을 완성하는 데 부족함이 없었다.

316

빗리듣기모임 서울 동북부지역 월례회에 천상병 시인 오셔서 막걸리 마심.

6시까지는 귀천하셔야 된다면서 일찍 자리를 떴다.

317

그곳에 가면

방파제 안쪽 깊숙한 곳에서

늙은 어선이 버림받는 짜릿함으로
뒹굴고 있을 때
지나가던 파도가 다정히 부딪쳐줄 때
그 아찔함으로 여생을 견디는 거
난들 왜 모르겠니
나, 오늘 거기 와 있다
꽃이 한창이라 하루 더 머물기로 하고
파도 위에 숙소를 정했다

318

나훈아가 11년 만에 새 음원을 내놨다. 새롭지 않은 새 노래. 누군가 10년 만에 시집을 낸다면 구매하고 싶은 시인이 있으신가?

나는 왕빙의 다큐를 기다리고 있습니다.

319

내가 시를 읽을 차례가 되었다. 앞에서 세 명의 시인이 시를 낭독했다. 나는 객석 앞자리에서 차분하게 들었다. 다섯 편씩 낭독하기로 되어 있고, 사회자의 소개에 따라 시를 낭독하고 시에 대한 약간의 멘트를 추가할 수 있다. 시에 대한 설명은 듣는 이들을 위한 서비스였다. 9월 첫물의 어둠이 번져가는 메밀밭은 시낭독의 배경으로 괜찮은 편이었다. 시를 듣겠다고 자리를 채운 청중은 적지 않은 편이었다. 무대는 스탠딩 마이크 하나가 조촐하게 서 있고 나머지는 다 여백이었다. 점점 어두워지면서 객석은 흐릿한 윤곽만 보였다. 사회자가 나를 소개하고 내가 시 읽을 순간이 다가왔다. 내가 읽을 시는 「시」「그야말로 시」「다들 수고하세요」「막시 3」「Born To Be Blue」등 다섯 편이고, 이 시들의 출전은 2017년에 출판한 『아무것도 아닌 남자』(오비올프레스)였다. 2018년에 나온 최근작 시집 『여긴 어딥니까?』(모든시)도 있지만 독립출판사에 나온 시들을 선택했다. 시는 사전에 주최 측에 전달되어 낭독용 시집으로 제작, 청중들에게도 배부되었다. 청중들은 듣기보다 눈으로 나름대로 시를 더듬고 있었다. 시낭독은 시를 쓴 주체와 독자라는 주체가 마주 앉아서 시를 음성텍스트로 전달한다는 점에서 눈으로 읽는 시와는 다른 실감이 있다. 연극적인 포즈가 있는 시인들이 현장에서는 강한 인상을 남길 것이다.

나는 첫 번째 시를 읽어나갔다. 연 구분이 없는 시 다섯 줄을 읽었다. 그런 후에 객석을 행해 말했다. 나머지는 여러분이 읽어주세요. 사람들은 놀랐을까? 무례한 일일까? 잘은 모르겠다. 그리고 두 번째 시를 읽었다. 이 시 역시 다섯 줄을 읽고 마쳤다. 사람들은 나의 낭독 전략을 눈치 챈 듯 하다. 약간의 소란은 있었지만 흥미롭게 받아들이는 분위기였다. 앞에서 공들여 시를 읽었던 시인들에게 미안했다. 튀는 듯 했기 때문이다. 내가 시 한 편 읽으면서 튀면 뭣하겠는가 싶다. 읽으나 마나 하다는 뜻이 아니라 내 시가 지금 이 현장에서 어떤 의미로 충만하기를 바라는 마음이다. 나는 그런 저간을 설명하지 않았다. 자, 느껴주세요 이렇게 말할 수는 없는 노릇이다. 세 번째 시는 한 자도 빼지 않고 말 그대로 낭독했다. 그 시를 인용한다.

슬라보예 지젝 이태준 천둥 찰리 파커
무라카미 하루키 슈베르트 김영태 이승훈
라캉의 에크리 셀로니오스 멍크 찰스 부코스키 남애항
소낙비 정선 김종삼 거돈사지 겨울밤 0시 5분
홍상수 배호 제주도 황덕호 희랍인 조르바
미친 사람 치악산 뒷면 열무김치 윌리엄 포크너 이상
이미선 눈보라 황석영 과테말라 목요일 오후 두 시 겨울 북촌
중계동 은행사거리 비 옴 황지우 문지시선 100번까지
수도승 수연산방 밤바다 당신 진한 각성 모든 副題
임화 그럼에도 불구하고 로쟈 물결 에릭 샤티의 우산 이장희
수선화 우디 앨런 원주시립교향악단 장칼국수 마상청앵도
장률의 춘몽 명소은의 발문 달린 박세현 시집 헌정
내몽고의 여름
망치 소리 들리는 아침 골드베르크 변주곡
(지금이라면 장춘에서 훈춘까지 두 시간 사십 분 동안
만주벌판을 상연하는 고속열차를 추가하겠지만 초판본

시집에는 없는 내용임)
범종소리 검색되지 않는 독립출판사 오비올프레스 만세
파도야 난 어쩌란 말이야
靑馬, 나에게 묻지 마라
그럼 누구에게 물어요
다들 수고하세요

이 시가 특별히 좋아서 읽은 건 아니다. 특별히 괜찮은 시라는 생각도 없다. 설명 없어도 그냥 전달되는 평이함이 시 전체를 지배하고 있다. 한편으로 내가 편애하는 기표들이 거의 동원되었다. 공통점이나 유사성이 없는 기표들이다. 이런 모듬형식이 시가 되는지도 모르겠다. 그것도 이런 소박한 낭독회 자리에서는 더욱 그렇다. 나는 천천히 골고루 씹듯이 발음도 정확히 하면서 시를 읽었다. 군데군데 보충설명도 잊지 않았다. 객석은 모르지만 이 순간 나는 충만했다. 청중과 상관없는 나만의 이기적인 감정의 회수였다. 내가 경험하는 낯선 텍스트와의 만남이었다. 괜찮아요? 이렇게 물을 겨를이 없는 순간들이 지나갔다. 그런 감흥을 깨기 아까워서 약속된 두 편의 시낭독은 생략했다. 그때 머리를 스친 시낭독 장면 둘.

간단히 요약한다. 오래 전 정선아리랑 축제 때. 그때 여러 명의 시인이 소환되어 정선군민이 다 들어가도 남을 만큼 넓은 대형운동장에서 시낭독을 하게 되어 있었다. 그런데 말이다 (나는 이 문장처럼 놀라운 말이 없다) 문득 소낙성 비가 왈칵 쏟아졌다. 그래서 말이다 (이 말은 괜찮다) 얼마간 모여 있던 사람들이 다 흩어지고 말았다. 이런. 결국, 본부석에서 몇 사람 모아놓고 시를 낭독했다. 정선 출신의 시인이 마이크 앞에서 시를 낭독했다. 몇 줄 읽어나가던 시인은 '에잇' 하는 혼잣말을 중얼대면서 낭독을 중단했다. 몇 안 되는 구경꾼 틈에 자기 형과 형수가 지켜보고 있었다는 것이다. 나는 너가 무슨 짓을 하고 있는지 안다. 가족의 시선은 언제나 그런 거다. 그날 그 장면은 시라는 장르의 운명적 속성을 가감없이 보여준 사례다. 시는 일인칭 골방문학이다. 골방을 벗어나면 언제나 사고가 일어난다.

동대문역사문화공원에서 시를 읽은 적이 있다. 어떤 경로로 거기서 낭독을 하게 됐는지는 기억이 희미하다. 아무튼. 무대도 준비되었고, 사회자도 도착했다. 객석에는 대학생 커플이 앉아 있었다. 그런데 말이다. 내가 무대에 올라 시를 읽기 시작했는데 커플은 서둘러 자리를 떴다. 잊을 수 없다. 아무도 없는 허공을 향해 나머지 시를 읽었다. 내가 아니라 시를 위한 나의 거룩한 분투였다. 그 후로 나는 시의 대중적 소통에 대해서 다 포기했다. 어떤 형태로든 시를 소리 내어 읽는 일은 유튜브시대의 어떤 것과도 맞지 않다. 시는 읽는 장르도 낭독하는 장르도 아니다. 시는 오직 쓰는 장르다. 오해하실 분들을 위해 첨부하는데 봉평

시낭독 부분은 사실과 다른 상상이었음을 밝혀 둔다.

320

나보코프의 장편 『세바스천 나이트의 진짜 인생』(송은주 옮김)이 출간되었다. 소설의 화자 V가 소설가인 이복형 세바스천 나잇이 죽자 그의 전기를 쓰는 과정을 담고 있는 이야기다. 주인공이 형의 진실에 도달하게 되는가? 추리소설의 형식을 취하고 있는 이 소설은 그러나 아무것도 찾지 못한다. 형의 정체성, 자신의 정체성을 확인하게 되는 것이 아니라 도리어 혼란에 빠지게 된다. 소설은 그 유명한 질문 '누가 세바스천 나잇에 관하여 말하고 있는가(Who is speaking of Sebastian Knight)?'에 봉착한다. 이는 지금 소설 속에서 말을 하고 있는 목소리의 주인공은 누구인가에 다름 아니다. 지금 내가 이 글을 작성하고 있으면서 내가 누구인지 모르는 것과 동일한 질문이다. 번역본에서 인용한 본문 한 구절. 현재의 입술에서 과거를 배울 수 있으리라 너무 확신하지 말라. 가장 정직한 브로커를 경계하라. 당신이 들은 것이 실제로는 세 겹임을 잊어서는 안 된다. 화자가 한 겹, 청자가 또 한 겹, 그리고 그 이야기의 망자가 둘에게 숨긴 것이 또 한 겹. '나는 누구인가?' '당신은 누구인가?'라는 질문은 그 질문을 하는 목소리를 감추고 있는 게 아닌가. 나보코프는 1899년 제정 러시아의 페테르부르크의 귀족 집안에서 태어났다. 1917년 볼셰비키 혁명을 피해 독일로 망명했고, 이후 나치의

득세를 피해 다시 파리로 망명, 미국에 정착했지만 1977년 스위스에서 죽는다. 뭐, 이런 거야 검색하면 스마트하게 해결되는 문제들이다. 모국어인 러시아어를 버리고 영어로 소설을 쓰면서 겪게 되는 소설가의 혼란이 이 소설의 진정한 화두가 된다.

시를 쓰는 나는 생각한다. 내가 쓰는 시는 누가 쓰고 있는가? 내가 나인가? 문자언어 없이는 어떤 표현에도 이르지 못하지만 문자에 의해 표현된 어떤 언어도 내 것은 아니다. 왜곡이다. 언어에 빌붙어 사는 시인들이 언어의 본능을 망각한다면? 아니 언어가 끊임없이 시인을 향해 사기를 치고 있다면 그대는 뭐라고 하겠는가? 그래도 나 같은 얼치기는 언어를 믿는다. 진실을 담보하지 못한다는 사실만 빼면 언어는 완벽하기 때문이다. 한없이 상냥한 애인이 '당신이 좋아요', 한 입으로는 그렇게 말하면서 한편으로는 시시때때로 다른 세계를 열망하고 있다는 사실을 알고 있는가? 알아도 다른 도리가 없을 뿐이지. 우리 헤어지자.

321

끝물 장맛비를 바라보면서 오랜만에 시를 읽는다. 시한테는 미안하지만 요새는 시를 읽지 않는 편이다. 시가 싫어진 건 아니다. 시를 흡수하는 내 감각의 회로에 켜졌던 전구가 나갔다. 그러니 시를 읽어도 우선 입력 자체가 되지 않는다. 시의 문제인가도 생각해봤지만 그건 아니다. 시를 감득하는 회로가 깨진 것이다. 복구가 가능할 것인가. 그것도 미지수다. 한때 자기 시대를 풍미했던 가수들이 어느 날 무대의 전면에서 사라진다. 대중도 빠르게 그를 잊어버린다. 오랜만에 무대에 선 가수에게 사회자는 가수의 근황을 묻는다. 가수는 대답한다. 노래를 계속 부르고 있다면서 쓰러져도 무대에서 쓰러지고 싶다고 말한다. 그에게는 쓰러질 무대가 없다. 서글픈 노릇인가? 그렇지 않다. 가끔 무대에서 보는 옛날 가수들은 그가 살아있는 것이 아니라 살아있는 죽음임을 환기시키는 장면이다. 노병은 죽지 않는다. 다만 사라질 뿐이다. 문학에서 경청할 말은 아니지만 이 대목에서 왜 미국 군인의 말이 떠오르는지 모르겠다. 사라질 뿐이라는 말이 나를 자극한다. 아무도 소환하지 않는데도 노래를 저 혼자 부르는 가수의 운명은 어떤 시인의 운명을 연기하는 것이기도 하다. 시는 쓰고 있지만 젊은 피들에 밀려서 '우리야 뭐' 하면서 뒷걸음질을 치는 시인들의 수모감을 간단히 '늙어서'라고 말하기는 좀 그렇다.

지금 내 손에 들려 있는 시집은 금년도 늙은시인상 수상시집이다. 대상작을 비롯하여 후보군에 올랐던 시인들의 시들이 편집된 시집이다. 이 상의 좀 특별난 점이라면 동세대 시인들끼리 경쟁한다는 점이다. 문단 경력 30년 이상, 해당 년도에 60세 이상이 되어야 한다. 일종의 뒷방문학상이다. 노인세대 시인들의 창작 욕구를 지속시킴과 동시에 그들 세대의 문학적 감수성을 존속, 응축, 성숙시키자는 게 상의 취지다. 발표매체와 출판 기회를 얻기 어려운 노인세대들에게는 하나의 소식이 되어 줄 것이다. 이 상의 수상자에게 주어지는 상금과 상패는 없다. 시상식 당일 참석자들과 설렁탕을 나누어 먹는 게 시상식 세리머니의 전부다. 수상자들의 불평이나 불만이 제기되는 것 같지는 않다. 설렁탕이 싫은 사람은 냉면을 먹을 자유는 있다. 수상작품집은 한 세대의 문학적 범주와 편차를 개관하는 자료가 되기도 한다. 일종의 시적 후일담이라고나 할까. 자기 자리에서 더 나아간 시인도 있을 것이고, 제자리걸음을 하고 있는 시인도 있을 것이고, 뒷걸음을 걷고 있는 시인도 있을 것이다. 그건 그들의 몫이다. 나는 수상작품집의 시인별 명세와 구체에 대해 설명하려는 건 아니다. 저무는 나이까지 시를 잡고 있다는 점을 높이 평가하고 싶은 생각도 없다. 한때는 시 쓰기가 자기와의 싸움이라고도 했다. 여전히 그 명제가 기본적으로 어긋난 것은 아니다. 60세 이후에도 자기와 싸운다는 것은 무엇을 의미하느냐. 이런 대목에 이르게 되면 생각은 복잡해진다. 내 생각은 이렇다. 시는 내가 갖지 못한 한 편의 시를 얻기 위한 과정이다. 그러므로 열 권의 시집을 납품했다고 해도 계속 시를 쓰고 있다면 그는 자기의 한 편을 얻지 못했다는 뜻이 된다. 이 과정에 있는 시인은 경의의 대상이거나 안타까움의 대상이다.

늙은시인상 수상작품집을 일별하면서 나는 내 세대 시인들의 현주소를 본다. 다들 열심히 하고 있군. 이렇게 말할 수 있으면 좋겠지만 내 눈에 우리 세대 시인들의 대개는 자신의 생물학적 나이와 적절한 타협을 하고 있는 것으로 읽혀졌다. 교묘하게 기술적으로. 그들의 장점은 어떻게 하면 시가 되는지를 잘 알고 있었다. 달인의 경지다. 또한 그 점이 그들을 VIP석에서 밀려나게 만든다. 시에는 달인이 있어서는 안 된다. 시는 피자반죽을 하는 기술이 아니다. 그래도 이 말만은 해두자. 무대에서 쓰러지고 싶다는 가수가 있다면 연예협회 가수 분과 같은 데서 나서서 말려야 한다. 머리 아프다. 같은 이치로 노트북 앞에서 쓰러지겠다는 시인도 뜯어말려야 한다. 문장노동조합 시인 분과는 그런 일을 해야 하리라.

322

이미 지나간 시인들과
여태 오지 않은 시인들 사이에
뻴쭘하게 서 있는 당신은 누구요?
나요? 나는 없는 시인이외다.

323

메뚜기도 한철.

그 다음에 몇 줄 더 메모가 되어 있는데 흘려 써서 내 글씨를 내가 알아볼 수 없음.

324

부람산 까마귀여, 단결하라.

325

빗소리듣기모임 종일 특집.

요란한 빗속에도 잠자리가 중계동에서 상계역 방면으로 날아가고 있다.

무슨 일인가 궁금하다.

그들에게도 피치 못할 일이 있나 보다.

326

내가 계속 글을 쓰는 건 내가 아주 잘한다는 생각이 있어서가 아니라, 다른 사람들이 너무 못한다는 기분이 들어서이다. 셰익스피어 포함 모두가. (찰스 부코스키) 장편 『할리우드』와 마지막 소설 『펄프Pulp』는 아직 접하지 못했다. 또 읽게 될 것인가. 의견은 다 다르겠지만 그의 시, 소설, 에세이는 문학의 개념을 해(훼)방시키는 힘이 있다. 힘을 매력이라고 바꿔 써도 무방. 한국 같은 데서 그의 양아치 문학은 수용이 자유롭지 못하다. 문학계의 예외적인 해프닝으로 읽히는 듯. 그게 뭔 시야, 골 때리는 거지. 거기까지.

트위터에서 번역한 『펄프』의 어떤 문장. 부카우스키의 생목소리가 들려온다. 모두 너무 단조롭습니다. 빌어먹을, 빌어먹을,

빌어먹을. 글쎄, 사람들은 무언가에 푹 빠져 있습니다. 그들이 탯줄을 자른 후 그들은 다른 것들에 푹 빠져 있습니다… 섹스, 돈, 신기루, 자위, 살인 및 월요일 아침 숙취.

327

다른 시인들은 어떻게 하는지 모르겠다. 내 경우만 좀 구차하게 설명하겠다. 드물지만 어떤 경우는 시 한 줄이 꼭 남의 시에서 본 것 같아서 애를 먹인다. 그렇다면 한 줄 표절인 셈이다. 아무개 시인의 시에서 본 것 같지만 확인이 어렵다. 그렇다고 그 시인의 시집을 샅샅이 살펴보는 일도 만만치가 않다. 눈 딱 감고? 그럴 수는 없다. 검색할 수 있을 때까지 검색하기로 한다. 물론 그 시구를 버리고 다른 문장을 고안할 수도 있다. 그런데 그게 쉽지 않다. 하나의 문장이 시 안에서 전체 시를 장악하면서 완강하게 버틴다. 이 고민 저 고민하면서 며칠을 축낸다. 결국 의심스러운 그 문장을 버리고 완결 짓는다. 독자는 알 리가 없겠지만 나는 늘 그 자리가 비어 보인다. 시라는 게 워낙 말과의 민감한 싸움이라고 하지만 이럴 때마다 나는 다른 생각을 한다. 꼭 그 말이어야 하는 건 없다. 그 말을 찾기 위해 날밤을 새운다는 작가들의 고백을 나는 신용하지 않기로 한다. 그러면서 나는 말의 구속으로부터 해방된다. 도리어 꼭 그 말일 필요가 없는 말들을 찾자. 내 시는 그런 성격이기를 바란다. 곁들이는 얘기지만, 시에 대해 말하면서 완성도가 좋다는 말처럼 나의 비위를 건드리는 말도 없다. 나의 허접한 시철학에 기댄다면 시는 완성되는 게 아니다. 무슨 완성도? 완성도, 완성성을 허물어가는 것이 시의 한 출구라고 본다. 반론이 많겠지만 나는 그렇게 생각한다. 예술원 회원들이나 할 소리다. 완성도 반대. 적재적소의 언어 반대. 고정관념의 다른 이름들이다.

328

「나랏말싸미」를 관람했다. 우연히 그냥 심심풀이로 본 영화다. 절제된 대본과 대사와 새로운 관점들이 인상적이다. 다른 건 모르겠다. 유교국가에서 유교가 반대하는 불교계 승려 신미의 도움으로 언문을 완성한다는 얘기다. 영화를 보고 3층에서 에스컬레이터를 타고 지하철역까지 내려오는 동안 머리에 남는 것 두 가지. 하나는 훈민정음 창제 주체와 과정에 대한 여러 이설을 영화적으로 잘 재구성했다는 것이고, 또 하나는 산스크리트어에 밝아서 세종을 돕게 되는 불승 신미의 은사스님이 그를 향해 쥐어박듯이 던진 말, '너는 아상이 병이야'이다. 영화는 접어두고, 아상이 병이라는 말. 참 오래 남는다. 내가 나라고 생각하는 것이 뭐 잘못됐는가. 너무 옳고 정당하다. 내가 나라는 생각에 충만해 있을 때 그 도도하게 넘쳐흐르는 자아가 아상이 아닐까. 나는 별 이론 없이 내가 나라는 것을 의심한다. 누군가 나를 대역하고 있는 그 자가 바로 나라고 생각한다. 내 시에 생략되어 마땅할 '나'가 많이 등장하는 이유도 그런 생각의 반영이다. 당연히 그 나는 나지만 내가 될 수 없는 나다. 시인들은 아상을 벗어나서 시를 구축할 수 없다. 신미스님 못지않게 아상으로 똘똘 뭉친 존재들이 시인이다. 아상은 시가 있게 하는 기원이기도 하다. 시인들이 서로를 인정하고 수긍하기 어려운 것도 자기 아상에 걸려 있기 때문이다. 아상에서 시작된 시가 그 아상을 벗어버릴 때 괜찮은 시는 태어난다. 오온이 공한 나를 나라고 믿는 한 그 시에 기댄 나는 허망하다. 그런데 말이다. 오온이 아니라면 공에 기대야 하나. 나도 언어에 기댄다는 엄청난 거짓말을 할 때가 있다. 기댈 곳 없음에 대한 언어적 재구성(?)이다.

후일담: 이 영화가 역사왜곡이라는 주장에 휩싸였다는 사실을 나중에 알게 되었다. 괜객으로서 그 점에 동의하지 않는다. 한글을 창제했다고 알려져온 세종을 허수아비로 만들었다는 것이 사실왜곡의 초점이다. 그것은 영화를 똑바로 보지 않은 측들의 아상적 논점이다. 산스크리트어에 밝은 신미가 세종에게 언어학적 영감을 제공했다고 보는 영화적 관점은 그럴 듯하다. 영화 속에서 세종을 돕는 신미의 학자적 역할은 현실적 가능성이 아니라 상상적 개연성이다. 창제의 주역을 세종이 아니라 신미로 바꾸어놓았다는 주장은 비영화적인 생각이다. 이것은 영화 시작 부분에 자막으로 제시된 영화적 재구성이라는 예술적 양보에 대한 이해 부족이다. 논리적으로 바르다고 정당성이 확보되는 것은 아니다. 영화를 영화로 보는 영화적 재미를 외면

한다면 무엇하러 영화관에 와 앉아 있는가. 집에서 맥주 마시며 역사책 몇 줄 읽으면 될 것을. 「나랏말싸미」는 픽션과 논픽션을 잘 버무린 드물게 잘 만든 영화다. 강추.

329

시인(?)

그 말은 다시

정의되어야 한다.

그 말만

들으면

나는

속이 뒤집어져서

금방이라도

게워 낼 것 같다.

그 무대에서

지들끼리

오래오래

해 먹으라고 해

난 방청객은

사양할테니.

부코스키의 시 「종이 먹는 흰개미」의 뒷부분이다. 바로 앞부분에는 "그들의 글에는/삶도 없고, 알맹이도 없고,/진실도 없다./무엇보다 아주/따분하다/유행에는 맞지만."이라고 썼다. 글로써 삶을 표현하는 게 가능한가? 시에 무슨 알맹이가 있어야 하는가? 진실 따위는 본래 없는 게 아닌가? 이렇게 반문한다. 그러나 "따분하다/유행에는 맞지만"에 대해서는 시비 걸 게 없다. 맞는 말이니까. 오래 전 미국문단을 겨냥한 시지만 한국현대시 전반을 싸잡을 수 있다는 점에서도 유용하다. 한 번 더 타이핑한다. (한국시) 아주 따분하다. 유행에는 맞지만.

330

시인이라고 불린다고 시인이 되는 건 아닌 듯. 누군가 내가 쓴 시를 읽어줄 때, 나는 시인이 된다. 내 시를 읽는 사람이 없다면 나는 시인이 아니다. 시인들의 숫자와 시인의 정의는 동일하지 않다. 그래서, 1쇄 시인, 5쇄 시인, 10쇄 시인은 구분해야 할 일이다. 그러니까 박세현(시인)이 아니라 박세현(1쇄 시인) 이렇게 표기해야 할지도 모른다. 자본시장적으로는 50부 시인, 300부 시인, 1,000부 시인 등의 구분이 옳겠다. 누군가 내가 쓴 시를 공들여 읽어줄 때, 나는 그 순간만 시인이 된다. 이런 잡념의 연장선상에서 나는 거의 시인이 되어 본 적이 없다. 이건 고백도 뭣도 아니다. 어느 날, 그 어느 날인가에 나도 내가 쓴 시와 시를 쓰던 밤들을 잊어버리는 날 오겠지. 이런 시 쓴 기억이 없는데요.

정말입니다. 그렇게 말하는 순간이 다가온다. 그 순간은 내가 나 혼자 저절로 시인이 되는 순간일 듯.

331

언어는 욕망으로 구성된다. 욕망은 언어로 구성된다. 내 말이 아니다. 언어가 없다면 욕망도 없다. 언어가 없다면 시는 없다. 시는 욕망의 산물이다. 그리고 욕망 그 자체다. 시인은 욕망의 사제들이다. 시인은 각자의 문제이고 각 시대의 문제가 된다. 시인은 각자의 증상을 드러낸다. 증상은 어딘가 고장난 것이 드러나는 것을 말한다. 감기 걸린 사람이 열이 나고 기침을 하는 이치다. 감기는 치료하면 된다. 시인의 치유는 언어를 통해서 시를 쓰는 과정이다. 시를 통해 시라는 증상 뒤에 숨어 있는 리얼리티의 허구를 까발린다. 세계가 환각이라는 것을 가리킨다. 그것이 시라는 증상의 욕망이다. 시인이 시를 잘 쓴다는 관용적이고 상투적인 표현은 늘 재발견되어야 한다. 지금 우리 시대에 쓰여지는 시와 문학사에 편입되어 기득권을 누리고 있는 시들 역시 재발견되어야 한다. 주제가 어떻고, 소재가 어떻고, 작가정신이 어떻고, 문체가 어떻고 이런 판단에 근거하여 문학사의 자리를 배정받는다는 것은 그렇다. 시는 그저 자신의 불가피한 증상을 언어를 통해 발설하는 행위다. 그를 두고 잘 쓴다느니 마음에 와 닿는다느니 하는 즉물적 댓글은 믿을 게 못 된다. 각자의 증상은 각자에게 돌려줘야 한다. 지나간 시절이지만 한때 작가들이 유행처럼 즐겨 쓰던 '깨어 있고 싶다'는 말이 있다. 이제 말할 수 있지만 그들은 좀 잤어야 한다. 늘 깨어 있었기에 불면에 시달린 증상이 그들의 시와 소설이다. 욕망의 사제들이면서 욕망의 노비들이다. 그 많은 시인들이 자신의 욕망에 광을 팔고 있다는 사실.

332

일본에 격한 분노 쏟아내고 1시간 후 '일식집'서 '사케' 마신 여당 대표. (WIKITREE, 2019. 08. 03 11:25)

333

요양원에서 아버지를 만나고 나오면서 나는 묻는다. 나의 노후는 어떻게 전개될까? 계속 책상에 붙어 앉아 아무도 거들떠보지 않는 시를 쓰고 있겠지. 그것밖에 할 줄 아는 게 없잖아. 그것도 제대로 하는 것도 아니면서. 제대로는 뭐지? 요양원에서 제공하는 간식을 먹고 있을까? 마른 빵 몇 조각과 우유 한 잔. 어르신 맛있게 드세요. 오십대 중반의 요양보호사가 놓고 간 간식접시를 바라보며 벽에 걸린 시계를 쳐다본다. 세 시다. 어제도 세 시. 그제도 세 시. 아무도 오지 않는 시간을 바라본다. 텔레비전에서는 사극이 재방되고 있다. 흘러간 시간이 끝없이 돌아오고 있다. 이른바 추억의 장면들. 쓸모없는 추억과 쓸모없는 시는 같은 기능을 가진다. 종일 누워서 지내는 옆 침대를 바라본다. 저것이 인생이다. 일본이 백색국가에서 한국을 제외하는 게 무슨 소용인가. 대통령이라는 자가 국무회의에서 다시는 일본에 지지 않겠다고 하는 말을 귓등으로 들으면서 저녁 메뉴를 생각하겠지. 한 끼의 聖事여. 나를 방문하는 사람이 있을까. 없겠지. 정기적으로 회진하는 간호사나 봉사동아리들이 전부다. 그들이 와서 하자는 대로 간단한 율동이나 노래 몇 곡을 마구 즐거운 척 과장하며 따라 부르겠지. 이 풍진 세상을 만났으니 너의 희망이 무엇이냐. 부귀와 영화를 누렸으니 네 맘이 족할까. 요양원은 관계자의 허락 없이는 나갈 수 없다. 그래도 요양원 감시가 허술할 때가 있다. 대청소를 하는 날이나 간식을 만드느라 요양원 직원들이 정신없는 날이다. 그런 날 열린 문으로 슬쩍 도망치는 것이다. 창문 넘어 도망친 100세 노인을 연출하는 것이다. 시내버스를 탄다. 고속버스터미널 대합실 의자에 앉아서 노선별 시간표를 본다. 어디로 갈까? 세상은 나 없이 잘 흘러가는구나. 여전하다. 건널목 신호등은 여전히 규칙적으로 깜빡거린다. 국민들은 세금을 수탈당하고, 정치인들은 말도 안 되는 소리를 연설하며 민주를 핑계로 권력을 휘두른다. 달라진 게 없군. 그러다가 뒤따라온 요양원 관계자에게 붙잡히겠지. 어르신, 큰일 날 뻔하셨어요. 조용히 요양원으로 돌아와 그 시끄러운 재방 티비를 올려다본다. 그 옆에 걸린 벽시계도 본다. 그제도 세 시, 어제도 세 시, 오늘도 세 시. 고장난 시계지만 내 의식은 언제나 세 시에 맞추어져 있다. 어르신 목욕할 시간이에요. 그렇게 말하고 마구 욕실로 데려가는 사람은 남자 보호사다. 망할 것들. 여자보호사도 있더구만 꼭 남자가 씻긴다. 힘이 있다면 인터넷에 노인청원을 넣을 생각도 한다. 아버지를 만나고 요양원을 나오면서 나는 일회용 철학을 한다. 산다. 매일매일 산다. 반복, 반복, 반복, 반복의 반복. 삶은 반복이다. 매일매일 산다. 하루하루 산다. 하루살이다. 5백년을 살아도 우리는 하루만 산다. 지나간 시간은 다 무다. 눈앞에 있는 오늘만이 삶이다. 젊은이, 저 창문 좀 열어주시게. 바람소리 좀 듣고 싶네. 그렇게 말하는 하루를 살고 싶은 것이다.

334

—몸이 다 굳은 사람들을 모아놓고 무용 레슨을 하고 있는 저 사람은 누구요?

=시인이랍니다.

335

트위터 타임라인을 읽는 아침
다들 자기의 생을 노 젓는다
공들여 휘파람 불듯 지나간다
여기는 인사동
누구든 오라
단물 빠진 고서적 위를 같이 걸어도 좋다

336

어쩌다 약속 있으면 들르던 강릉 경강로에 있는 카페가 공사 중이다. 창문마다 임대문의 공고가 붙었다. 영업을 하지 않는다. 저 안에서 만났던 관계들도 어쩔 수 없이 공사 중이겠다. 할 수 없이 건너편 편의점 입구에서 약속을 기다린다. 출입구 한편에서 고양이가 저녁을 먹고 있다. 한 끼는 다 저렇게 거룩하구나. 살아야지. 식사를 마친 고양이가 내 옆에 와 앉는다. 웬일이니. 그때 약속한 인류가 밤색 트렌치코트를 입고 나타났다. 우리는 예술원회원처럼 악수했다. 입동 전날 밤이었다. 장정일의 「지하인간」이 떠오르는 밤이다.

> 쓸쓸하여도 오늘은 죽지 말자
> 지금껏 살아온 많은 날들은
> 앞으로 살아야 할 날들에 대한
> 말없는 찬사이므로!

337

내가 쓴 시를 내가 다 이해하는 건 아니다. 내가 무슨 말을 했는지 모를 때가 더 많다. 왜 이런 시를 썼는지 나를 설득시키기 어려울 때도 많다. 그냥 던진 말이다. 그냥 써 본 시구다. 심지어 아무 말 대잔치이기도 하다. 뜬금없는 말들이 줄줄이 나온다. 이런 생각을 이런 문장으로 담아야지 하는데 말이라는 게 옆으로 줄줄 샌다. 새어나온다. 내 뜻과는 무관하다. 문장의 이음새 사이로 흘러나온 말이 계획했던 말보다 더 다급한 사정이 있었던 모양이다. 그런 말들은 서로를 알아본다. 자기들끼리 정을 나눈다. 뜻밖으로 넘쳐 나온 말들을 나는 아낀다. 뜻은 내 것이고 내 뜻대로 할 수 있는 것이겠으나 뜻밖의 문제는 내 영역 밖의 문제다. 뜻밖이 뜻 안을 더 근사하게 비출 때가 있다. 無主空山이 임자를 만나는 순간이다. 오버하자면, 나는 내가 모르는 말만 하고 싶다. 은유와 해석이 가능하지 않은 말들을 흘리고 싶다.

338

정력에 별 효력이 없는 뱀술을 팔고 있는 약장수를 알고 있는가? 그는 재래시장 좌판을 돌며 몇 사람 모아놓고 약을 판다. 물론 약의 효능에 대해 구구하게 구차하게 구체적으로 설명하고 또 강조한다. 듣는 둥 마는 둥 하는 사람들 앞에서 그는 외롭다. 외로움을 이겨내야 한다. 이 계통에 종사하는 업자들 대개가 그와 같은 절망을 느끼고 있다. 이 직업은 본래 외로워야 한다. 그렇게 다짐하면서 그는 목청을 조금 돋운다. 이 약으로 말할 것 같으면. 그러나 그 스스로도 이 약의 효능에 대한 확신은 없다. 어쩌다 효능이 좀 있었다는 사람을 만난 적도 있지만 대체로는 별무 효과다. 그런 반응을 그는 자신이 껴안아야 하는 운명의 체화로 받아들인다. 그는 이것밖에 할 일이 없다. 하루에 뱀술 한 병을 팔 때도 있고 못 팔 때도 있다. 차비도 못 벌 때가 허다하다. 그러나 이 일을 대체할 은유는 그에게 주어지지 않는다. 다시 말해 은유가 가로막힌 존재가 뱀술을 팔고 있는 그다. 오늘도 그는 지방의 한적한 장마당을 돌면서 자신이 제조한 약을 팔고 있다. 어차피 큰 제약회사의 약품과 경쟁할 수는 없다. 지방의 구석구석 틈새를 파고든다. 자기를 기다리는 사람이 있을지도 모른다는 불확실한 기대를 버리지 않는다. 그가 아끼는 건 약발 없는 뱀술이 아니라 그를 휘감는 한 발의 외로움이다.

339

나는 말이다, 대중이라는 말을 의심한다. 무리를 이루어 어떤 생각을 확정짓고 싶어 하는 욕망이 싫다. 대중적, 대중성이라는 말이 거느리는 너그러움과 유용성에도 불구하고 그 말들은 지켜져야 할 개별성을 대패로 밀듯이 평준화한다. 다수결에 의존하는 민주주의도 그렇다. 민주주의는 다수를 앞세운 폭력을 동반하기도 한다. 내가 뽑지 않은 대통령이 그렇고 내가 선택하지 않은 국회의원이 그렇다. 내가 투표하지 않은 사람에게 동의하기는 어렵다. 그냥 견디는 것이다. 평균적 의견에 억지로 발맞추며 사는 것이다. 공교롭지만 내가 투표한 사람이 권좌에 앉은 적은 한번밖에 없다. 매우 선한 의지로 그에게 투표했는데 그는 나의 생각을 여지없이 짓밟고 말았다. 허탈스런 일이다. 하물며 내가 투표하지 않은 지도자가 죽을 쑤는 모습을 보고 있을 때는 어떻겠는가. 단지 무능함으로 일관하는 지도자를 보면서 역사의 시대가 끝났다는 점을 실감한다. 한 나라의 지도자가 동네 이장과 다를 게 없다는 나의 인식은 너무 서글프다. 동네 화투판 같은 정치판을 보면서 나는 그대들의 저열한 욕망을 반성한다. 반면교사라던가. 나는 대중성과는 거리가 먼 사람이다. 그런 재주가 메주인 사람이다. 나의 대중은 딱 한 사람의 독자다. 있을지도 모르는 막연한 어떤 독자다. 천만 관객 중의 한 사람이 아니고 고작 여나믄 명 앉아 있는 관객 중 한 사람이다. 그나마도 나의 독자가 아닐 확률이 높다. 혹시 나의 독자가 아니신지요? 죄송하지만 당신은 내가 찾는 작가가 아닙니다. 뭐, 이런 관계들. 나는 말이다, 지금 대중이라는 개념과 내 생각의 간극에 대해 떠들고 있다. 베스트셀러의 목록을 보면서 이 책은 나까지 읽지 않아도 되겠다고 안심한다. 누군가 내 대신 읽는 사람이 있어서 다행이라고 생각한다. 대중들의 선택이 늘 옳은 것은 아니다. 20세기에 문학공부를 한 사람들은 혹시 내 말에 고개를 끄덕여줄까 모르겠다. 사정은 이러하지만 그래도 내 시집 들고 사인 받겠다고 한 서너 명 줄 서 있어도 나쁘지 않겠다.

340

나는 아마추어 건달
공산명월(空山明月)이지요
숭고하고 심오하고 당연한 것들은
사양하옵니다

그대들이 다 가지세요
나는 무주공산으로 걸어가겠소

341

여름날이 여름날처럼 덥던 그날 시를 쓰는 우리의 각주(구검) 선생과 한단(지보) 선생이 만났다. 둘은 골목 카페에서 커피 한 잔을 놓고 두런두런 얘기를 나누었다. 방담이다. 객담이다. 주로 시를 쓰는 자신들의 안부를 주고받는 것이어서 녹음을 남겨 둔다. 이 대담은 기약 없이 이루어졌기에 첨삭이나 수정이 가해지지 않은 무삭제본이라는 점도 이해있길 바란다. 영화로 치자면 편집 이전의 필름 같은 것이 된다. 카페에는 각주 팀 말고 한 팀 더 앉아 있다. 실내가 넓지 않아 손님들의 숨소리까지 옆 테이블로 옮겨간다. 그게 이 집의 좋은 점이자 몹쓸 점이다. 참고로 둘은 동년배지만 말을 놓지 않고 지내는 사이이다.

한단: 선생은 올해도 시집을 내셨더군요.
각주: 네
한단: 자주 내시는 편입니다. 밥 먹듯이.
각주: 네
한단: 독자들 반응은 괜찮습니까?
각주: 네
한단: 다음 시집을 준비하고 계시겠군요.

각주: 네

한단: 이번 시집이 십탄이지요?

각주: 네

한단: 물량주의 아닌가요? 새마을 정신 같은

각주: 네

한단: 이제 쓸 만큼 쓰셨습니다.

각주: 네

한단: 아직도 쓸거리가 남아 있다는 뜻입니까?

각주: 네

한단: 내 독서로 보자면 거의 동어반복이던데요.

각주: 네

한단: 한 소리 또 하고, 한 소리 또 하는 식이던데 곤란하지 않습니까? 또, 새로움에 대한 탐구는 없고 오로지 각주 선생 시대 혹은 그 세대가 만든 벽들을 허물지 못하고 있더라는 얘깁니다. 답답하지 않습니까? 예컨대 새로운 시대에 포획된 자의 열패감이 크실 듯 한데요? 그런 답답함을 뚫고 나갈 생각은 없으신가요?

각주: 네

한단: 선생님 세대는 아니 각주선생은 그 점이 한계라고 생각되지요. 죄송합니다. 한계라는 부적당한 말을 썼군요. 내가 좀 경솔하지요. 양해해주신다면 편의상 한계라는 용어를 조금만 더 사용하겠습니다. 누구에게나 선의의 한계라는 지점은 있습

니다. 우리 문학의 역사만 보아도 그렇지요. 가령, 뛰어난 시인들은 하나같이 뛰어난 한계를 보유하고 있습니다. 그게 그들의 시적 재산인 셈이지요. 온전하게 성공적인 시인이 있습니까? 없습니다. 다들 결핍을 세공하는 거지요. 농담이지만 나는 가끔 십대 시인, 오대 시인을 꼽아보곤 합니다. 어떤 시인도 온전한 문학적 존경에 값하지 못합니다. 구상화는 추상화를 모르고, 유화는 수채화를 모르는 식이지요. 그걸 알아야 된다는 뜻은 아닙니다. 각자 자기의 길을 가는 것에 시비할 일은 아니거든요. 그러나 한 시인이 성취한 지점도 중요하지만 그가 실패한 지점이 더 소중해 보일 때가 있더라구요. 더러 실패한 대목이 커 보일 때 그 시인이 존경스러울 때가 있습니다. 문학은 비즈니스가 아니라 언어를 가운데 둔 정신적 싸움이니까요. 어떤 평론가들은 내가 이것저것 옮겨 다니며 시풍을 바꾼다고 나를 씹었습니다. 그게 할 소립니까? 시가 고여 있으면 썩습니다. 세상이 바뀌었습니다. 바뀌어도 너무 많이 바뀌었는데 새로움을 갈구하는 시인들이 자신의 작업시간을 과거에 맞춰 놓고 있는 것은 크게 잘못된 일입니다. 시대착오지요. 새로운 시대의 숨결을 새로운 언어에 담겠다는 게 뭐가 잘못 된 건지 모르겠습니다. 평론가들이 시를 쓰는 고뇌를 알겠습니까. 그들은 그저 맛있네 맛없네 하는 것으로 자신들이 중요한 일을 하고 있다는 착각을 하는 존재들입니다. 재단하고, 도식화하고, 이론 대입식으로 시를 구획하려 한단 말입니다. 한 편의 시가 가진 고유한 창작상의 내면

리듬을 살펴볼 겨를이 없는 거지요. 정정하겠습니다. 그들은 한 편의 시를 오로지 비평의 대상으로만 바라보지요. 그건 아쉬운 대목입니다. 한 편의 시를 자신의 비평으로 대체하려는 것이지요. 그럼 어떻게 되는 겁니까? 시는 사라지고, 그 자리를 비평이 대신하는 거지요. 골키퍼가 나간 자리에 풀백이 들어와 수비를 하는 모습이지요. 안 그렇습니까?

각주: 네

한단: 말이 난 김에 하는 말이지만 나는 나름 최선을 다하고 있습니다. 생각해봅시다. 성악을 하는 사람이 도레미파솔라시도 하고 발성을 하는데 날마다 연습해도 새로운 음계를 발성하지 못해서 그것을 깨고자 삑사리를 내면서까지 불가능한 고음을 소리지르는 게 뭐가 잘못이겠습니까. 그게 낫습니다. 얌전히 한 줄 쓰고 한 행 띄우고, 또 몇 줄 모아서 연을 만들고 지겹지 않나요. 그리고 적당히 절제와 깊이를 동시에 가진 척 하기는 어려운 일 아닙니다. 일기 쓰듯이 뱉아버리면 정직하다고 칭찬하고 비 맞은 중 염불하는 소리 하면 전위적이라 거들더라구요. 그렇게 생각하세요? 내 이름이 한단이기도 하지만 나는 한단지보를 생각합니다. 자기 걸음도 잊어버리고 한단의 걸음도 배우지 못해서 기어서 돌아왔다는 한단지보의 경고는 나 같은 시인에게 정확하게 맞는 말입니다. 자기 걸음만 열심히 걷는 시인을 나는 좋아하지 않습니다. 세상에 자기 걸음이 있다는 믿음이 얼마나 촌스럽습니까? 그런 건 어디에도 없습니다. 나는 차라리

제 걸음 버리고 남의 걸음을 걷다가 그것도 버리고 비틀거리며 기어다니는 그런 시인이고 싶습니다. 선생님, 내가 기어다니는 게 보이지 않습니까? 세상에 정답이 없으므로 시인은 각자 무수한 오답을 납품하는 게 맞습니다. 소설을 스토리텔링이라고 생각하기에 기승전결식 플롯에 매달리는 소설가는 얼마나 그렇습니까. 답이 없는데 정답인 듯 제출하는 시를 배격해야 합니다. 수정하겠습니다. '-합니다'와 같은 당위적 판단은 문학 안에서 있어서는 안 될 격한 표현입니다. 죄송합니다. 배격했으면 좋겠습니다 정도로 다듬겠습니다. 언젠가 각주 선생이 취중에 한 말이 떠오르는군요. 우리나라 시들은 하나같이 언어의 서커스를 하고 있다던 말. 재담이 아니면 아포리즘이고, 아니면 개똥철학 수준이고 사랑타령은 하나같이 나훈아의 '사랑은 눈물의 씨앗'의 대용품에 머문다는 말 새삼스럽군요. 지금 나오는 시집의 제목들을 한번만 흘낏 봐도 감이 오는 말입니다. 간단히 정리하겠소. 제목들이 곡예라는 말입니다. 상업적 낚시겠지요. 자존심을 지키는 출판사가 없어요. 그게 옛날과 다른 것이지요. 자존심 좋아하네. 이런 흐름을 시대정신으로 접수하는 거지요. 인정하시나요?

각주: 네

한단: 하긴, 내가 지금 너무 엉뚱한 소리를 지껄이고 있군요. 나도 압니다. 그냥 그렇다는 말이지요. 내 말은 우리의 문학적 언어가 많이 오염되었다는 겁니다. 오염이라는 뜻은 예컨대 일

부의 문학적 흐름이 문학 흐름 전반을 지배하고 있는 현상을 가리킵니다. 보세요. 그게 그거 같지 않습니까. 개별적 차이를 지우고 서로 닮으려고 애쓰고 있습니다. 그것을 몇몇 편집자들이 진두지휘를 하고 있습니다. 대표적인 출판사들이 보유하고 있는 시선들이 별 것 없는 시집들을 별것인 듯 쏟아내고 있는 상투성을 오염의 진원지로 지목해야겠지요. 사실 다들 힘 있는 시선에 포함되고 싶어 합니다. 시인에게는 좋은 일입니다. 어떤 시인들은 원하는 시선에서 시집을 내기 위해 수년을 대기한답니다. 시인으로서 더 좋은 일은 그런 시선에 끼지 않는 일입니다. 고정된 문학적 관념의 체계 속에 포함된다는 것을 거부하는 것이지요. 물론 그런 생각을 하지 않는 시인들이 없는 것은 아닐겁니다. 문제는 대표적인 시선에서 벗어나면 차상위 출판사가 없다는 게 문젭니다. 어수선한 편집자들이 어수선한 시집을 만들면서 어수선한 편집자 행세를 하고 있지요. 제작비 5백만 원이고요, 해설비는 별도입니다. 5백 부 찍고 저자에게 3백 부 드립니다. 해설 필자는 우리가 소개해드릴 수도 있습니다. 후줄근한 직업주례 같은 비평가들이 기용되겠지요. 이러지도 저러지도 못하는 시인들은 소규모의 독립 레이블에서 시집을 내게 됩니다. 그것은 아주 잘 하는 일이라 봅니다. 동의하시나요?

각주: 네

한단: 역시 시는 재정의되어야겠지요.

각주: 네

한단: 계속 시 쓰실 거지요?

각주: 네

한단: 시 쓰는 건 일도 아니지요. 끄적끄적.

각주: 네

한단: 쭈욱 하던 대로 하실 거잖아요? 걸음새의 교체 없이

각주: 네

한단: 커피값 계산하세요.

각주: 네

342

a 선생님

우편함에서 선생님 시집을 꺼내왔습니다. 지금 제 책상 위에 올려놓았습니다. 표지가 눈에 잘 들고 기존 출판사 표지에서 적응된 피로감이 없습니다. 목차를 보니 60편의 시가 수록되어 있고, 선생님답게 해설은 없군요. 해설이 없는 시집을 보면 무언가 형식적 요건을 갖추지 못한 결락감이 없지 않습니다. 주례사가 생략된 혼례식이랄까. 고리타분한 관념이지요. 푸념이지만 며칠 전에 시집 한 권을 샀습니다. 모르는 시인인데 출판사가 제작한 독자홍보용 인터뷰가 좋았습니다. 기대를 품고 읽었지만 어떤 방향에서든 동의가 되지 않았습니다. 왜들 이러나 하는 심사가 아니라 낯선 시들 앞에서 이방인이 되는 나의 지점이 보이는 듯 했습니다. a 선생님의 새 시집은 나이 들어가는

시인의 기척을 담고 있더군요. 저 역시 그런지라 남의 일 같지 않게 다가왔습니다. 무모한 감탄, 회한, 구식 민족주의, 한물 간 앙가주망, 식상한 사랑타령, 근거 없는 희망메시지, 나라사랑, 자연사랑, 초월사랑, 종교사랑 따위가 선생님 시집에는 없었습니다. a 선생님의 시는 시를 쓰는 이유가 자기 안에서 튜닝되고 있습니다. 전문가 행세, 지식인 행세, 문사 행세를 안 한다는 큰 미덕이 있습니다. 우리 세대도 오염되었지만 a 선생님 세대는 그런 낡은 의상을 벗어던지기 쉽지 않은 세대였지요. 우리의 근대문학판이 보잘것없는 이유도 거기에 있습니다. 맨날 식민주체와 싸우고, 군사독재와 싸우고, 자본가와 싸우느라 투쟁가는 많지만 시를 쓰는 근육은 퇴화한 거지요. 평론가 박영희의 워딩으로는 얻은 것은 이데올로기요 잃은 것은 예술이지요. 선생님은 그쪽에 계시면서 시와 정치를 혼동하지 않은 드문 존재일 겁니다. 시를 등에 업고 다니지 않았다는 미덕은 오로지 선생님 것입니다.

343

손을 주세요.
어제의 손을 주세요.

344

“등단한 지 10년만 되면 모조리 폐닭.” (장정일)

28년 만에 시집 발표. 파격과 일탈의 시어 여전.

낡고 병폐한 문단은 시인의 대표적인 조롱의 대상이다. 그는 "1990년 이전 태생이라면 거들떠도 안 봐. 등단한 지 10년만 되면 모조리 폐닭, 쉰내 나는 시인"('양계장 힙합')이라고 말하고, "민족시인만큼 실속 없는 것도 세상에 또 없을 거야"('민족시인 박멸하자')라며, 권위와 수식으로 대변되는 기성문단에 반기를 든다. "돈을 받고 등단을 시켜 주는 문예지와 돈으로 작가가 되려는 이들을 욕하지 맙시다"(月刊 臟器)라고 문예지들의 등단장사를 반어법으로 꾸짖기도 한다.

지금, 장정일이 한국 시단에 독을 풀어 넣고 있다. 시인들은 그 맹독성에 유의해야겠다. 제독력이 있는 시인들은 살아남을 테고, 못 들은 척 하는 시인들은 더 잘 살아남을 것이다. 저 발언으로부터 홀가분한 시인은 없으리라. 한갓 수사적 선언에 값하는 말이 아닌 것으로 들린다. 시문의 기사를 접하고 당황한다. 충격이자 씁쓸한 전율이다. 폐닭을 보고 폐닭이라고 했으니 할 말 없음이다. 내가 쓴 「폐닭 시인」은 그런 놀람에 대한 놀람을 적어본 시다.

나는
1953년생
마침내

폐닭이 되어

(본래부터 폐닭이었는지도

모르면서)

아직도

시를

무슨 쓰겠다고

노트북을 열었다

닫았다

쉰내 나는

생각을

깜빡거리는데

1명 남았던

독자는 어제

우간다로

이민 갔다

더러운 나라

안 살겠다고

떠나갔다

더러운

나라에 남아서

본의 아니게

더러운 시를 쓰고

더러운 여생을

살게 되었다

시라는 것은

말하자면 시는

진실로 더러운 것이다

당신이 더럽다면

당신도 이미

시의 일가를

이룬 것이나

다름없다

좀 더 분명하게

말하겠다

시는 그런 것이다

저 밑에 댓글

쓴 사람

대체로 당신이

민족시인이다

분발하시라

고물 노트북

뚜껑 사이로

이가 맞지 않아

헛소리가 샌다

지루하다

내 시

345

국내 시인 중 누구를 좋아하냐고 누가 물었다. 자의식이 강하게 생긴 청년이었다. 김수영이라고 대답했다. 그렇게 대답하면 본전은 한다. 김종삼이라고 할 걸 그랬나 싶을 때도 있다. 백석을 원하면서 질문하는 사람도 있다. 심지어 기형도라 하면 만족하는 세대도 있다. 하여간 그런 질문 4년에 한번은 받는 것 같다. 나는 그때마다 다르게 대답한다. 지방에 따라 다르고 계층이나 연령대에 따라 다르게 대답한다. 물론 날씨에 따라 달라지는 것도 어쩔 수는 없다. 그러나 집에 돌아오면 나의 대답은 다 헛것이 된다. 좋아하는 거 좋아하네. 내가 좋아한다고 가정하는 시인은 존재하지 않는 시인이다. 존재할 수 없는 시인인 것이다. 시인은 누구를 좋아하기 위해 존재하는 존재가 아닌 것이다. 자나 깨나 제 생각만 하는 것이 시인이다. 누구를 좋아할 짬이 나지 않는 존재들이다. 나도 그렇다. 물론, 나는 이런 나도 좋아하지 않는다.

346

'옛날이나 지금이나 문학은 안에 사막을 간직한 사람들이 가는 길'. 이강 시인의 시에서 가져온 한 줄이다. 그럴 수도 있겠다.

우리의 근현대문학사는 사막이 아니라 샘을 가진 자들의 세계가 아니었을까. 로맨티시즘이 아니면 나르시시즘의 잔치였던 게 아닐까. 그러니까 한 번도 자기 사막을 가져보지 못한 시인들이 살아냈던 시절이 아니었던가. 사막을 가진 시인과 사막을 갖지 않은 시인은 출발과 도착 지점이 다르다. 사막은 의미로 착색된 세계를 믿지 않는다. 의미로 구성된 세계를 의심한다. 모든 의미는 기성질서다. 권력이다. 꼰대다. 그래서 사막을 가진 시인들은 자기의 언어를 뒤죽박죽으로 만들고 싶어 한다. 이게 뭐야. 뭐긴 뭐야 시지. 시가 왜 이래. 이게 진짜 시야. 미친 놈들. 사막을 가진 시인들은 미친 자들이다. 사막이 없는 시인들이나 사막을 거부하는 시인들은 체제순응적인 시를 쓴다. 군부독재 시절에는 거기에 순응하거나 거기에 저항한다. 그게 사막 없는 시인의 존재 방식이다. 트랙을 따라 도는 것이다. 지배계층에 맞장구치며 사는 것이다. 그러나 사막은 그런 담론 유무 자체를 백안시한다. 질서정연하고, 도덕적이고, 규범적이고, 희망적이고, 긍정적이고, 아름답고, 기쁘고, 역사적이며, 참신하고, 창의적이며, 은유적이며, 시대를 고뇌하며가 아니다. 사막은 언제나 다른 질서를 꿈꾼다. 다른 팔루스를 기획한다. 사막을 가진 자들의 외로움은 매일 사막을 살아낸다는 데 있다. 샘이 없는 사막. 쓸쓸한 길. 외로운 길. 혼자 가는 길. 도중에 누구 만나면 악수하고 지나가는 길. 어쩌다 인간으로 왔다. 어쩌다 시를 쓴다. 시는 할 일 없을 때만 쓴다. 어김없는 땜빵이다. 시만 쓰고 싶다.

시나 써라. 내 안에 없는 사막이 거덜 나면 동해로 모래 주우러 가야지. 시가 안 될 때는 산문을 쓰자. 어지러운 글. 쓸 것이 없는 자들만이 쓰는 글이 산문이다. 산문과 에세이와 수필은 어떻게 다른가. 수필은 손으로 쓰는 글이다. 심심한 손으로 쓰는 글이다. 수필은 에세이가 되고 싶고 에세이는 산문이 되고 싶은 글인가. 아무튼 사막이다. 사막을 갖지 못한 것도 사막이다. 너도 사막 나도 사막. 사막에서 같이 죽자. 인생 뭐 있어, 이러면서 뭐 있을까봐 자꾸 돌아보는 사막. 옛날이나 지금이나 문학은 안에 사막을 간직하지 못한 사람들이 가는 길이다. 없는 사막을 혼자 외롭게 걸어가는 게 시다. 과연 그럴까! 내가 아는 건 내가 저 먼 사막에서 왔다는 것이고 지금 그 사막으로 가고 있다는 것이다. 굿바이.

347

어제가 입추였다. 지금 에어컨을 세게 틀지만 여름은 끝났다. 다 그런 거다. 오늘은 시흥에 가서 격주로 베풀어지는 현대시 세미나를 참관하고 왔다. 박사과정생들이 몇 모이는 조촐한 공부다. 시를 분석하거나 해석하지 않는다. 고등학교 교과서에 수록된 시의 다양한 오류들을 밝히고 토론하는 공부다. 기본적인 텍스트 비평이다. 교과서에 실린 시들이 문제가 많다는 것을 매번 확인하게 된다. 원문과 다른 띄어쓰기, 비표준어를 무리하게 표준어로 바꾸는 등 여러 오류들이 목도되었다. 시가 발표되었던 당시와 현재의 시점은 많은 차이가 있을 수밖에 없다. 현재의 기준으로 과거의 표기들을 아무렇게나 바꾸어놓는 것은 비문학적인 일이다. 그것은 교과서 필자의 권한에 속하지 않는다. 또 시를 너무 기계적으로 그리고 편협하게 해석하는 것도 문제다. 모든 시를 '일제 강점기'의 관점으로 해석하거나 학생들로 하여금 그렇게 해석을 유도하는 것은 뭐냐. 어찌해서 시교육이 이렇게 단순무식하게 되었을까 싶다. 시창작자 입장으로 보자면 끔찍한 일이 일어나고 있는 셈이다. 교과서 편집자들의 시에 대한 이해 수준이 아주 후진적이라는 게 나의 결론이다. 문학을 학파와 운동 중심으로 바라보는 시각을 경멸하고, 문학을 사회정치적 메시지의 전달 수단으로 취급하는 비평가들을 경멸했던 블라디미르 나보코프의 견해가 떠올랐다. 교과서 편집자들이 시의 불꽃을 죽이고 있다는 생각이 사라지지 않았다. 그러나 다 내 손이 닿을 수 없는 문제들이다. 잘해 보세요. 골방에서 뚝딱거리며 만든 물건이 실제로는 제작자의 생각과는 달라도 너무나 다른 용도로 쓰여지고 있는 현장을 훔쳐본 것 같아서 시흥에서 중계동까지 오는 그 먼 길이 내내 쓸쓸하다. 참 대한민국 문학교육 참 한심하다. 나만의 걱정이기를 바라마지 않는다. 오늘은 박재삼 편이었다. 발표자는 윤동주 묘가 있는 용정 출신의 여학생이다. '추억에서'가 토론되었는데 텍스트에는 별 문제가 보이지 않았다. "진주 남강 맑다 해도/오명 가명/신새벽이나 별빛에 보는 것을,/울엄매의 마음은 어떠했을꼬,/달빛 받은 옹

기전의 옹기들같이/말없이 글썽이고 반짝이던 것인가.” 이 대목에서 공부방 주인은 자신의 어머니를 회상했다. 어머니는 한 번도 자신에게 화를 내거나 얼굴을 찌푸린 적이 없었다. 제자가 물었다. 그만큼 알아서 잘 하시니까 화낼 필요가 없었던 게 아닙니까? 그렇지는 않았어요. 쌀이 떨어지면 어머니가 국수를 했는데 국수가 싫어서 도망다니곤 했지요. 밀가루 반죽을 하고 홍두깨로 밀고 칼로 듬성듬성 썰어서 호박 넣고 삶아내는 국수였지요. 여름밤이면 모깃불을 피워놓고 책을 읽으면 어머니가 옆에서 부채질을 해줬어요. 부채질을 하면서 어머니는 졸고 있었어요. 그게 내 어머니였어요. 대학 와서는 교양학부가 태릉에 있었는데 그때 점심은 늘 국수를 먹었어요. 값싸기도 했지만 어머니에 대한 죄송함 때문이기도 했어요. 여기까지 쓰고 나는 마음을 내려놓고 쉰다. 당신 속에 시인이 살고 있었군요. 이 날 분위기는 박재삼의 시와 또 다른 잔잔한 울컥거림이었다. “울엄매의 장사 끝에 남은 고기 몇 마리의/빛 발(發)하는 눈깔들이 속절없이/은전(銀錢)만큼 손 안 닿는 한(恨)이던가/울엄매야 울엄매야” 누구에게나 장사 끝에 남은 고기 몇 마리의 불가피함은 남는다. 박재삼의 시가 아니라 공부방 주인의 어머니에 대한 회고담이 잊기 어려운 현대시의 한 장면이었다. 공부방 주인이 요리한 맛있는 무콩나물밥을 떠올리며 사족을 붙인다. 작가와 작품은 분리될 수 있는가. 세미나를 참관하면서 나는 이 해묵고 고리타분한 문제와 새삼 만난다. 자신의 시적 경로와는 전혀 다른 행로를 보여준 시인. 시는 남고 시의 뒷면으로 아스라하게 사라져간 시인의 인간적으로 채색되는 풍문은 어떻게 수용해야 하는가. 역사에 남는다는 것은 어느 분야나 막론하고 위험스런 일이다. 문학사는 너무 많은 것을 외면한다. 억압한다. 한국시문학사가 20%쯤 시시해진다. 문학사에는 남지 않기로 한다. 지나가자. 남아서 뭐하게.

348

제1회 강릉국제영화제 개막식 레드 카펫을 관람했다. 11월 8일 금요일 오후 6시 강릉아트센터 3층. 임권택, 안성기, 이장호, 배창호, 이창동 등의 원로급 감독들이 카펫 위를 걸었다. 고레에다 히로카즈, 그리고 장률이 대본을 쓴 단편영화 「주리」 출연팀들 예컨대 토니 레인즈, '영화는 꿈'이라고 중얼거렸던 토미야마 카츠에 씨도 늦가을 교동의 붉은 카펫을 장식했다. 강수연은 없었음. 「주리」라는 짧은 단편 중에서 독립영화감독으로 출연하는 토미야마가 꿈속에서 하는 대사는 문학인들에게도 이른바 시사점이 크다. 영화는 꿈이에요. 영화는 감독의 이상과 꿈을 그리는 거예요. 관객들은 힘들 때나 괴로울 때 영화를 통해 잠시나마 웃고 희망을 얻어요. 꿈을 그린 영화, 영화를 그린 꿈. 둘 다 소중해요. 어떤가. 기초적인 말이겠지만 그것을 넘는 울림이 나를 흔든다. 영화를 보면 알겠지만 영화제 대상 작품을 놓고 심사위원들의 엇갈린 의견을 향해 제시된 주장이라는 점에서 더 인상적이다. 그것도 한 외국 심사위원의 꿈속에서. 영화에서는 그녀의 발언이 대상으로 추켜세워진다.

다른 뜻으로 내 눈길을 끈 보람은 기주봉, 한예리, 양익준, 문소리, 예지원이었다. 그들을 어디서 봤더라? 그렇다 저들은 장률이거나 홍상수 영화에 나왔던 배우들이다. 윤유선과 손잡고 나온 기주봉은 검은색 재킷에 흰색 계통의 목도리를 걸치고 콧수염도 길렀다. 기씨가 나는 대배우로 보였다. 배우는 역시 뭔가 좀 오버하는 멋이 있어야 한다. 배우의 얼굴에서 연기가 아닌 생활이 보이는 건 그를 기억하는 팬에게는 실례다. 영화 속 특히 홍상수 영화 속에서 기주봉의 연기는 연기가 아니다. 홍상수적 풍경의 초현실이거나 저현실이다. 그가 아니었다면 홍상수 영화의 대부분은 완성되지 못했을 것이라 확신한다. 개막작 상영이 끝나갈 무렵 나는 조용히 주차장으로 내려왔다. 뭔가 조금 아쉬웠다. 뭔가 많이 아쉬웠다. 그게 뭘까? 영화는 꿈이다. 레디 액션! 꿈밖으로 나오니 심한 허기가 몰려왔다. 노인은 식당을 찾지 못하고 집으로 돌아와 라면을 끓인다. 컷! 영화제 바깥의 영화다. 67세 노인은 그래도 된다. 라면을 먹으면서 나는 꿈꾸겠다.

349

자칫하면 시인 된다는 말은 무슨 뜻이지요?

350

창동에서 1호선 갈아타려고 계단을 오르는데
뒤에서 할머니 말소리 들려온다.
아까 얘기 했잖어유. 애들 오늘 못 온다구요.
몇 번씩 얘기해요.

돌아보니 껍데기만 남은 할머니와 할아버지가
보따리 하나씩 들고 나름 부지런하게 걸어간다.
어디로 가시는가.

남자는 죽어야 완성된다.

시를 믿으시나요?

∀

우연히 들른 강원도 어느 절집 마당에서 장윤정의 '목포행 완행열차'를 들었습니다. 목포라는 지명이 완행열차와 만나면서 나의 어딘가를 건드립니다. 건드려집니다. 이유는 모르겠습니다. 삼등열차를 타고 고래 잡으러 동해로 떠나자던 송창식의 '고래사냥'이 떠오릅니다. 소설가 최인호가 가사를 썼습니다. 나는 3등완행열차의 속도 속에서 성장했습니다. 나의 스물한 살 청춘이 거기 붙잡혀 있다는 뜻이기도 합니다. 지금도 나는 스물한 살이고, 내 삶의 내적 속도는 아무래도 3등완행열차의 그것입니다.

◁

이 자리에서 내가 떠들 말은 '무엇이 시인가?'라는 질문 형식입니다. 이 행사의 섭외를 받으면서 즉답한 제목입니다. 지금은 왜 그 문장을 떠올렸는지 기억도 나지 않습니다. 제목을 바꿀 수도 없고 그냥 가기로 했고, 그래서 오늘 내가 하는 말들은 제목의 언저리를 선회하다가 사라질 겁니다. 책임 없이 말하자면 나도 모르는 말들을 하게 되리라는 겁니다. 이런 나의 사고 방식이 나는 좋기도 합니다. 시 쓰기라는 게 목표와 목적을 가질 수 있는가에 대해서 늘 회의적입니다. 시 쓰기가 인문학의 한 분과이겠으나 시는 인문학을 초월하고자 하는 무엇이라고 생각합니다. 그게 무언가는 나도 설명하기 어렵습니다만.

∂

나는 지방대학을 다녔고, 그때를 돌아보게 하는 두 가지의 기억이 있습니다. 하나는 새 학기가 시작되어 강의가 시작되고도 한 달여 지나서야 강의에 출석한 문청(멍청이)이었던 친구에게 까다롭기로 소문난 교수가 A학점을 주었다는 사실입니다. 왜 그랬는지 물어본 적은 없지만 이해가 가는 일은 아니었습니다. 또 하나는 몸이 안 좋다고 휴강한 교수가 교내 테니스 코트에서 동료교수와 날렵한 스탭으로 테니스를 즐기는 걸 보게 되었습니다. 이건 또 뭐란 말인가. 교수들의 강의가 재미없었기에 휴강은 환영이었지만 강의를 작파하고 체육을 하는 교수의 행태를 이해하지 못한 채 캠퍼스를 떠났습니다. 테니스 교수는 훗날 서울에 있는 좋은 그것도 아주 명망 있는 대학으로 자리를 옮겼습니다. 오래 전 일입니다. 이제 와서 그런 일들을 지금의 시각으로 설명하는 건 별 소득이 없습니다. 가끔 문학의 개념을 생각할 때 저 오래 된 기억들이 말을 합니다. 문학은 그것이 시가 되었든 소설이 되었든 설명으로 설명되지 않는 지대가 있다는 겁니다. 앞에 예로 든 나의 기억은 둘 다 현실적으로는 불합리하거나 공정성이 없는 일들입니다. 뭐 그렇다는 말입니다. 삶은 그런 것을 넘어서는 어떤 자리에다 모호한 해답을 감춰두고 있는지도 모르겠습니다.

♬

김광석의 노래로 알려진 「너무 아픈 사랑은 사랑이 아니었음을」이라는 노랫말을 빌린다면 너무 시 같은 시는 시가 아닐지도 모르겠습니다. 시는 언제나 시라는 고정관념과 싸워온 제도입니다. 고정관념은 관념고정이고 이데올로기입니다. 시는 이런 거야, 소설은 이렇게 써야 해. 소위 기득권적 사유들입니다. 좋은 시는 그런 관념으로부터 인정받고 포획되는 걸 거부합니다. 그래서 시는 다른 문법, 다른 발성을 가진 시인들에 의해서 견인됩니다. 너무 시 같은 시들이 너무 많지 않던가요? 서로 전염되고 오염시키고 빨아주면서 한 시대의 무늬가 만들어집니다. 좋은 시는 이 가운데 없을지도 모른다는 생각이야말로 나의 외로운 픽션입니다.

§

2000년대 이후 한국문학의 시단은 지형이 바뀌었습니다. '바뀌었습니다' 앞에 '완전히'를 넣었다가 삭제했습니다. '완전히'라는 말은 불완전해보였기에 그냥 바뀌었다고 타자해둡니다.

2000년대 이후 등장한 시인들이 이전의 시를 한심한 종잇조각으로 만들었다. 안도현의 말입니다. 굿. 후배세대가 선배세대를 배반하는 장면입니다. (박수) 선배세대는 후배세대 시인, 즉 2000년대 이후 등장한 시인들의 시를 읽고 소통부재에 대해 걱정합니다. 무슨 말이야. 알 게 뭡니까. 시를 읽고 이 시가 하고자 하는 바 의미가 무엇인지 모르기에 해당 시를 의심하는 태도는 의심되어야 합니다. 시를 읽고 시를 이해하는 태도 자체가 나는 구세대적 태도라고 생각합니다. 시는 이해하고 소통하는 장르는 아닙니다. 읽는 장르가 아니라 쓰는 장르입니다. 내가 생각하는 시에 합당하는 개념은 '헛소리'입니다. 헛소리의 반대편에 참소리가 있다는 정서법적, 기득권적 발상이 도사리고 있습니다. 시는 그런 이데올로기를 물먹여야 합니다. 세상의 모든 의견은 편견일 뿐이듯이 모든 참생각 또한 헛소리의 일종일 뿐입니다. 지금 쓰여지는 한국시가 어렵다, 이해되지 않는다는 생각은 철회되어야 합니다. 나는 오히려 지금의 젊은 한국시가 2019년 이 시대의 속도를 문장으로 체감하고 있지 못하다는 생각입니다. 다시 말해 다소 고리타분하다는 뜻입니다. 농담 삼아 말하건대 지금 50대 시인은 원로, 60대는 대가, 70대는 슬픈 전설이 되었습니다. 40대는 중견입니다. 30대는 신인의 배역을 맡고 있습니다. 판이 이렇다면, 젊고 늙고를 떠나 한국시는 더 자신을 몰각시키는 데까지 몰두해야 한다고 이 사람은 생각합니다. 내가 지금 무슨 말을 하고 있는 거지요?

℃

내가 떠드는 말에 공감하거나 반감을 갖지 말기 바랍니다.

나의 말은 나의 말에 그칩니다. 일인용 생각입니다. 만약, 이 시간이 파하고 문을 나설 때, 중광스님의 유언처럼 '괜히 왔다 간다'고 생각들 하시면 나로서는 성공적입니다. 그렇게 생각해 주십시오. 어떤 독자가 내 시를 읽고 참 좋았다고 말했을 때 (그런 경우가 거의 없지만) 나는 내 시가 실패하는 지점과 직면합니다. 내 시가 누군가의 공감을 이끌어냈다는 뜻은 그리 소망스러운 게 아닐지도 모릅니다. 시는 그냥 어떤 영역을 뚫고 나가야 합니다. 독자를 울리고 웃기는 일이야말로 웃기는 일입니다. 그러니까 시는 이제 김소월의 시대도 아니고, 이상의 시대도 아니고, 김수영의 시대도 아니고, 인공지능 시대에 도착하고 있습니다. 빗나간 얘기지만 아직도 신춘문예 같은 구닥다리 공모제도가 있고, 그것에 줄 서는 공모자들이 있다는 사실은 시적으로 보았을 때 서글프고 한심한 일입니다. 마치 그런 제도가 한국문학을 발전시키는 동력이라는 듯이 말하는 쩔은 담론은 치워야 합니다. 한국문단의 본능적인 적폐입니다. 이 구멍으로 들어오는 자만이 시인이다?

¿

빗나간 김에 더 가보겠습니다.

여러 경로에서 흔히 시를 가르친다는 일들이 관찰되고 있습니다. 대학의 문예창작과 이하 각종 사설단체 혹은 개인교습의 방식으로 시 쓰기가 오염되고 있습니다. 사자성어로 시 쓰기는 혹세무민입니다. 시는 가르쳐지는 게 아닙니다. 가르칠 수 있다는 신념을 가진 축들에 의해서 한국문학은 계통출하 내지는 기획사 시스템 속에 갇히게 됩니다. 초급반, 심화반, 서정시반, 현대시반 이런 간판들이 여기저기 보입니다. 한 시간만 들으면 누구나 시인이 될 수 있다고 유혹하는 유튜브도 성업 중입니다. 이렇게 정리할 수 있을 겁니다. 당신도 시인이 될 수 있다. 단, 수강료만 있다면. 한국시가 이런 바닥을 딛고 서 있다는 건 끔찍한 일입니다. 시가 이런 바닥에 있을까요?

☞

그렇다면 무엇이 시인가.

나도 모릅니다. 그것을 안다면 이런 글을 쓰고 있지 않을 겁니다. 시를 쓰고 있겠지요. 시는 이런 거라고 떠드는 순간 시는 멀어집니다. 입술을 떠나면서 말들은 우리를 배신합니다. 난 사실 당신을 사랑한 척 했을 뿐이었소. 우리가 일상적으로 사용하는 언어는 이미 은유입니다. 우리가 살고 있는 현실이 픽션이자 환상입니다. 날마다 우리는 누군가가 써놓은 대본 속에서 마치 내 인생을 산다는 듯이 착각하며 살아가고 있습니다. 지금 나는 시에 대해 뭔가 안다는 듯이 떠드는 배역을 연기하고 있습니다. 여러분이 시를 열정하는 청중인 척 앉아 있듯이 말입니다. 잘 살아봐야 우리는 대개 꼭두각시의 삶을 연기하는 겁니다. 대통령을 한들, 장관을 한들 그게 성공적인 자기 삶이겠습니까. 시인이고자 하는 존재들은 다른 삶, 다른 문법을 만들고자 들뜬 존재들입니다.

↙

김소월, 이상, 백석, 서정주, 김수영, 김춘수, 김종삼, 신경림, 정현종, 황동규, 오규원, 김영태, 이승훈 등등. 한국문학사를 대표하는 시인들의 출석부(물론 임시출석부)입니다. 이들은 누구를 대표합니까? 이들은 자기 시대가 아니라 자신을 즉 '자기'라고 설정된 자기를 대표하고 있습니다. 시인은 그런 존재입니다. 시인은 평생에 걸쳐 무엇이 시인지를 궁구하고 발명하는 사람들입니다. 그것은 시의 뜻을 확정짓지 않는 태도입니다. 시라고 확정된 어떤 생각들을 끊임없이 회의하는 자들이지요. 속지 않는 자가 방황한다고 했습니다. 내 아버지 맞어? 대한민국 민주국가 맞어? 이거 좋은 시 맞어? 이런 의심의 끝 간 데서 만나는 것은 무엇일까요? 아마 언어가 납치하다가 남겨놓은 현실이 아닐까요?

♨

역시 좀 빗나가는 얘기지만, 2000년대 이후 시들의 공통 특징이 있다면 시를 너무 잘 쓴다는 사실입니다. 반복해서 말하자면 잘 쓴 시가 너무 많다는 겁니다. 이렇게 잘 쓸 필요가 있을까요? 나는 반댑니다. 잘 쓴 시가 보고 싶은 게 아니라 탈문법적이고 비문법적이고 비정서법적인 시를 읽고 싶습니다. 우리는 다들 문신된 존재입니다. 내 이름은 박세현이지만 이 기표가 나와 무슨 관계가 있습니까. 나는 박세현인 듯이 살아가고 있고, 그렇게 살아가야 합니다. 문신된 채로, 은유된 채로 살아갑니다. 시인은 이 환상의 그물을 찢어야 합니다. 그러면서 독자에게 물을 수 있으면 좋겠습니다. 어서 와, 이런 시 처음이지?

&

나는 시를 쓸 때마다 착각을 합니다.

즐거운 착각이지요. 이런 착각 없이는 이 작업을 지속할 수 없을 겁니다. 시 쓰는 사람들은 다 그럴 겁니다. 모니터 앞에서 혼자 쓰고 있지만 세상사람 모두가 읽는다는 환각이 그것입니다. 사실은 자기 혼자 보는 것이고, 자기 안의 자기가 볼 뿐입니다. 문예지에 시를 발표하면 시 잘 읽었다고 문자 주는 독자 1명도 없습니다. 시집을 내면 리뷰 한 건 없이 지나가는 경우가 대부분입니다. 이 요상한 기분은 나만의 것이 아닐 겁니다. 나만의 것일지도 모르겠습니다. 저렇든 그렇든 나는 독자가 없습니다. 그런 점에서 나는 늘 싱싱한 신인입니다. 나를 알아보는 독자가 없기 때문입니다. 조금 불편한 심기지만 그러나 괜찮은 행복입니다. 혼자 웃을 때와 같은 충만감이 나를 부축해주기 때문이랍니다.

두 개의 부록

- □ 근황
- □ 이 책의 배경 음악들

근황

작가동인 『동안』 2018년 가을호 작가조명 해설의 일환으로 진행되었던 서면 인터뷰를 재수록합니다.

질문자는 문학평론가 남기택(강원대학교 교양학부 교수)

Q: 서면 인터뷰에 응해 주셔서 감사합니다. 먼저 선생님의 근황은 어떠신지 독자들에게 소개 부탁드립니다.

A: 뉴욕에서 어제 돌아와서 시차 적응이 덜 된 채로 이 글을 작성한다. 이러고 싶은데 그건 아니고, 허공을 걷거나 무호흡 견디기 또는 김수영과 김춘수는 왜 현실공간에서 만나지 못했는가 등을 생각하면서 '있습니다'. 어제는 대학로에서 「류이치 사카모토-코다」를 보면서 음악이라는 게 소리를 억압하는 게 아닌가 생각했고(그래서 갑자기 플롯이라는 말이 좀 수상해졌고),

질 크레멘츠의 『작가의 책상』을 몇 페이지 보았습니다. 존 업다이크, 스티븐 킹, 토니 모리슨, 필립 로스 등등이 자기 책상에 앉아 포즈를 취한 집필사진첩입니다. 다들 타자기 세대이기에 작가라는 말이 더 실감났습니다. 작가의 책상 위에 있는 재떨이에 눈이 갔습니다. 어제 아침에는 강릉에서 머리말에 있는 김영태의 유작 일기를 몇 줄 읽고 더 읽지 않았습니다. 그는 자신을 가리켜 풍경인이라 했는데 나는 뭔가 생각했지요. 방금 전 은행에서 아버지에게 청구된 요양비를 자동이체하고 왔습니다. 그보다 조금 전에는 시커멓게 볶은 탄자니아를 마셨습니다. 이 커피는 질 나쁨을 감추기 위해 강배전을 했을 거라는 의심을 했습니다. 커피 마시기 전에는 근착한 계간지 두 권의 봉투를 뜯었습니다. 많이 외로웠지요. 필자 명단이 낯설기 때문입니다. 내가 낯선 지하철역 의자에 앉아 있는 느낌이었지요. 자신의 노래를 부르는 후배가수들 앞에 앉아서 덕담하는 조용필을 화면에서 본 적이 있습니다. 자기 시대를 상실하면 저렇게 되는구나. 나는 지금 어디에 있는가 하는 것이 나의 근황이기도 합니다. 나는 대학에서 2017년 4월에 명예퇴직을 했습니다. 정신적 이사인 셈이지요. 명예교수가 뭐냐고 물었더니 친구가 말했습니다. 학교 그만뒀다는 거지. 2층집 세입자는 날 보고 꼬박꼬박 사장님이라 부르더군요. 내 근황의 특징은 학교를 그만뒀다는 것이 아니라 아직도 내가 교수인 듯 착각하는 것입니다. 죽은 사람이 연구실에 돌아와 논문도 쓰고 강의실에 가서 연구도 하는 형국입니다. 자기가 죽은 줄 모르고 살아있다는 것은 쓸쓸한 일입니다. 연극이 끝났는데 무대에 남아 연기를 하고 있다는 말은 비유가 아닙니다. 이렇듯이 현실을 픽션화하는 장면들을 살고 있습니다.

Q: 선생님의 문학적 이력에 있어서 결정적인 사건이 무엇인지 궁금합니다. 가장 기억에 남는 문학적 경험이라면 무엇을 들 수 있을지요?

A: 나는 범상하고 그저 그런 사람입니다. 음악으로 치면 C메이저 같은 사람이지요. 아니, Am에 가까운 형입니다. 비공식적인 인물. 어디에 있어도 눈에 잘 띄지 않지만 다소간은 네거티브한 측면이 발달한 인간형일 겁니다. 좋습니다가 아니라 나쁘지는 않다고 말하는 쪽입니다. 김남주나 황석영이나 헤밍웨이 같은 행동력이나 현실에 강하게 부딪쳐본 체험이 없습니다. 그러므로 나의 문학적 이력은 거의가 다 활자를 통해 학습되고 활자로 수렴되는 거지요. 어려서부터 엄청난 독서를 하고, 세계문학전집을 독파하면서 성장한 사람이 아닙니다. 그냥 어영부영이지요. 중학교 3학년 때 친구가 신석정의 시집 『빙하』를 들고 다니는 걸 보고 희미한 질투심에 그걸 같이 읽은 적이 있고, 그것이 내 시의 출발이었다고 할 수 있습니다. 그러면서 행정공무원이었던 아버지가 가져오는 '지방행정', '세대'라는 잡지에 실린 시와 소설들을 열심히 읽었어요. 뭔지는 몰랐지만 그냥 좋았던 기억은 지금도 생생합니다. 1969년 드디어 초등학교 동창생 몇이서 『한

여울』이라는 제목의 등사판 동인지를 만들면서 문학장 안으로 들어왔습니다. 동인지 1집은 「천탄(淺灘)」이었는데 그 당시 동네 중학교 국어교사가 지어주었습니다. 소리는 그렇지만 한자어로는 시적인 데가 있지요. 강원대 교수인 박기동, 퇴직한 초등학교 교사 이종린이 동인이었습니다. 시골 초등학교 한 반에서 시인 세 명이 나왔다는 건 유네스코가 돌아볼 일 아닌가요? 듣는 분 표정이 안 좋으시군요. 그냥 넘어갑시다. 진담이었을 뿐입니다. 뭘 모르면서 뭘 선언하면서 뭘 장담하면서 시를 쓰는 척 했던 것입니다. 그때만 해도 문학의 밤, 시화전이라는 게 문청(문학청년)들의 심심풀이였지요. 고등학교 시절에 그런 데 참가는 했지만 되게 불성실했던 기억이 납니다. 무슨 뾰족한 신념이 있어서는 아니었을 겁니다. 행사의 잡다함이 싫었던 겁니다. 이런 인연을 시작으로 대학, 대학원, 직장 등 일생이 문학에 매몰되었지요. 과장해서 강조하자면 차범근이나 정명훈처럼 한 구멍으로만 빨려든 인생이지요. 내가 지금 이런 너절한 스토리텔링을 하는 것은 다음 얘기를 하기 위해서입니다. 1987년 내 지도교수가 손을 댄 계간지 『문학과비평』의 편집장으로 차출되어 두 해 동안 편집실에서 일했습니다. 아마 이 대목이 내게는 잊을 수 없는 문학적 이력이 됩니다. 문예지 이름도 기가 막힙니다. '문학과지성'과 『창작과비평』에서 한 단어씩 떼어다 조립한 느낌이니까요. 그 시절은 공교롭게도 앞의 두 계간지가 폐간된 시기였습니다. 이런 무주공산에 나타난 잡지가 내가 일한 잡지였는데 여기서 여러 필자들의 원고 수발을 들게 되지요. 책에서만 보던 시인과 소설가를 코앞에서 본 날은 잠을 잘 이룰 수 없었습니다. 뭐, 이런 흥분 없이 어떻게 글을 쓰겠습니까? 나는 그런 흥분상태의 지속력을 꽤 즐겼습니다. 잡지사에서 이른바 문단이라는 것을 구체적으로 경험하는 것이지요. 생산자의 입장과 제작자의 입장을 동시에 겪는 곳이 편집실이면서 문학의 유통구조도 대충 알게 됩니다. 한국문학의 주방에 들어가 본 셈입니다. 편집실 경험으로 보면 내 시가 편집자의 입맛에 들지 않는 이유를 분명히 알 수 있습니다. 그게 소득이라면 소득이지만 우리나라 편집자는 제작자이지요. 이렇게 떠들었지만 결정적이라는 말에는 미치지 못합니다.

Q: 시인의 등단 과정은 독자들의 관심사는 물론이고 시세계 연구의 주된 자료이기도 합니다. 선생님의 등단 무렵에 대한 상세한 정황을 알고 싶습니다.

A: 그렇군요. 등단이라는 관문이 있지요. 크게 보자면, 어느 지면을 통해 시를 발표했는가의 문제일 뿐인데, 한국사회에서는 등단 자체가 무슨 공인중개사 시험처럼 비쳐지고 있습니다. 아직도 종이신문사에서 신춘문예라는 이름으로 공모전을 지속하고 있는 것은 하나의 난센스일 뿐입니다. 뭐, 그거야 그렇고요. 내가 등장한 시대는 1980년대이고, 아시다시피 1980년대는 시의 시대

였습니다. 창작과비평, 문학과지성, 실천문학, 노동문학, 세계의 문학과 같은 문예지의 제호만 보아도 그 시대의 이념적 풍경을 눈치챌 수 있을 겁니다. 나는 1983년 문예중앙 여름호로 등단합니다. 이때의 공모전 이름은 '제1회 문예중앙 시인추천'이었지요. 신인상인 거지요. 몇 가지 점에서 이 공모전은 새롭습니다. 여타 잡지사에서는 추천제가 살아있었고, 어떤 지면에서는 타이틀 없이 시를 발표시키는 새로운 제도를 도입하고 있는 중이었습니다. 신춘문예가 보통 5편 정도의 시를 요구하고 한 편을 당선작으로 지면에 올리는 것이 관례인 시대에 문예중앙은 당시로서는 가장 많은 10편 이상을 요구했고, 10편을 당선작으로 지면에 올렸습니다. 나는 달달 긁어서 시 28편을 응모했고, 그 중 10편이 당선작으로 발표되었습니다. 문단으로서는 새로운 시도이기도 해서 당선소식이 주요 일간지에 보도되었습니다. 또 다른 시도는 심사위원 기용인데, 이때까지만 해도 신경림, 황동규 선생이 한 자리에 앉아서 심사를 한 일이 없었습니다. 그 후 두 분은 환상의 콤비가 되어 신춘 심사를 많이 하셨지요. 이를테면 당대 문학의 풍향 같은 것을 보여주는 짝입니다. 한 분은 창비 시선 1번 주자이고, 다른 한 분은 문지 시선 1번 주자인 것이지요. 창비와 문지의 노선이 첨예하던 시절이기에 두 분이 작품을 뽑는데 합의하기 어려우리라는 예상이 잡지사측의 관측이었습니다. 합의되는 당선자를 뽑으면 좋지만 합의가 어려울 경우 각각 한 명씩을 뽑아도 좋다는 것이 주최 측의 제안이었습니다. 그러니까 나는 창비

노선과 문지 노선의 사잇길에서 태어난 셈입니다. 어중간한 출생이지요. 그것은 창비와 문지 사이에 놓여 있는 문예중앙의 편집 태도와도 맞아떨어지는 선택이었을 겁니다. 누구에게나 자기의 시대가 있습니다. 1950년대에 젖을 뗀 세대들에게는 1980년대가 그들의 병풍이지요. 이제 그들은 자기 시대의 협력 없이 고군분투해야 합니다. 누구시죠? 이런 황막함을 밀고 나가는 겁니다. 한국문학사를 통해 알 수 있듯이 시인은 자기 시대를 '통해서' 자기 시대를 '넘어가는' 존재들일 겁니다.

Q: 문학에 대한 선생님의 태도가 궁금합니다. 그 일환으로 문학사에 대한 입장을 여쭙고자 합니다. 2018년은 김경린, 문익환, 박남수, 박연희, 심연수, 조흔파, 황금찬 등의 문인이 탄생한 지 100주년이 되는 해입니다. 그에 따른 다양한 행사가 관련 단체나 지역을 중심으로 진행되었거나 준비 중인 것으로 알고 있습니다. 이들은 중일전쟁과 민족말살정책 등 제국주의 폭력이 가속화되던 시기에 청년기를 보냈고, 해방과 한국전쟁이라는 민족사의 변곡점을 온몸으로 체험했다는 공통점을 지닙니다. 하지만 각각의 문학적 경향은 파란만장한 시대적 격차만큼이나 다양하게 변주됩니다. 이들 중 선생님께서 주목하는 작가는 누구이며, 그에 대한 소회나 전반적인 입장을 간략히 설명해 주십시오.

A: 2018년에 탄생 100주년을 맞는 문인들이 여러 명이군요. 살다보면 금방 100년 지나가는 거지요. 나이가 벼슬이 아니라면 단지 100주년이 된다는 것이 무슨 의미가 있을까요? 게다가 우리는 등단 몇 주년까지 챙기더라구요. 이거야 출판사의 영업전략과도 상관있겠지만 등단한 지 오래되었다는 것은 새롭지 않기 시작한 지 몇 주년이 되었다는 사실을 힘주어 고백하는 일이기도 할 겁니다. 편집실에서 제공한 문인 중에 내가 주목하는 시인은 박남수뿐입니다. 정지용 추천으로 『문장』지를 통해 시작활동을 한 1950년대 시인이거든요. 박남수처럼 조국을 떠나 미국으로 이민한 것이 아쉽다면 아쉬운 시인입니다. 올해가 김수영 작고 50주년이 되는 해입니다. 갑자기 무슨 김수영. 그런데 김수영의 중요성은 내가 보기에, 한국문학사의 아래위를 다 혁신시켰다는 점입니다. 살아있는 시인은 물론이고 이미 작고한 시인까지 무덤에서 불러내어 혁신시켰다는 것을 강조하고 싶습니다. 가끔 나는 한국의 대표시인 10명을 꼽아봅니다. 김소월, 이상 어쩌구 저쩌구 꼽게 되지요. 그런데 늘 판박이로 들어가는 시인이 있는가 하면 어떤 때는 열 명에 끼기도 하고 어떤 때는 밀려나기도 하는 시인이 있습니다. 나는 그 예외적 존재에 애정이 갑니다. 그가 시인 같기 때문이지요. 나는 시론 같은 게 없는 사람입니다. 그냥저냥 쓰는 거지요. 문학사 내에서든 밖에서든 내가 좋아하는 시인은 '무엇이 시인가'를 질문하는 시인입니다. 이승훈 식으로 말하자면, 너무 심각하고, 너무 고상하고, 너무

진지한 시들이 의심스럽습니다. 의미강박에 붙잡힌 시들 또는 너무 멋있는 시들 또는 근거 없이 난삽한 시들 다 좀 수상하지요. 100주년 시인 중에 내가 모르는 시인도 많습니다.

Q: 위와 관련된 질문일 수도 있겠는데요, 선생님은 강원 강릉 출신으로서 해당 지역의 본격적 현대 문학장을 개척한 선배 세대로 기록되고 있습니다. 예컨대 『강릉문학사』(2017)는 선생님에 관한 소개를 '1980~1990년대의 시' 항목에 분명히 할애하고 있습니다. 그 위의 시기는 역시 지연을 근거로 심연수(강릉)나 황금찬(속초)이 주요하게 거론되고 있습니다. 지역문학사의 관점에서 볼 때 이들이 지니는 의미는 절대적이라 할 만합니다. 이들 작가가 지역 연고를 근거로 해당 문학장의 주요 콘텐츠로 전유되고 있는 현상에 대해서 어떻게 생각하시는지요? 또한 지역문학의 관점에서 미학적 근거로 다뤄져야 할 로컬리티에 대한 선생님의 이론적 입장은 어떤 것인지요?

A: 『강릉문학사』를 본 적이 없기에 딱히 할 말이 없습니다. 앞에서 계속 떠들었지만 사실 지역문학사라는 게 어떤 의미를 가져야 하는가에 대해서는 일정한 준거가 발견되지 않습니다. 그것도 강원도 그것도 강릉 정도에서는 더 낯설게 느껴집니다. 내가 자란 강릉을 일컬어 문향이라 부릅니다. 지금도 그렇게 부르는지는 모르겠습니다. 왜 문향이라 칭하는지 잘 모르겠습

니다. 강릉이 문향이라는 이름에 값하기 위해서는 1980년대까지 기다려야 했을 것입니다. 1950년대의 「청포도 동인」(1950년대 초반 강릉에서 결성된 시동인이며, 동인은 황금찬, 이인수, 최인희, 김유진, 함혜련 등) 이후 강릉문학의 가장 빛나는 순간들을 만들어간 문인들은 주로 1980년대 이후에 등장하게 되고, 대체로 서울에서 활동하지요. 줄여서 말하자면, 양질의 책임 있는 지역문학사를 가지는 것은 지역의 권리이자 책임이기도 할 겁니다. 그렇지만 문학사라는 게 작가와 작품만 나열하고 추상적인 해설을 덧붙이는 것으로 해결되는 것은 아닐 겁니다. 지역 출신의 문인을 추모하고 숭상하는 일을 반대하지 않습니다. 내 말은 어거지를 부려서는 안 된다는 겁니다. 지하철 문짝시 같은 문학에 세금을 낭비해서는 안 된다는 말씀. 작가동인 『동안』이 지역의 문학장에 대해 지대한 관심을 가지고 있는 것을 압니다. 어느 모로 보나 바람직한 지향이라 보고 지지해 왔습니다. 기우겠으나 지역문인이라는 말이 때로 향토문인과 동의어로 쓰이고, 함량미달을 관용적으로 수용하는 핑계가 되기도 합니다. 이것은 지양되어야 할 테지만 그 방법에 대해서는 나도 모르겠습니다. 나의 막연한 결론은 지역에 거주하는 문인의 집합을 지역문학이라 부르는 것은 오류입니다. 지역적인 작품의 생산 없이 지역문학은 무슨. 강릉을 예든다면, 가장 강릉적인 시나 소설이 쓰여져야 한다는 말인데, 말처럼 쉽겠습니까? 해당 지역장의 멘탈리티가 확보되어야 하겠지요. '경포대에서'라는 제목의 시를 썼다고 강릉의 시가 되는 것은 아닐 겁니다. 지역장에서 그런 안이한 발상부터 추방해야 될 건데, 아마도 『동안』 같은 미디어와 문학 리더들이 해야 할 고민이 아니겠는지요.

Q: 이번 신작시 5편에 주목해 보겠습니다. 해설자가 보기에 선생님의 이번 작품들은 일종의 메타시적 구도를 형성하고 있는 듯합니다. '나'와 '나의 시'에 대해 작정하듯 진술하고 있는 것입니다. 그 과정은 예의 요설 투 문장, 언어유희, 시공을 넘나드는 감각장의 현전 등으로써 박세현 식 개성과 재미를 동반합니다. 구체적으로 보자면 문학으로의 입문을 천운으로 확신하던 그날의 '새'(鳥, 「새가 울던 날」)는 시공과 범주를 가로질러 '나'를 분화하는 '새'(間, 「말랑말랑한 시」)가 됩니다. 그리하여 나는 초현실적 양태를 변주합니다. 예컨대 나는 "늘 당신이고 싶"은 뉴저지의 인물(「패터슨 시에 사는 패터슨 씨」)입니다. 동시에 "몽골이자 북한이고 네팔"이거나 "뉴욕이고 잘츠부르크이고 핫도그"라는 식으로 장소이자 사물(「어느날 나는」)이 됩니다. 이 말장난과 같은 비약은 "그러나" 언어유희에 그칠 수 없습니다. "나는 내가 지나가지 못한 지점을" 그저 "다시 지나가고 있을 뿐"인 것(「지나왔다」)입니다. 선생님의 근작은 최근의 관심과 시적 지향에 연동되리라 봅니다. 이와 같은 메타시 양상에 주목하는 이유와 의미를 보다 설명적인 언어로 듣고 싶습니다.

A: 죄송하지만 질문을 조금만 인용하겠습니다. "'나'와 '나의 시'에 대해 작정하듯 진술하고 있는 것입니다. 그 과정은 예의 요설 투 문장, 언어유희, 시공을 넘나드는 감각장의 현전 등으로써 박세현 식 개성과 재미를 동반합니다." 이 문장 작성하신 편집자에게 감사드립니다. 다소 먹물기가 묻어나기는 하지만 내 시를 개념화하기에 적절한 문장이라 생각되어 인용했습니다. 시에서는 여러 말을 중얼거렸지만 시 밖에서 나는 시를 설명하는 일에 흥미를 느끼지 못하는 편입니다. 앞에서 지나가는 말로 던졌지만, 시 쓰는 사람에게 시라는 정의가 고정되는 순간 그의 시는 정지된다는 믿음을 나는 가지고 있습니다. 순간순간 '무엇이 시인가'를 탐문하는 것이 시가 되어야 한다고 보거든요. 모든 의미는 언어로부터 기원하고 우리는 언어의 하수인이거든요. 언어를 쓰는 순간 의미의 포로가 되는 겁니다. 나는 내 시가 나의 뜻을 백퍼센트 입증하는 증거는 아니지만 어쨌거나 의미를 의심하고 의미에 종속되지 않고 의미를 배신하고 의미로부터 달아나야 한다고 생각합니다. 언어적 깽판이 필요한 겁니다. 그러나 나는 그런 묘수와 방법과 용기를 가지고 있지 못합니다. 그래서 달아나다가 붙잡혀오곤 하는 거지요. 내게 시 쓰는 작업은 세상에, 언어에, 의미에 속지 않으려는 몸부림입니다. 아니 언어부림이지요. 되묻습니다. 시를 잘 쓸 필요가 있을까요? 그건 기만입니다. 대충 쓰면 되는 것이지요. 안자이 미즈마루 어법으로 최선을 다해 대충 쓰는 시. 잘 쓴 시들은 널려 있지요. 그런

시들 읽고 나면 그래서 뭐? 거기까지거든요.

Q: 완고히 설정된 자아에 의해 시적 정조와 시상 전개가 통어되는 양상은 자선 대표작에서도 두드러집니다. 서정적 화자는 "시라는 게/공들여 읽으면 남는 게 없다는 거"(「내 시 어떤가요」)라든가 "뻔한 시는 당신만이 아니기 때문"(「당신의 시」)과 같은 단언을 통해 시라는 장르 자체를 선험적으로 규정하고 있습니다. 뿐만 아니라 "외로우세요?/그럼, 꿀꺽 삼키세요"(「혹시, 외로우세요?」)나 "그런 게 아니라면 미쳤다고/강문에서 경포까지 혼자/밤길을 걸어가리"(「헛것에 살다」)와 같이 정서의 작동조차도 미리 재단됩니다. 이러한 류의 시적 표현들은 이른바 경구의 기능을 강하게 지닙니다. 분명한 메타포와 의미 전달에 효과적일 것입니다. 반면 언어의 물성적 효과 혹은 시어 스스로가 파생하는 의미의 생성에는 취약할 수 있습니다. 독자들이 반응할 감각의 범위가 상대적으로 좁아질 수 있다고 봅니다. 이 같은 시어들이 지닌 형식적 효과에 대한 시인의 입장이 궁금합니다.

A: 뭐, 내 입장이 꼭 있는 건 아닙니다. 손님이 짜다면 짜다는 말을 믿는 편입니다. 질문을 비대칭적으로 이해하자면, 내 시에는 독자가 반응할 여백이 없다는 뜻이겠지요. 이렇게 말해도 될까요? 괜찮다고 응답하시는군요. 고맙습니다. 단언, 규정, 재단과 같은 용어들이 질문 속에 들어 있는데요, 그 말들은 모두

일방적이라는 특징이 있군요. 그렇다면 옳은 지적입니다. 거기에는 내 시의 특성 혹은 한계 같은 것이 도사리고 있거든요. 기본적으로 나의 시의 배후에는 따뜻함이 없지요. 일종의 네거티브인 셈입니다. 다르게 보자면 내가 잘 다스리지 못하는 에고의 덩어리 같은 것이 독자와의 소통구조를 차단하고 있다고 봅니다. 경험적으로 볼 때, 나는 내 시의 독자에 대한 불신이 있는데 이 또한 내 방식이지요. 가장 신뢰감 있는 독자는 나밖에 없는 것이잖아요? 아쉬워라. 농담: 시를 읽고 울었다는 사람도 있음. 이건 시인이 할 일이 아님. 누구를 울리는 것은 하수의 시이고, 울기 전이나 울고 난 뒤의 시를 써야 할 것임. 추가 농담 하나 더. 어떻게 이런 표현을 썼어요? 역시 시인은 다르다니까요. 이런 독자 반응이야말로 한국시의 어떤 단계를 지하철 문짝 시로 붙잡아두는 반응이지요. 그러니까, 한국시가 의미과잉이거나 의미집착에 붙잡혀 있다는 뜻이고, 이것은 나의 소박한 불만입니다. 의미가 아니라 형태에 대한 고민이 문학사적 방향이 아니던가요? 월드컵에서 16강 진출이 그저 목표인 한국축구가 늘 참조되어야 하는 대목도 여기가 아닌가 싶습니다. 시라고 하면 메타포, 심볼, 패러독스 등등으로 몰아가려는 이론도 이제는 고리타분하게 되었습니다. 시창작법 따위가 기만이라는 것이 이를 의식하는 말일 겁니다. 언어 자체가 메타포인데 달리 또 무슨 메타포가 필요하겠습니까?

Q: 앞서 거론한 『강릉문학사』는 시인 박세현에 대해 "절제된 자기성찰과 반성의 힘이 내면에 깊은 자연 친화력과 종교적 성향을 지니고 있는 시인으로 하여금 그 어떤 휘발성의 초월로도 인도하지 않고, 오히려 누추하고도 신선한 일상과 삶을 지극히 인간적인 시선으로 껴안게 만든다. 박세현 시인은 허약하고 고갈된 정신의 이념과 해석에 좌초된 자신을 구원하기 위해 시를 쓴다."고 적고 있습니다. 이러한 평가에 대해 어느 정도 동의가 가능하신지 궁금합니다. 또한 본인의 문학세계 혹은 "다시 지나가"(「지나왔다」)려는 문학의 길에 관해 독자들에게 덧붙이고 싶은 점이 있다면 소개해 주십시오.

A: 누군가 내 시를 골똘히 읽으시느라 애썼군요. 고마운 일이지요. 내 시에 대한 해석에 반대하지 않습니다. 작품 해석에 창작자가 참가하는 것은 그리 좋아 보이지 않더라구요. 생산성도 없구요. 나는 산문집 『시인의 잡담』을 통해 시에 대해서 최대치까지 스트레칭을 해보았습니다. 마음껏 또는 힘껏, 함부로, 되구말구 생각을 펼쳐보았습니다. 이제, 내게 더 이상 무엇이 남아 있지 않습니다. 그 책에 드러난 생각들이 나의 시를 구속하거나 견인할 겁니다. 내가 도착한 곳은 시가 아니라 시 비슷한 것입니다. 시에 대한 사칭(詐稱)입니다. 나는 그게 좋습니다. 시 비슷한 거. 시가 아닌 거. 그런 것이 내게 다가올 겁니다. 그런 세계로 가고 싶습니다. 핍진한 세계, 리얼한 세계, 정직한 세계, 진정한

세계, 아름다운 세계가 아닌 곳에 나의 시를 내려놓고 싶습니다.

Q: 선생님께서는 약력이 상징하듯 시집 10권을 지닌 중견 작가입니다. 미투운동에서 드러난 것과 같은 적폐를 위시하여 최근 우리 문단이 처한 열악한 실정을 누구보다 잘 아시리라 생각합니다. 문단 선배로서 한국 문학장의 구조적 병폐를 개선하기 위한 선결 과제는 무엇이라 파악하시는지요?

A: 잘 모르겠습니다. 내 주제를 넘어서는 문제이거든요. 그리고 60이 넘으면 꼰대이기 때문에, 꼰대가 아닌 척 하면 더 꼰대스럽더라구요. 그때부터는 어떤 말을 해도 그냥 (개)소리에 불과하잖아요. 자기 시대를 상실한 자들의 잔소리지요. 구조적 병폐라고 하셨는데, 구조를 해체하면 병폐도 사라질 겁니다. 가령, 문인조합 같은 것이 사라져야 합니다. 야생화카페 같은 그 모임들이 문단소음을 생산하는 기지라고 봅니다. 옛날에는 그래도 집회라도 했잖아요. 모여서 회비 내고 술먹고 밥먹고 지원금 분빠이 하고 그러기 위해 협회를 만드는 것이 아닌지 모르겠습니다. 문단구조가 저렴한 정치구조를 참고하는 게 문제겠지요. 구조의 분비물을 병폐라고 불러야겠지요.

Q: 끝으로 한국문학의 미래에 대한 선생님의 고견을 듣고 싶습니다. 시의성을 상실한 문학은 종언으로까지 규정되고 있

고, 미적 자율성의 극단적 추구 경향은 다양성을 넘어 판단 불가의 개성으로 확장되는 양상입니다. 한국문학의 향후 전망에 대해 시 장르를 중심으로 진단해 주시면 감사하겠습니다.

A: 내 말만 하겠습니다. 문학이 재미없어졌는데도 엎드려 자판을 두드리고 있는 나는 무엇인가? 전두엽을 흔드는 일이지요. 시는 죽었지만 여전히 시는 싱싱하게 살아있다고 생각하면서 나는 불가피하게 씁니다. 없지만 있는 듯이 생각해야 할 때가 있잖아요. 내가 냉소주의적 시의 주체가 되는 순간입니다. 노인이 사탕을 입에 물고 빨듯이 내게 시라는 주이상스가 없다면 무엇으로 나를 달랠 것인가. 김수영은 1960년대의 공간에서 시라는 것에 온몸을 걸었습니다. 이제 그런 사람이 있다면 말려야 합니다. 그건 무모한 짓이 아니라 희극이 될 공산이 크기 때문입니다. '시 없는 사람'도 당황스럽지만 '삶 없는 시'는 더 황당합니다. 한국문학의 전망은 언제나—이미 절망과 동의어입니다. 망해도 좋아, 미친 척 그냥 쓸 거야, 이런 부류들에게 열려 있는 장르가 시일 것이고, 이런 미친 소수에 의해서 한국시는 지속가능해질 겁니다. 시인은 명함에 시인이라고 박고 다니는 자들이 아니라, 시인님 시인님 하면서 페이스북을 휘젓고 다니는 자들이 아니라, 없는 전망을 향해 밤낮없이 나아가는 자들. 그리고 확실하게 실패하려는 자들이 시인이라고 본인은 생각합니다.

이 책의 배경 음악들

이 글을 입력하던 2019년 여름날에 들었거나 들려왔던 음악들(이 목록은 글 전체에 스민 배경 음악 같은 것으로 여담삼아 붙여본 것. 교정과정에서 삭제해도 상관없었지만 재미로 남겨 둔다.)

이미자(님 떠난 군산항)
장은아(행복의 나라로)
양현경(너무 아픈 사랑은 사랑이 아니었음을)
윤형주, 송창식(고별)
키스 자렛 트리오
마일스 데이비스(Time After Time)
레스터 영(When You're Smiling)
재즈수첩 20주년 특집 미드나잇 재즈 클럽 실황

손열음(베토벤 피아노 협주곡 5번 황제)

이은하(미소를 띄우며 나를 보낸 그 모습처럼)

쳇 베이커(Almost blue)

지소흔 낭독(김소월, 나는 세상 모르고 살았노라)

이소라, 바람이 분다

사라 본(Once In A While)

김정미(나도 몰래)

폴 사이먼/밥 딜런(Bridge Over Troubled Water)

덱스터 고든(Laura)

허소영(B·B·B)

김목경(어느 60대 노부부 이야기)

피아졸라(오중주를 위한 협주곡)

빅뱅(거짓말)

지미 스콧(Embraceable You)

박신자(땐사의 순정)

양희은(엄마 엄마)

비와 당신(럼블 피쉬)

골드베르크 변주곡(글렌 굴드)

안예은(상사화)

루이 암스트롱(La Vie En Rose)

밀로쉬 카라다글릭(Let It Be), ft. 그레고리 포터

말로(배호의 안녕)

조용필(허공)

김오키(내 이야기는 허공으로 날아가 구름에 묻혔다)

진성(내 인생에 태클을 걸지 마)

거미는 홀로 노래한다

1판 1쇄 인쇄_2020년 05월 05일
1판 1쇄 발행_2020년 05월 15일

지은이_**박세현**
펴낸이_**양정섭**

펴낸곳_**예서**
등록_제2019-000020호

제작·공급_**경진출판**
이메일_mykyungjin@daum.net
블로그_https://mykyungjin.tistory.com/
사업장주소_서울특별시 금천구 시흥대로 57길(시흥동) 영광빌딩 203호
전화_010-3171-7282 **팩스**_02-806-7282

값 15,000원
ISBN 979-11-968508-1-4 03810

※ 이 도서의 국립중앙도서관 출판예정도서목록(CIP)은 서지정보유통지원시스템 홈페이지(http://seoji.nl.go.kr)와 국가자료공동목록시스템(http://www.nl.go.kr/kolisnet)에서 이용하실 수 있습니다.
(CIP제어번호: 2020017379)